PATRICK BUROW

DER DIAMANTEN-COUP

PATRICK BUROW

DER DIAMANTEN-COUP

THRILLER

BENEVENTO

FSC
www.fsc.org
MIX
Papier aus verantwortungsvollen Quellen
FSC® C014138

1. Auflage 2022

Medieninhaber, Verleger und Herausgeber:
Red Bull Media House GmbH
Oberst-Lepperdinger-Straße 11–15
5071 Wals bei Salzburg, Österreich

Satz: MEDIA DESIGN: RIZNER.AT
Gesetzt aus der Minion Pro, Bison
Umschlaggestaltung: zero-media.net, München
Umschlagmotiv: © Fine Pic, München; © Silas Manhood / Trevillion Images
Printed by Finidr, Czech Republic

ISBN: 978-3-7109-0144-7

DRESDEN

MONTAG, 25. NOVEMBER 2019, 04:45 UHR

Der Plan war riskant – und die Spannung in dem Audi mit Händen zu greifen. Die vier Männer würden an diesem 25. November 2019 den größten Kunstraub der Nachkriegsgeschichte begehen.

Ihr Fluchtwagen stand in der Sophienstraße. In dem Residenzschloss rechts erwartete sie der größte barocke Juwelenschatz Europas. Der Theaterplatz vor ihnen war um 4:45 Uhr früh verwaist. Die Männer warteten ungeduldig, bis das Feuer den Stromkasten in den Katakomben unter der Augustusbrücke zerstört haben würde. Sie hatten vor ein paar Minuten einen brennenden Kochtopf, gefüllt mit Benzin und Diesel, unter den Stromkasten gestellt. Simpel, aber wirksam. Der Brandsatz würde die Stromleitungen zum Schmelzen bringen.

Sie waren nervös, denn in der Dresdner Altstadt mussten sie jederzeit mit Entdeckung rechnen. Voraus lag die Semperoper, links der Zwinger und hinter ihnen ein Hotel. Ein paar späte Hotelgäste oder Partygänger würden reichen, um ihren Plan zunichtezumachen. Das nächste Polizeirevier war nur sechshundert Meter entfernt. Ein Streifenwagen würde keine fünf Minuten bis hierher brauchen. Für einen Einbruch war das ein denkbar schlechter Ort. Aber die kostbaren Juwelen im Grünen Gewölbe des Residenzschlosses waren den riskanten Plan wert. Der Prachtbau wurde von außen angestrahlt. In seinem Inneren war es dunkel und ruhig. Zwei Männer in der Sicherheitszentrale bewachten den Staatsschatz.

Die Bande war ein eingespieltes Team. Es war nicht ihr erstes großes Ding zusammen. Der *Driver* hatte volle schwarze Haare, aus denen seine Ohren abstanden. In seinem Beruf als Kfz-Mechaniker hatte er schon ewig nicht mehr gearbeitet. Neben ihm auf dem Beifahrersitz saß der *Boss*, der sich durch seinen grau melierten Bart strich. Mit fünfundvierzig Jahren war er der älteste der Bande, die anderen drei waren unter fünfundzwanzig. Auf seinem Schoß lag eine entsicherte Pistole. Hinten saß der *Terminator*, ein Bodybuilder, der für das Grobe zuständig war. Kaum eine Haustür hielt lange stand, wenn der ein Meter neunzig große, muskelbepackte Mann den Vorschlaghammer schwang. Hart zuschlagen und schnell wieder verschwinden war auch das Motto der Bande. Der Vierte im Bunde, das *Wiesel*, rutschte unruhig auf der Rückbank hin und her. Trotz abgebrochener Ausbildung bei einem Schlüsseldienst war er ein Meister darin, Schlösser zu öffnen und Alarmanlagen auszuschalten. Und er zündelte gerne. Außerdem war er schnell und flink, was ihm seinen Spitznamen eingebracht hatte.

Plötzlich fielen um sie herum die Laternen aus. Der Brandsatz hatte seine Arbeit getan. Die Sophienstraße, der Theaterplatz und das Residenzschloss wurden in Dunkelheit gehüllt. Durch den Stromausfall würde gleichzeitig auf den Monitoren der Außenkameras nichts mehr zu sehen sein.

»Los! Los!«, raunte der *Boss*.

Terminator und *Wiesel* zogen ihre Sturmhauben über den Kopf, schnappten sich ihre Taschen und stürmten aus dem Wagen. Mit ein paar Sätzen waren sie am schmiedeeisernen Zaun, der das Residenzschloss umgab. Sie warfen ihre Ausrüstung darüber und kletterten hinterher. Im Schutz der Dunkelheit rannten sie über den Rasen zum ersten Fenster, das in Richtung Elbe zeigte, direkt gegenüber der Schinkelwache. *Terminator* baute sich breitbeinig vor dem schweren Fenstergitter auf, packte es mit beiden Händen und riss ein dreieckiges Stück heraus. Dazu hätte er sich nicht einmal Muskelberge antrainieren müssen, denn sie waren zwei Nächte zuvor schon einmal hier gewesen. Mit einer akkubetriebenen Hydraulikschere, wie sie die Feuerwehr zum Freischneiden von eingeklemmten Unfallopfern einsetzte, hatte er die Streben des Eisengitters mühelos durchtrennt. Für die Hydraulikschere hatten sie sich auch deshalb entschieden, weil sie kaum Lärm machte. Ein Summen, ein Knacken, und schon war die Strebe durchtrennt. Eine kreischende Flex dagegen wäre nachts Hunderte Meter weit zu hören gewesen. Auch das erste Fenster zur Elbe hin war strategisch günstig, da es im toten Winkel der Überwachungskameras lag. Anschließend hatten sie das Gitter wieder eingesetzt und mit Klebstoff fixiert. Das Fenster so präpariert, konnten sie schneller eindringen.

Der muskelbepackte Hüne holte einen Hydraulikzylinder aus der Sporttasche und setzte ihn am Fensterrahmen an.

Wiesel sah auf seine Smartwatch, die 4 Uhr und 56 Minuten zeigte. In dem Augenblick, als der Bodybuilder den linken Fensterflügel aufbrach, drückte er den Countdown von fünf Minuten auf seiner Uhr. Das Fenster war alarmgesichert. In fünf Minuten ab jetzt würde die Polizei eintreffen.

Beide warfen einen schnellen Blick hinter sich. Es waren keine Personen zu sehen, die ihren Einbruch bemerkt haben könnten.

Die beiden Männer stiegen ein.

Jetzt waren sie drin, in der Schatzkammer Dresdens, und es gab kein Zurück mehr. Sie schalteten ihre Stirnlampen an. Vor ihnen lag der Pretiosensaal mit seiner weißen Stuckdecke, den vergoldeten Spiegelwänden und dem edlen Marmorboden in Schachbrettoptik. Zeit war nun der entscheidende Faktor. Sie hatten die Ausstellung vor ein paar Tagen als harmlose Touristen getarnt ausspioniert und kannten den Weg. Sie liefen geradeaus durch den lang gestreckten Saal. Der Schein ihrer Taschenlampen wurde von den Spiegeln reflektiert.

Am Ende des Saals ging es scharf rechts in das Wappenzimmer. Seinen holzvertäfelten Wänden, an denen goldene und bronzene Wappen hingen, schenkten sie jedoch keine Beachtung. Das *Wiesel* sprintete als Erstes durch den Raum und erreichte das Juwelenzimmer.

Dessen vergoldete Spiegelwände leuchteten auf. Zielgerichtet steuerten sie auf eine große, rot eingefasste Glasvitrine zu. Die Juwelen funkelten im Schein ihrer Stirnlampen.

Die beiden Männer sahen sich kurz um. Die Museumsräume waren dunkel, und es war nichts zu hören. Im dritten Obergeschoss lag die Sicherheitszentrale. Die Wachmänner würden weniger als zwei Minuten hierher brauchen, wenn sie sich überhaupt trauten. Besser für sie wäre, wenn sie es nicht täten, denn der *Terminator* und das *Wiesel* waren bewaffnet. Sie würden, ohne zu zögern, von ihren Pistolen Gebrauch machen.

Der Bodybuilder nahm eine Axt aus seiner Tasche. Was er nun vorhatte, würde zweifellos nicht unbemerkt bleiben.

Er visierte die Mitte der Glasscheibe an und holte aus.

DRESDEN

MONTAG, 25. NOVEMBER 2019, 04:55 UHR

René Strychowski war genervt vom Schnarchen seines Kollegen. Dietmar Burlitz lag mehr auf seinem Stuhl, als dass er saß. Er hatte die Augen geschlossen, sein Doppelkinn ruhte auf seiner Brust, und die Hände waren vor seinem massigen Bauch gefaltet. Burlitz würde Ende des Monats in Rente gehen. Der hatte es gut. Strychowski würde noch vierzig Jahre bis dahin brauchen. Er selbst hatte bis eben Videos auf seinem Smartphone angeschaut, wurde aber zunehmend müde. Dabei musste er noch drei Stunden durchhalten, bis seine Nachtschicht von Sonntag auf Montag endete. Bilder von dem bevorstehenden Urlaub auf Teneriffa mit seiner Freundin blitzten vor seinem inneren Auge auf. Wenn die Stühle in der Sicherheitszentrale des Grünen Gewölbes nur nicht so unbequem wären, könnte er jetzt auch einschlafen. Er schloss die Augen und stellte sich vor, er würde mit einem kühlen Bier in der Hand am Strand liegen. Das Schnarchen von Burlitz hörte sich mehr und mehr wie die Brandung an.

Plötzlich zerriss ein Alarm die nächtliche Stille. Strychowski schreckte hoch, mit ein paar Sekunden Verzögerung auch Burlitz neben ihm. Einen Moment waren sie orientierungslos, dann sahen sie auf die Monitorwand. Ein Sensor am Fenster des Grünen Gewölbes hatte Alarm geschlagen. Er pulsierte rot auf dem Bildschirm. Strychowski klickte hektisch die Kameras durch. Komisch, die Außenkameras zeigten alle kein Bild. Auf den Aufnahmen der dunklen Säle war nichts zu erkennen. Dann erschien das Juwelenzimmer.

Die Kamera zeigte links die Vitrine. Um 04:57 Uhr liefen von rechts zwei Männer ins Bild. Ein großer maskierter Mann begann mit einer Axt auf sie einzuschlagen. Dadurch wurde ein zweiter Alarm ausgelöst. Der zweite Mann wartete im Hintergrund.

»Was machen wir jetzt?«, fragte Strychowski aufgeregt.

»Gute Frage.« Burlitz schien nichts aus der Ruhe zu bringen.

Die Scheibe hielt stand. Die Hiebe gingen nicht durch.

»Das ist Hochsicherheitsglas, das kriegen die mit einer Axt nicht kaputt.«

Das beruhigte Strychowski etwas. »Gehen wir runter?«, fragte er unsicher.

Burlitz antwortete nicht sofort, sondern sah weiter auf den Monitor.

Der Mann mit der Axt wurde offenbar frustriert. Seine Schläge wurden schneller und energischer. Wie ein Verrückter hieb er immer wieder auf das Glas ein.

»Siehst du, wie brutal der auf die Vitrine einhackt? Und wir wissen nicht, ob die Einbrecher bewaffnet sind«, gab Burlitz zu bedenken.

Der Mann hatte nach einem Dutzend Mal ein Loch in das Glas geschlagen. Er steckte seine Axt hinein, verkantete sie und riss mit einem Ruck die ganze Scheibe aus der Vitrine. Sie fiel klirrend zu Boden.

Das Glas hatte keine dreißig Sekunden standgehalten.

Strychowski sah Burlitz fragend an. Sollten sie wirklich nur untätig zusehen?

»Die sind gefährlich. Außerdem steht in unserer Dienstanweisung, wir sollen nicht die Helden spielen«, schien Burlitz seine Gedanken zu lesen.

Strychowski überlegte zu widersprechen. Doch sein Kollege hatte als Dienstälterer das Sagen.

Jetzt kam auch der zweite Mann dazu. Gemeinsam räumten sie die Vitrine leer. Flink rissen sie die Juwelen aus den Auslagen und steckten sie in ihre Taschen. Anschließend nahm einer von ihnen einen Feuerlöscher aus der Halterung und versprühte seinen Inhalt.

Strychowski gab den Gedanken einzugreifen auf. Die Einbrecher würden ohnehin weg sein, bevor sie das Juwelenzimmer erreicht hätten.

»Wir rufen die Polizei«, sagte Burlitz und griff zum Telefon.

DRESDEN

MONTAG, 25. NOVEMBER 2019, 05:01 UHR

Die Zeit wurde langsam knapp.

Driver trommelte mit den Fingern auf das Lenkrad und sah immer wieder auf seine Uhr. Die verabredeten fünf Minuten waren fast um. Hatte es etwa Probleme beim Aufbrechen der Vitrine gegeben? Der *Boss* saß dagegen ganz gelassen auf dem Beifahrersitz. *Driver* hatte die Seitenscheibe offen und lauschte. Noch waren keine Sirenen zu hören. Aber das würde nicht lange so bleiben. In Kürze würden Martinshörner die schlafenden Dresdner aus den Betten werfen und Blaulicht durch die Nacht zucken. Schon bald würde es von Streifenwagen nur so wimmeln. Und sie saßen hier wie auf dem Präsentierteller.

Zwei junge Männer und zwei Frauen gingen von der Elbe kommend direkt auf sie zu. Die Männer hatten Bierflaschen in der Hand, torkelten und grölten. *Driver* hoffte inständig, *Terminator* und *Wiesel* würden nicht gerade jetzt aus dem Fenster klettern. Er und der *Boss* duckten sich in dem Wagen. Die Gruppe diskutierte lautstark, bei wem sie weiterfeiern und wo sie um diese Uhrzeit noch Alkohol herbekommen könnten. Sie kamen näher. Würden sie ihn auf dem Fahrersitz kauernd entdecken? *Driver* machte sich so klein wie möglich und hielt unwillkürlich den Atem an. Doch fünf Meter vor dem Audi bogen sie nach rechts auf den Theaterplatz ab. Lärmend verschwanden sie in Richtung Semperoper.

Endlich! Er sah *Terminator* und *Wiesel* über den schmiedeeisernen Zaun klettern. Gleichzeitig hörte er leise die erste Sirene. *Driver* startete den Motor, der aufheulend zum Leben erwachte. Die beiden Männer rannten zu dem Wagen, warfen ihre Sporttaschen in den Kofferraum, rissen die Türen auf und ließen sich auf die Sitze fallen. Im selben Augenblick gab *Driver* Gas und schaute gleichzeitig auf seine Uhr. Sie zeigte 5:01 Uhr. Der ganze Coup hatte tatsächlich nur fünf Minuten gedauert. Er beschleunigte den Audi S6 auf 75 km/h. Schnell, aber unauffällig war die Devise. Über die eigentlich wegen Bauarbeiten gesperrte Augustusbrücke wechselte er auf die andere Elbseite. Im Rückspiegel sah er entfernt Blaulicht. Die Streifenwagen würden zu spät am Schloss eintreffen.

»Wie lief es?«, fragte *Driver*.

»Woo-hoo! Wir haben es geschafft! Scheiß auf sie!«, schrie *Wiesel* noch aufgeputscht von dem Adrenalin.

»Null problemo. Wir haben fette Beute gemacht!« *Terminator* streckte den Daumen nach oben.

Driver sah den *Boss* lächeln. Der riskante Plan war aufgegangen. Wenn sie die Beute an das *Phantom* ablieferten, würde jeder von ihnen um eine Viertelmillion Euro reicher sein. Sie mussten nur noch aus Dresden wegkommen. Er schaute immer wieder in den Rückspiegel. Niemand folgte ihnen. Das schloss aber nicht aus, dass jemand den Audi bemerkt hatte.

Driver fuhr am nördlichen Elbufer entlang. Nach neun Minuten erreichten sie einen Neubaublock. Er nahm den Fuß vom Gas. Alle Fenster in den vierstöckigen Häusern waren dunkel. Links, auf dem Fuß- und Radweg der Elbe, war niemand zu sehen. Ein einziger Frühaufsteher, der seinen Hund Gassi führte, könnte sie auffliegen lassen.

Er bog nach rechts in die Zufahrt der Tiefgarage ab. Es war eine private Anlage ohne Überwachungskameras. Er parkte neben einem Skoda Octavia Kombi ein. Schnell war die Beute umgeladen. *Driver* setzte mit dem Skoda zurück, fuhr bis zur Ausfahrt und hielt an. *Wiesel* stieg aus und lief mit einem Benzinkanister in der Hand zurück zum Audi. Er schüttete das Benzin hinein und zündete es an.

Viel Spaß bei der Spurensicherung, dachte *Driver*, als er die Flammen auflodern sah.

Driver schaute auf die Uhr, als er aus der Tiefgarage fuhr. Der Wechsel des Fluchtautos hatte nur zwei Minuten gedauert. Der *Boss* saß tiefenentspannt neben ihm und sagte nichts. Er hatte schon Dutzende Coups erfolgreich durchgeführt und war noch nie von der Polizei erwischt worden. *Driver* steuerte in Richtung Westen. Die Autobahn war nur zehn Kilometer entfernt. Der Skoda war unauffällig, aber hochmotorisiert. Bevor die Polizei überhaupt richtig begriffen hatte, was passiert war, wären sie längst über alle Berge.

DRESDEN

MONTAG, 25. NOVEMBER 2019, 05:25 UHR

Ein Geräusch weckte Julia.

Schlaftrunken streckte sie ihre Hand nach Jannick aus, aber tastete ins Leere. Die Betthälfte neben ihr war kalt, das Kissen unberührt.

Wo bist du?, war ihr erster müder Gedanke.

Doch Jannick verbrachte die Nächte nicht mehr bei ihr. Fünf Jahre lang war er der zuverlässige Ruhepol in ihrem Leben gewesen. Allerdings war das Feuer zwischen ihnen mit der Zeit erloschen. Sie hatte den Elektroingenieur zunehmend als langweilig empfunden. Dann kam das Jobangebot aus Dresden. Und als sie es annahm, wusste sie, dass es nicht nur ein Abschied von Hamburg, sondern auch von Jannick werden würde. Sie hatte sich eine Zweizimmerwohnung mit Elbblick am Rande der Altstadt gemietet.

Das Geräusch war das klingelnde Handy auf ihrem Nachttisch.

Julia war zu müde, um ranzugehen. Der Rotwein gestern Abend hatte ihr die nötige Bettschwere verschafft, ihr aber auch einen leichten Kater beschert. Benommen blinzelte sie zu ihrem Wecker, dessen rote Digitalziffern 5:25 Uhr anzeigten. Wer konnte das sein?

Das nervtötende Schrillen des Handys hörte auf, als die Mailbox ansprang. Julia ließ sich zurück aufs Kissen fallen. Jannick arbeitete bei Stromnetz Hamburg. Er hatte nicht mit ihr nach Dresden ziehen wollen. Und er würde sie sicher nicht um 5:25 Uhr anrufen.

Da ging das schrille Klingeln schon wieder los. Julia richtete sich auf, ging aber nicht ran. Sie knipste die Nachttischlampe an und blickte in den Spiegel des Kleiderschranks auf der anderen Seite des

Schlafzimmers. Sie hatte dunkle Schatten unter den Augen. Ihr langes braunes Haar klebte an ihrem Kopf. Sie brauchte dringend eine Dusche und Make-up.

Das Handy fing ein drittes Mal an zu klingeln. Julia sah ein, dass der Anrufer keine Ruhe geben würde. Sie griff entnervt nach dem Telefon.

»Frau Graf, hier ist Burlitz. Es ist etwas passiert. Sie müssen sofort kommen!«, sagte der Wachmann atemlos.

Brennt das Museum? Bilder der in Flammen stehenden Kathedrale von Notre-Dame in Paris flackerten in ihrem Kopf auf. Wurde auch das Grüne Gewölbe gerade ein Opfer der Flammen?

»Was ist passiert?«, fragte Julia schlagartig hellwach.

»Das Juwelenzimmer wurde ausgeraubt.«

Julias Gehirn brauchte einen Augenblick, um diese Information zu verarbeiten. Sie konnte es kaum glauben. Ausgerechnet das Juwelenzimmer, das Highlight der Schatzkammer.

»Ich komme sofort.«

Sie riss ihre Decke beiseite, sprang auf und zog sich hastig an.

Fünf Minuten später saß sie schon in ihrem Wagen.

DRESDEN

MONTAG, 25. NOVEMBER 2019, 05:40 UHR

Ein Streifen- und ein Mannschaftswagen standen quer vor dem Eingang des Residenzschlosses. Ein Polizist war gerade dabei, ihn mit weiß-rotem Flatterband abzusperren.

Julia Graf wurde flau im Magen, als sie das Schloss betrat. Es war noch keinen Monat her, als sie zur Museumsdirektorin ernannt worden war. Nach dem Studium der Kunstgeschichte hatte sie ihren Doktortitel gemacht und anschließend zwölf Jahre gebraucht, um sich von einer kleinen Museumsassistentin zur Direktorin hochzuarbeiten. Und jetzt begann ihr Debüt als Direktorin mit einem spektakulären Kunstraub. Was für ein Fiasko.

Julia Graf ging zur Sicherheitszentrale. René Strychowski berichtete ihr aufgeregt von dem Einbruch. Dietmar Burlitz saß vor einem Becher Kaffee und nickte gelegentlich. Sie boten ihr einen Stuhl vor den Monitoren an. Sie zuckte bei den ersten Axtschlägen zusammen, als Strychowski ihr das Tatvideo zeigte.

»Herrje, sind die brutal.« Julia Graf hatte ihr ganzes Leben der Ausstellung von Kunst gewidmet. Es tat ihr in der Seele weh, zu sehen, wie die Vitrine eingeschlagen und die kostbaren Schmuckstücke geraubt wurden.

»Deswegen sind wir hier drinnen geblieben. So lautet auch unsere Dienstanweisung«, rechtfertigte sich Dietmar Burlitz sicherheitshalber.

»Es war gut, dass sie sich keiner Gefahr ausgesetzt und die Polizei gerufen haben.« Julia Graf hoffte inständig, dass sie damit richtiglag.

Sie war noch nicht dazugekommen, sich mit der Dienstanweisung der Wachmänner zu beschäftigen.

Ein Streifenpolizist kam herein und fragte: »Sind Sie die Direktorin?«

»Ja.« Julia Graf sah zu dem schmächtigen, rotblonden Polizisten.

»Polizeihauptmeister Krause, ich bin der Einsatzleiter vor Ort.«

Julia Graf stand auf und schüttelte die ihr hingestreckte Hand. Sie schätzte Krause auf Ende zwanzig. Er erschien ihr ein wenig jung für einen Einsatzleiter.

»Kommen Sie bitte mit. Ich möchte gerne von Ihnen wissen, was fehlt.«

Julia Graf folgte dem Polizisten nach unten ins Juwelenzimmer.

Sie schlug die Hand vor den Mund, als sie die zertrümmerte Vitrine sah. Julia fühlte sich, als ob ein geliebter Mensch verletzt worden wäre. Mit ihrem dunkelroten Rahmen und dem vielen Gold drum herum war die Vitrine das Prunkstück der barocken Schatzkammer gewesen. Im Juwelenzimmer war alles mit weißem Pulver überzogen. Ein Feuerlöscher lag auf dem Boden.

Der Polizist nickte ihr zu, und sie trat näher an die Vitrine heran.

»Nichts anfassen. Die Spurensicherung muss da noch ran. Wobei die wegen dem Pulver nicht mehr viel finden werden.«

Julia beugte sich vor. Die Frontscheibe war eingeschlagen und die Auslage zerwühlt. Die Schätze im Grünem Gewölbe seien »gesichert wie in Fort Knox« hatte ihr Amtsvorgänger bei der Übergabe gesagt. Das war angesichts der zertrümmerten Vitrine eine maßlose Übertreibung. Zu ihren Füßen lagen unzählige Glassplitter.

Immerhin war die Vitrine nicht vollständig leer geräumt. Die meisten Juwelen waren auf der Auslage festgenäht gewesen. Es wäre zeitraubend gewesen, sie alle einzeln zu entfernen.

»Auf den ersten Blick fehlen etwa zwei Dutzend Schmuckstücke. Darunter die Brustschleife von Königin Amalie Auguste mit über sechshundert Brillanten. Dann der Degen aus dem 18. Jahrhundert mit neun großen und achthundert kleinen Diamanten.«

Der Polizist machte sich Notizen.

»Weiter fehlt ein untertassengroßer Orden, der mit zweihundert Edelsteinen besetzt war.«

»Was ist das wertvollste fehlende Stück?«

Der Polizist wollte offenbar keine komplette Auflistung hören.

»Die Epaulette mit dem Sächsischen Weißen.«

»Epau-was?«

»Eine Epaulette ist ein Schulterstück einer Uniform.« *Das sollte man als uniformierter Polizist eigentlich wissen*, dachte Julia genervt.

Ratlosigkeit stand Krause ins Gesicht geschrieben. »Können Sie das Schmuckstück für die Fahndung beschreiben?«

»In der oberen Schleife ist ein ungewöhnlich großer Diamant eingefasst. In der Mitte befindet sich eine Doppelschleife. Die beiden Schleifen sind durch zwei Bänder mit jeweils vier großen Diamantrosen verbunden. Zentrales Motiv ist die Doppelschleife mit dem Hauptstein. Es ist der größte Diamant im Rosenschliff, der sich je in der Garnitur befunden hat. Darunter hängen zwei Dreierreihen großer Diamanten.«

Simon Krause machte sich eifrig Notizen in sein kleines Buch.

»Wie groß ist das Stück, und wie viele Diamanten hat es insgesamt?«

»Die Epaulette ist zweiundzwanzig Zentimeter lang und sieben Zentimeter breit. In ihr sind zwanzig große und zweihundertsechzehn kleinere Diamanten eingearbeitet.«

»Sie sagten etwas von einem Hauptstein?«

»Ja, das ist der Sächsische Weiße Diamant. Er ist wegen seiner Größe von knapp 50 Karat und seiner Farblosigkeit weltberühmt.«

Julia Graf sah dem teilnahmslosen Gesicht des Polizisten an, dass er keine Ahnung von Juwelen hatte.

»Können Sie eine detaillierte Liste der entwendeten Schmuckstücke machen? Wir brauchen auch Fotos für die Sachfahndung.«

»Wird erledigt.«

»Danke. Sind es bedeutende Schmuckstücke?«

Julia Graf musste sich beherrschen, ruhig zu bleiben. Krause musste doch klar sein, dass sie hier nicht vor einer aufgebrochenen Vitrine in der Schmuckabteilung von Karstadt standen.

»Die Juwelen gehören zum Weltkulturerbe. Es gibt nirgendwo in Europa eine Juwelengarnitur in dieser Form und Qualität.«

»Aha«, sagte Krause stirnrunzelnd. »Können Sie den Wert der Diebesbeute in etwa beziffern?«

Dem Polizisten gingen die naiven Fragen nicht aus. Wenn er derjenige war, der die Ermittlungen leitete, sah Julia schwarz.

»Die Juwelen haben einen unschätzbaren Wert.«

»Wenigstens eine Größenordnung werden Sie doch nennen können.«

»Das ist schwierig, denn es sind unverkäufliche historische Juwelen. Sie werden nicht gehandelt, also gibt es auch keinen Preis für sie, den ich Ihnen nennen könnte.«

»Reden wir hier über eine Million?«

Julia, bleib ruhig, sagte sie zu sich selbst.

»Grob überschlagen fehlen rund zwanzig Schmuckstücke mit über viertausend Diamanten und Brillanten. Nehmen wir an, wir hätten die Juwelen in einer Auktion bei Sotheby's angeboten, dann hätten wir mit einem Versteigerungserlös zwischen 150 und 200 Millionen Euro rechnen können.«

Jetzt wirkte auch Polizeihauptmeister Krause sprachlos.

DRESDEN

MONTAG, 25. NOVEMBER 2019, 05:55 UHR

Kommissar Steinkamp hatte sein Handy am Ohr. Seit zehn Minuten versuchte er seinen Assistenten Vogt aus dem Bett zu klingeln. Missmutig umrundete er das Residenzschloss auf der Suche nach Einsatzleiter Krause. Er fand ihn vor dem schmiedeeisernen Zaun, das angegriffene Fenster im Hintergrund, einem Fernsehteam ein Interview gebend. Steinkamp kannte ihn nicht persönlich, hatte sein jugendliches Gesicht und seine rotblonden Haare aber schon öfter im Fernsehen gesehen.

»Die Polizei war nur zwei Minuten zu spät«, schnappte Steinkamp auf. Als wenn das ein Erfolg wäre. *Fast hätten wir sie geschnappt,* reichte eben nicht. Ihm fielen mehrere Polizisten rund um den Tatort auf, die einfach nur herumstanden.

»Ich habe sofort eine Nahbereichsfahndung angeordnet. Dutzende Polizisten durchkämmen gerade die Umgebung. Und dort, unter der Augustusbrücke, hat es einen Brandanschlag auf einen Verteilerkasten gegeben, der im Zusammenhang mit dem Einbruch stehen könnte.«

Krause zeigt auf die Brücke, auf der noch immer die Feuerwehr stand und unter der Rauch emporquoll. Das Fernsehteam verabschiedete sich eilig und rannte dorthin.

»Guten Morgen, Steinkamp, Kripo Dresden«, sprach er Krause an.

Dessen Gesicht verfinsterte sich, als er sich zu ihm umdrehte.

»Sie hätten sich nicht hierherbemühen müssen. Wir haben auch ohne die hohen Herren von der Kripo alles unter Kontrolle.«

Steinkamp überging seine Spitze. »Ich würde vorschlagen, Sie beziehen die Bundespolizei in die Fahndung mit ein. Die Grenzübergänge zu Tschechien und Polen sollten informiert werden. Ebenso die angrenzenden Polizeidirektionen in Chemnitz und Görlitz, das Land Brandenburg sowie die entsprechenden Autobahnpolizeien.«

»Für was soll das gut sein?« Krause verschränkte die Arme vor der Brust und versuchte, sich größer zu machen, als er war. Steinkamp fand das lächerlich, denn er überragte den Mann um zwei Handbreit.

»Zehn Minuten von hier ist in einer Tiefgarage ein ausgebranntes Auto gefunden worden, vermutlich das Fluchtfahrzeug. Einen Katzensprung weiter ist die Autobahn. Während wir hier so nett miteinander plaudern, entfernen sich die Diebe mit jeder Minute ein paar Kilometer weiter von Dresden.«

»Äh, ja. Also sollten wir die Fahndung ausdehnen?«

»Ganz genau. Haben Sie schon eine Liste der Wachmänner?«

»Nein, wozu sollten wir die brauchen?«

Steinkamp musste ein Kopfschütteln unterdrücken. Der junge Kollege hatte überhaupt noch nicht über den Einbruch nachgedacht.

»Das liegt doch auf der Hand. Woher konnten die Täter wissen, welchen Verteilerkasten sie lahmlegen müssen, um im Schutze der Dunkelheit einbrechen zu können? Woher konnten sie wissen, dass das Vitrinenglas einer Axt nicht lange standhalten würde? Woher kannten sie die Dienstanweisung der Wachleute, sich nicht selbst in Gefahr zu begeben, sondern die Polizei zu rufen? Auf alle diese Fragen gibt es nur eine Antwort: Ein Wachmann hat die Täter mit Insiderinformationen versorgt.«

Krause runzelte die Stirn. »So weit war ich in meinen Gedanken noch nicht.«

Weil es dir wichtiger war, Interviews zu geben, anstatt den Fall zu lösen und die Einbrecher zu jagen, schoss es Steinkamp durch den Kopf.

»Genau deshalb werde ich die weiteren Ermittlungen übernehmen«, sprach er schließlich mit ruhiger Stimme weiter.

Simon Krause wirkte einen Moment verdutzt, fing sich aber schnell wieder.

»Hört zu, Leute, Sherlock Holmes ist hier, um den Fall aufzuklären.«

»Sehr witzig.«

Neugierig kamen mehrere herumstehende Polizisten näher.

»Meine Damen und Herren«, setzte Steinkamp an. »Unsere Täter sind seit einer Stunde auf der Flucht. Ich will sofort eine Befragung der Nachbarschaft der Tiefgarage. Vielleicht hat jemand gesehen, mit welchem Wagen sie weitergefahren sind. Checkt außerdem alle Überwachungskameras von der Tiefgarage bis zur Autobahn. Wenn wir das zweite Fluchtfahrzeug identifiziert haben, müssen wir in einem 250-Kilometer-Radius nach ihm suchen.«

Die Polizisten machten sich auf zu ihren Streifenwagen.

»Schnappt sie euch.«

DRESDEN

MONTAG, 25. NOVEMBER 2019, 06:15 UHR

Professor Adrian Falke schlug langsam die Augen auf.

Wo bin ich? Draußen war es noch dunkel. Er tastete nach dem Schalter der Nachttischlampe. Das Licht ging an. Er sah sich in dem Raum um. Er lag in einem Doppelbett. Gegenüber stand ein heller Schreibtisch auf rotbraunem Teppichboden. An der Wand hingen ein Fernseher und ein billiger Kunstdruck. Ein typisches Hotelzimmer, kaum unterscheidbar von den unzähligen anderen, in denen er schon übernachtet hatte.

Professor Falke richtete sich auf. Sein Blick fiel auf das Tagungsprogramm auf dem Nachttisch.

Sicherheit in Museen
Congress Center Dresden
23. – 27.11.2019

Er war im Maritim Hotel abgestiegen, das direkt neben dem Congress Center lag. Dort hatte er gestern Abend einen Vortrag zum Thema »Das Aufspüren geraubter Kunst« gehalten. Mit Grausen erinnerte er sich an seine Vorstellung durch die Moderatorin. Sie hatte ihn als »Indiana Jones der Kunstwelt« bezeichnet. So mochte man als Professor für Kunstgeschichte wirklich nicht genannt werden. Die Konferenzteilnehmer würden denken, er sei ein halbseidener Abenteurer, der mit Fedora und Peitsche um die Welt jagte, um verschwundene Kunstschätze aufzuspüren. Tatsächlich war er ein ernsthafter Wissenschaftler.

Er hatte Dutzende Bücher und Hunderte Artikel über kunstgeschichtliche Themen geschrieben. Leider waren es allesamt Auflagenruinen gewesen. In Vorlesungen gab er sein enzyklopädisches Wissen an die Studenten der Universität der Künste Berlin weiter. Worauf die Moderatorin anspielte, war, dass er sich auch als Kunstdetektiv betätigte. Er hatte schon Dutzende in kriminelle Hände geratene Kunstwerke aufgespürt und in ihre Museen zurückgebracht. Diese Erfolge hatte er aber weder seinen Fäusten noch einer Peitsche zu verdanken, sondern seinen exzellenten Beziehungen zur Unterwelt.

Falke hatte sich erhoben. Er hatte der Moderatorin gesagt, dass sie die falschen Filme sehe. Er sei Kunstgeschichtler und kein Archäologe. Aber wenn sie noch mal mit diesem schiefen Vergleich käme, würde er sie vielleicht doch seine Peitsche spüren lassen.

Das Publikum hatte gelacht und Falke die Moderatorin vom Podium komplementiert.

In seinem Vortrag hatte er dargestellt, wie er bei der Suche nach geraubten Kunstwerken vorging. Prinzipiell konnte man zwei Arten von Kunstdieben unterscheiden. Es gab Diebe, die glaubten, sie könnten ihre Beute verkaufen. Aber sie würden keine Käufer finden. Denn niemand kaufte ein Kunstwerk, das er nicht seiner Familie und seinen Freunden zeigen konnte. Wenn die Diebe realisierten, dass sie das gute Stück nicht loswurden, traten sie an das Museum oder die Versicherung heran und verlangten Lösegeld. Bei der Übergabe klickten dann meist die Handschellen. Weitaus schwerer zu fassen waren professionelle Räuber. Sie wussten, dass Kunstwerke oder Schmuckstücke wegen ihres Wiedererkennungswertes als Ganzes unverkäuflich waren. Also wurden Gold und Silber eingeschmolzen, Diamanten entfernt und geschliffen, um sie einzeln in neuer Form zu verkaufen. Waren die Täter professionelle Räuber, war es ein Wettlauf gegen die Zeit. Man musste sie erwischen, bevor die Kunst für immer zerstört war.

Professor Falke hatte drei seiner Fälle geschildert. Er hatte Hitlers Pferde wieder aufgespürt, zwei meterhohe Pferdestatuen, die einst vor der Reichskanzlei standen. Genauso wie einen gestohlenen Picasso und den ebenfalls entwendeten Ring Oscar Wildes.

Die Zuschauer hatten am Ende auf die Tische geklopft. Seine Erfolgsbilanz als Kunstdetektiv konnte sich sehen lassen. Dabei nahm er nicht einmal Geld dafür. Ihm war wichtig, dass die einzigartigen Kunstwerke zurück in die Museen kamen und dort von vielen Menschen bewundert werden konnten.

Professor Falke nahm die Fernbedienung vom Nachttisch und schaltete den Fernseher ein. Er hatte bis zum Frühstück und der Fortsetzung der Tagung noch massig Zeit. Auf dem Bildschirm erschien eine Reporterin, die vor einem Streifenwagen stand. Hinter ihr war Absperrband und das Grüne Gewölbe zu erkennen.

Was, um Himmels willen, war da passiert? Erst gestern war er noch in dem Museum gewesen.

Ungläubig lauschte er der Reporterin, die atemlos von einem Einbruch ins Grüne Gewölbe berichtete.

DRESDEN

MONTAG, 25. NOVEMBER 2019, 06:25 UHR

Atemlos und mit unrasiertem Gesicht erreichte Kommissar Vogt den Tatort. Im spiegelnden Glas der Eingangstür des Residenzschlosses richtete er sein zerzaustes Haar. Eigentlich legte er Wert auf ein ordentliches Aussehen, aber sein Vorgesetzter Björn Steinkamp hatte am Telefon ungehalten sein sofortiges Erscheinen verlangt. Also hatte er sich nur rasch die Zähne geputzt, sich angezogen und war losgefahren. Die Woche fing ja gut an.

Kommissar Steinkamp stand mit einer Zigarette im Mund im überdachten Innenhof. Er hatte eine Stirnglatze, einen Henriquatre-Bart und war fast zwei Meter groß. Sein langer Trenchcoat konnte sein Übergewicht kaum verbergen. »Mensch, wo bleibst du denn? Hier ist die Hölle los, und du schläfst einfach.«

»Tut mir leid Chef.« Eigentlich musste er sich nicht entschuldigen, denn offizieller Dienstbeginn wäre erst in einer Stunde.

»Das war ein Anschlag auf unser Land. Ganz Sachsen erwartet von uns, dass wir den geraubten Kulturschatz finden und ins Museum zurückbringen.«

Steinkamp setzte ihn über den Coup des Jahrhunderts und die bisherigen Ermittlungen ins Bild. Die Suche der ausgeschwärmten Streifenwagen nach den Juwelendieben war bislang erfolglos geblieben. Auch die Bewohner über der Tiefgarage hatten keine Hinweise auf das zweite Fluchtfahrzeug geben können.

»Ich habe den Verdacht, ein Wachmann könnte den Tätern Insider-Informationen über das Sicherheitssystem verraten haben.«

»Wie beim Diebstahl im Berliner Bode-Museum?«, fragte Vogt.

»Ja, genau«, bestätigte Steinkamp.

Vor zweieinhalb Jahren, im März 2017, war eine rund 100 Kilogramm schwere Goldmünze aus der Ausstellung des Bode-Museums gestohlen worden. Sie war so groß wie ein Autoreifen. Ein als Aufsicht im Museum angestellter junger Mann hatte dem Rashid-Clan für 100 000 Euro einen Tipp gegeben. Es gab ein einziges von der Alarmanlage nicht gesichertes Fenster im Umkleideraum der Aufsicht. Genau durch dieses waren die Täter eingestiegen und hatten die Goldmünze im Wert von 3,8 Millionen Euro gestohlen.

»Meinst du, dass auch hier die Rashids dahinterstecken?«

»Könnte sein, aber für so einen Verdacht ist es noch zu früh.«

Der Rashid-Clan war in Berlin beheimatet und für eine Reihe aufsehenerregender Straftaten verantwortlich.

»Von der Goldmünze aus dem Bode-Museum fehlt weiter jede Spur«, sagte Vogt.

»Ich hoffe, bei den gestohlenen Juwelen hier wird das nicht auch so sein.«

Ein Dutzend Wachmänner, teilweise in Uniform, aber überwiegend in Zivilkleidung, kam auf den Innenhof und stellte sich in zwei Reihen auf.

Burlitz trat an Kommissar Steinkamp heran. »Ich habe die Wachmänner zusammengetrommelt, genau wie Sie gewünscht haben.«

Steinkamp ging zu ihnen und musterte sie kritisch.

Vogt fragte sich, ob einer der Männer ein Verräter war. Manchmal verriet sich ein Schuldiger durch seine Körpersprache. Doch keiner von ihnen verhielt sich auffällig.

»Sind das auch alle?«, fragte Steinkamp.

»Nein, ein Kollege fehlt. Er ist heute Morgen nicht zur Arbeit erschienen.«

»Wie ist sein Name?«

»Timo Peschel.«

»Wo wohnt er?« Steinkamp zückte seinen Notizblock.

Vogt sah seinem Chef an, dass er Blut geleckt und die Fährte aufgenommen hatte.

DRESDEN

MONTAG, 25. NOVEMBER 2019, 06:45 UHR

Peschel könnte eine heiße Spur sein. Ihre erste richtige Spur.

Christian Vogt saß am Steuer des Dienstwagens. Der Endvierziger hatte blaue Augen, dunkelblondes, vorne schütter werdendes Haar und trug einen Schnauzbart. Nach zwölf Minuten hatten sie die Adresse im Stadtteil Gorbitz erreicht. Vogt parkte vor einem Plattenbau ein. Steinkamp hatte auf dem Weg hierher eine Halterabfrage gemacht. Schräg gegenüber stand das auf Peschel zugelassene Auto. Er war also zu Hause.

Doch Peschel öffnete nicht. Steinkamp drückte wahllos andere Klingelknöpfe, bis der Summer ertönte. Zu Fuß nahmen sie die Treppe in den dritten Stock. Auch hier drückte Steinkamp die Klingel, aber es passierte nichts. Aus der Wohnung waren keine Geräusche zu hören. Steinkamp drückte noch einmal, länger diesmal. Wieder warteten sie, aber es tat sich nichts. Schließlich hämmerte der Kommissar mit der Faust gegen die Tür und rief: »Hier ist die Polizei! Machen Sie auf!«

Wieder erfolgte keine Reaktion.

»Wir gehen rein«, entschied Steinkamp.

»Aber wir haben keinen Durchsuchungsbeschluss«, wandte Vogt ein.

»Auf den können wir nicht warten. Hier besteht Gefahr im Verzug.«

Steinkamp musterte die vergilbte Wohnungstür. Sie machte keinen allzu stabilen Eindruck. Er trat zwei Schritte zurück, holte aus und trat mit dem rechten Fuß wuchtig gegen das Türschloss. Die Tür flog mit einem Krachen nach innen auf.

Augenblicklich ging hinter ihnen eine Tür auf.

»Was machen Sie da? Ich werde die Polizei rufen!«, sagte eine Rentnerin mit weißem Haar und geblümter Kittelschürze.

Steinkamp zeigte ihr seine Kripomarke. »Wir sind von der Polizei. Gehen Sie bitte wieder in Ihre Wohnung.«

»Hat der Timo was ausgefressen?«, fragte die Seniorin neugierig.

»Sie stören einen Polizeieinsatz. Gehen Sie sofort in Ihre Wohnung und machen Sie die Tür zu.«

Die Rentnerin setzte zu einer Erwiderung an, überlegte es sich dann aber anders und verschwand.

Steinkamp zog seine Pistole, Vogt tat es ihm gleich. Peschel besaß eine Waffe, hatten sie von Burlitz erfahren.

Sie spähten in den Flur der Zweizimmerwohnung. Rechts und links waren jeweils zwei Türen. Steinkamp machte mit vorgehaltener Waffe die erste Tür rechts auf. Es war das Bad. Dann drückte er die Tür links auf und sah ein zerwühltes Bett. Das Schlafzimmer. Vorsichtig tasteten sie sich weiter den Flur entlang. Es war nichts zu hören. Rechts ging die Küche ab. Auf dem Tisch stand nicht abgeräumtes Frühstücksgeschirr. Am Ende des Flurs, auf der linken Seite, schien Licht durch eine Glastür. Dort musste das Wohnzimmer sein. Vorsichtig gingen sie mit gezogenen Waffen dorthin. Peschel konnte nur noch hier sein. Steinkamp stieß die Tür mit der Pistole im Anschlag auf.

»Ach, du Scheiße!«, entfuhr es Vogt.

Timo Peschel lag auf dem Bauch vor dem Sofa. In seiner linken Schläfe prangte ein Loch, von dem eine Blutspur auf den Fußboden lief, die sich zu einer Lache ausgebreitet hatte. In seiner linken Hand hielt er eine Pistole.

Die beiden Kommissare steckten ihre Waffen in die Holster.

Steinkamp war mit drei Schritten bei Peschel, legte zwei Finger an seinen Hals. Dann schüttelte er den Kopf. »Der ist tot. Da ist nichts mehr zu machen.«

Steinkamp zog sein Handy, um das Kommissariat 11 über den nicht natürlichen Todesfall zu benachrichtigen. Währenddessen ging

Vogt an ihm vorbei zu dem Schreibtisch am Fenster, auf dem ein Laptop stand. Er klappte ihn auf, und der Laptop erwachte augenblicklich zum Leben.

»Ich komme ohne Passwort rein«, sagte Vogt verblüfft.

Steinkamp beobachtete, wie sein Assistent den Verlauf durchscrollte.

»Björn, das musst du dir anschauen.«

Steinkamp hatte seinen Anruf beendet, trat neben Vogt und sah auf den Monitor. Ein freundlicher Mensch von den Kaimaninseln hatte Peschel vor einer Woche 100 000 Euro überwiesen.

Hatte der Wachmann tatsächlich geheime Informationen über das Sicherheitssystem verkauft? War sein Selbstmord ein Schuldeingeständnis?

DRESDEN

MONTAG, 25. NOVEMBER 2019, 07:35 UHR

Der Bildschirm blieb schwarz.

Steinkamp und Vogt ließen sich in der Sicherheitszentrale im dritten Stock des Residenzschlosses von Burlitz die Tatvideos vorspielen. Um 4:50 Uhr waren außen alle Lichter ausgegangen. Die an der Fassade des Residenzschlosses angebrachten Überwachungskameras zeigten nichts mehr.

»Infrarotkameras haben Sie offensichtlich keine«, sagte Steinkamp kopfschüttelnd.

»So modern sind wir hier nicht«, erwiderte Burlitz.

»Ich hoffe, wenigstens auf dem Video des Juwelenzimmers ist etwas zu sehen.«

Burlitz wechselte die VHS-Kassette. Auf dem Monitor erschien eine körnige Aufnahme des Tatorts. In der Mitte war der schwarzweiße Fliesenboden zu erkennen. Links stand die Vitrine mit den kostbaren Juwelen. Der Raum war in Dunkelheit gehüllt. Nach dem Zeitstempel war es 4:57 Uhr, als am rechten Bildrand das Licht einer Taschenlampe auftauchte. Es näherten sich zwei Männer zielgerichtet der Vitrine. Sie trugen Äxte und Taschen mit sich. Einer der beiden schlug wie von Sinnen mit seiner Axt auf die Frontscheibe ein. Die Axt durchdrang nach sechsundfünfzig Hieben das Glas, und er verkeilte sie darin.

Dann riss der Mann mit seiner Axt die Frontscheibe heraus. Die beiden Männer rupften die Juwelen aus den Auslagen und steckten sie in ihre Taschen. Am Schluss versprühte einer der Männer noch den Inhalt eines Feuerlöschers. Dann verschwanden die beiden, und im Juwelenzimmer war es wieder dunkel.

Burlitz drückte auf die Stopptaste des Rekorders.

»Mann, sind die brutal. Der hat ja wie ein Irrer auf die Vitrine eingedroschen«, sagte Vogt.

»Und schnell waren die. Nach nur drei Minuten war der Spuk auch schon wieder vorüber«, fügte Burlitz hinzu.

»Warum ist die Bildqualität so miserabel?« Steinkamp rieb sich das Kinn. Die beiden Täter waren nur schemenhaft zu erkennen gewesen. Er war aus vielen anderen Einbruchsfällen gestochen scharfe Aufnahmen auch nachts gewohnt. Selbst einfache Kameras aus dem Baumarkt lieferten oft erstaunlich gute Bilder.

»Unsere Kameras sind veraltet und auch nicht besonders hochwertig. Außerdem war das Licht aus«, sagte Burlitz.

»Sie überwachen Millionenwerte mit alten Billigkameras?«, fragte Vogt ungläubig.

»Für die technische Ausstattung bin ich nicht zuständig.«

»Hätten Sie das Licht nicht einschalten können? Oder war das auch von dem Stromausfall betroffen?«, fragte Steinkamp.

»Im Schloss hatten wir Strom, aber wir wollten die brutalen Einbrecher nicht auf uns aufmerksam machen.«

Die Wachmänner waren ziemlich feige. Dabei wäre es eigentlich ihre Aufgabe gewesen, den Staatsschatz zu beschützen. Doch sie hatten sich einfach in ihrer Zentrale versteckt. Steinkamp würde das Tatvideo der Forensik übergeben, aber er bezweifelte, dass die Techniker die Bildqualität noch entscheidend verbessern konnten. Das Bildmaterial war grottenschlecht. Durch das Video würden die Täter wahrscheinlich nicht zu identifizieren sein.

»Hat sich in den letzten Tagen jemand auffällig für die Vitrine interessiert?« Steinkamp wusste aus Erfahrung, dass professionelle Einbrecher das Zielobjekt vorher auskundschafteten.

»Nicht dass ich wüsste.«

»Haben Sie noch die Aufzeichnungen der letzten Tage?«

»Ja, hier sind die Videos der letzten drei Tage.« Burlitz griff ins Regal und übergab Steinkamp ein Dutzend VHS-Kassetten.

Steinkamp hoffte, das Material würde die Täter beim Ausspähen der Vitrine zeigen. Bei Tageslicht würde hoffentlich auch die Bildqualität besser sein.

»War sonst in den vergangenen Tagen irgendetwas auffällig?«

»Hören Sie, ich bin müde und möchte nach Hause.«

»Gleich. Also, war irgendetwas auffällig?«

Burlitz strich sich über das stoppelige Kinn. »Da war ein Mann, der sich nach unseren Sicherheitsmaßnahmen erkundigen wollte. Er sagte, er sei Teilnehmer einer Konferenz über die Sicherheit in Museen.«

»Und haben Sie ihm etwas erzählt?«

»Natürlich nicht.«

»Hat der Mann Ihnen seinen Namen genannt?«

»Nein.«

»Wie hat er ausgesehen?«

»Er hatte eine schwarze Brille, volles blondes Haar und trug ein dunkelblaues Sakko. Und dann waren da noch diese Cowboystiefel, die so gar nicht dazu passten.«

»Haben Sie ihn für einen Tagungsteilnehmer gehalten?«

»Nein, er sah nicht wie ein typischer Museumsdirektor aus. Seine Brille und Kleidung waren zu modern, und dann diese Cowboystiefel.«

»Chef, der Typ kommt mir verdächtig vor«, sagte Vogt.

»Das sehe ich genauso.« Steinkamp wandte sich wieder an Burlitz. »Glauben Sie, der Mann ist auf den Überwachungsvideos?«

»Er war lange in der Ausstellung. Er ist mit Sicherheit auf den Bändern zu sehen.«

»Danke, dann wissen wir, was wir zu tun haben.«

DRESDEN

MONTAG, 25. NOVEMBER 2019, 08:30 UHR

Dieser Montagmorgen war ein regelrechter Albtraum. *Das historische Grüne Gewölbe bleibt bis auf Weiteres geschlossen*, stand auf dem Schild, mit dem Julia auf dem Weg zum Eingang war. Die Kriminaltechniker würden noch den ganzen Tag mit der Spurensicherung beschäftigt sein. Anschließend würde sie mit ihren Mitarbeitern die zurückgelassenen Juwelen bergen. Dann stünden die Reparaturen des zerstörten Fensters und der zersplitterten Vitrine an. Julia fragte sich, ob es überhaupt Gelder für die Neuanschaffung von Juwelen gab. Jedenfalls würde das Museum für Wochen geschlossen bleiben. Ob sie eine Wiedereröffnung überhaupt noch miterleben würde? Sie befand sich noch in der Probezeit, und ihr war klar, dass sie ein naheliegendes Bauernopfer werden konnte.

Im Foyer kamen ihr die beiden Kommissare entgegen. Sie hatte sie bereits flüchtig kennengelernt. Steinkamp blieb stehen und verschränkte die Arme vor der Brust.

»Haben Sie schon eine Spur?«, fragte Julia.

»Wir haben uns gerade das Video des Axtangriffs angesehen. Es ist von einer unsagbar schlechten Bildqualität. Die Szene wird nur durch die zuckenden Taschenlampen der Einbrecher erhellt. Von Infrarotaufnahmen haben Sie hier offenbar noch nichts gehört?« Kommissar Steinkamp sah sie ernst an.

»So modern ist unsere Videotechnik nicht.« Julia hatte sich auch schon über die schlechte Bildqualität gewundert. Das Video sah aus, wie nachts und bei Nebel von einer museumsreifen Kamera aufgenommen. Sie hatte Burlitz gefragt, warum er nicht die Beleuchtung eingeschaltet hatte, als er den Einbruch bemerkte. Aber er hatte sich plump herausgeredet, durch die Dunkelheit hätten die Diebe nicht alle Juwelen entdecken und entwenden können. Was für ein Schwachsinn!

»Und eine Einbruchmeldeanlage, die ein Eindringen von Einbrechern über eine Standleitung automatisch an die Polizei weiterleitet, haben Sie offensichtlich auch nicht.«

Julia Graf schüttelte nur den Kopf. Sie hatte noch keine Zeit gefunden, sich eingehend mit der Sicherheitstechnik des Museums zu beschäftigen. Die Technik in der Sicherheitszentrale sowie die überall aufgehängten Videokameras schienen ihr allerdings älteren Datums zu sein. Das von ihrem Vorgänger gemalte Bild von Fort Knox bekam langsam, aber sicher Risse. Und sie konnte ihn noch nicht einmal zu den Details der Sicherheitstechnik befragen, denn er hatte seinen Ruhestand mit einer viermonatigen Weltreise auf einem Kreuzfahrtschiff eingeläutet.

»Immerhin verfügen Sie schon über ein Telefon, sodass die Wachmänner die Polizei anrufen konnten. Mit Brieftauben hätte das noch viel länger gedauert.« Die Stimme des Kommissars troff vor Sarkasmus.

»Wir sind bestürzt, dass die Vitrine den Axtschlägen der Angreifer nur wenige Sekunden standgehalten hat«, meldete sich nun Vogt zu Wort.

»Nach den Angaben meines Vorgängers hätte das Sicherheitsglas mindestens eine Viertelstunde standhalten müssen«, erwiderte Julia schwach. Darauf hatte sie sich zumindest verlassen.

»Das hätte auch ausgereicht, denn nach fünf Minuten war der erste Streifenwagen vor Ort gewesen«, kommentierte Vogt trocken. »Können Sie sich erklären, warum das Sicherheitsglas nicht gehalten hat, was vom Hersteller versprochen wurde?«

Julia fühlte sich von all diesen Fragen überfordert. Sie hatte Kunstgeschichte studiert, nicht Sicherheitstechnik.

»Sagt Ihnen der versuchte Goldschatz-Raub in Trier etwas?«, bohrte Steinkamp weiter.

Julia schüttelte den Kopf. Von dem weltweit größten Goldschatz der römischen Kaiserzeit hatte sie natürlich gehört, von einem versuchten Raub dagegen nicht.

»Der Trierer Schatz umfasst 2650 römische Münzen aus purem Gold mit einem Gesamtgewicht von rund 18,5 Kilogramm. Unbekannte Täter sind vor knapp sieben Wochen in das Landesmuseum Trier eingebrochen und haben versucht, das Panzerglas der Vitrine zu zerschlagen. Aber im Gegensatz zu Ihrem Glas ist das in Trier nur gesplittert, hat aber nicht nachgegeben. Die Täter mussten ohne Beute fliehen.«

»Offenbar hat das Landesmuseum Trier dann besser geschützte Vitrinen als wir«, erwiderte Julia.

»Genau. Und ich will von Ihnen wissen, warum das so ist?«, fragte Steinkamp.

»Unsere Vitrine ist mindestens zehn Jahre alt. Ich kann Ihnen nicht sagen, was damals schiefgelaufen ist. Vielleicht hat der Lieferant einen Fehler gemacht und statt des versprochenen widerstandsfähigen Glases nur minderwertiges geliefert, vielleicht war aber auch schon die Ausschreibung mangelhaft.«

Julia sah dem Kommissar an, dass er nachdachte.

»Möglich wurde dieser Einbruch erst durch mangelhafte und veraltete Sicherheitstechnik. Die entscheidende Frage ist, wer davon wusste.«

»Ich jedenfalls nicht.«

Die Kommissare verabschiedeten sich. Julia sah ihnen nach und blieb allein zurück. Sie machte sich Vorwürfe, dass sie sich nicht gleich nach Dienstantritt mit den Sicherheitsvorkehrungen vertraut gemacht hatte. Sie hätte sich nicht auf die Aussage ihres Vorgängers, das Museum sei so sicher wie Fort Knox, verlassen dürfen.

DRESDEN

MONTAG, 25. NOVEMBER 2019, 11:45 UHR

Die Polizeidirektion war in einem historischen Gebäude am Rande der Altstadt untergebracht. Kommissar Steinkamp leitete das Einbruchsdezernat. Sein Dienstzimmer teilte er sich mit Vogt. Es glich Tausenden anderen Beamtenstuben. Die Wände waren cremeweiß gestrichen, der Fußboden war mit grauem Nadelfilz ausgelegt. Die Möbel bestanden aus einfachen Spanplatten mit Eschenfurnier. Zwei blau gepolsterte Drehstühle brachten etwas Farbe in den Raum. Auf Steinkamps Schreibtisch stand ein Desktop-Computer mit Monitor. Das einzig Persönliche in dem nüchternen Büro war das gerahmte Foto, das ihn zehn Jahre jünger – und deutlich schlanker – neben seiner Frau und seinem Jungen zeigte.

Zusammen mit Vogt sah er sich die VHS-Bänder der Tage vor dem Einbruch an. Es war gar nicht so einfach gewesen, noch einen funktionstüchtigen VHS-Rekorder aufzutreiben. Im Schnelldurchlauf gingen sie die Videoaufnahmen durch. Über der Vitrine im Juwelenzimmer war eine Überwachungskamera angebracht, die zeigte, wie Besucher an die Vitrine herantraten, die Juwelen bewunderten und weiterschlenderten. Ein ständiges Kommen und Gehen. Bei Tageslicht war die Bildqualität auch halbwegs brauchbar. Steinkamp und Vogt hockten nun schon seit zwei Stunden vor dem Monitor, ohne etwas Auffälliges entdeckt zu haben.

Sie hatten noch keine heiße Spur. Von dem toten Wachmann einmal abgesehen, aber der redete nicht mehr.

»Da ist er!«, sagte Vogt plötzlich.

Steinkamp betätigte die Pausentaste. Ein Mann mit schwarzer Brille, blondem Haar und dunkelblauem Sakko trat an die Vitrine heran.

»Und er trägt sogar diese Cowboystiefel, von denen Burlitz berichtet hat.«

Steinkamp ließ die Aufnahme mit normaler Geschwindigkeit weiterlaufen. Es war zu sehen, wie der Mann die Vitrine aufmerksam begutachtete. Er warf einen langen, fast ehrfürchtigen Blick auf die Diamanten. Dann trat er näher an die Vitrine heran und drückte seine Nase gegen das Glas – wie ein kleiner Junge vor einem Spielzeugladen eine Woche vor Weihnachten. Er zückte sein Handy und machte Fotos. Dann betrachtete er die Einfassung der Frontscheibe genauer.

»Es sieht so aus, als ob er versucht, die Dicke des Glases einzuschätzen«, sagte Vogt und drückte erneut die Pausentaste.

Das Bild fror ein. Es zeigte den Mann, wie er mit dem Fingerknöchel gegen das Glas klopfte.

»Ein normaler Museumsbesucher würde sich nicht für die Stärke des Glases interessieren, ein potenzieller Einbrecher hingegen schon«, überlegte Vogt.

»Das wirkt in der Tat verdächtig. Gib mal das Band mit den Aufnahmen vom Fenster her«, erwiderte Steinkamp.

Vogt reichte ihm die Kassette, und Steinkamp wechselte sie.

Steinkamp spulte zu der Stelle ein paar Minuten vor dem Auftauchen des Mannes vor der Vitrine. Sie mussten nicht lange warten, bis derselbe Mann auch in der Videoaufnahme vom Fenster auftauchte. Auch dieses musterte er ähnlich genau wie die Vitrine und machte ein paar Fotos mit seinem Handy.

»Dieser Mann hat einen Tag vor dem Einbruch das Fenster und die Vitrine ausgespäht. Und er ist der Einzige, der das in den Tagen vor dem Einbruch getan hat.« Vogt war sichtlich aufgeregt und starrte gebannt auf den Bildschirm.

»Das ist unser Mann. Wir müssen nur noch rausfinden, wer er ist.«

DRESDEN

MONTAG, 25. NOVEMBER 2019, 15:35 UHR

Dr. Caspari wartete schon, als Steinkamp und Vogt in den weiß gekachelten Sektionssaal kamen. Es hingen helle Lampen an der Decke. Der Boden war ungesund gelbgrau gefliest. Und in der Mitte stand ein Untersuchungstisch aus glänzendem Stahl. Auf ihm lag eine Leiche, gnädig von einem grünen Tuch verhüllt. Der Rechtsmediziner mit Glatze und Nickelbrille zog seinen Kittel aus und hängte ihn an einen Ständer.

»Kommen Sie ruhig näher«, sagte Dr. Caspari und winkte die Kommissare zu sich heran.

Steinkamp und Vogt traten zögernd an den Seziertisch. Im Einbruchsdezernat hatten sie es mit Brecheisen und Stehlgutlisten zu tun, nicht jedoch mit Leichen. Es war schon eine Weile her, als sie das letzte Mal im Institut für Rechtsmedizin waren, das auf dem Gelände des Universitätsklinikums beheimatet war. Der stechende Geruch von Desinfektionsmittel hing in der Luft. Und es war kalt. Steinkamp hoffte, die Sache schnell hinter sich zu bringen.

Dr. Caspari schlug das grüne Tuch über dem Körper zurück. Dort lag die Leiche von Timo Peschel. Er wies auf das Loch in seiner linken Schläfe. »Das hier ist die Eintrittswunde. Einen Austrittskanal gibt es nicht. Es muss sich um einen Nahschuss gehandelt haben, denn hier ist noch eine Stanzmarke zu sehen, und die Wundränder weisen Schmauchspuren auf.«

Dr. Caspari ging zu einem Leuchtkasten an der Wand und hängte eine Röntgenaufnahme ab. Mit dem Bild in der Hand kam er zu den

Kommissaren zurück und hielt es gegen die Deckenbeleuchtung. »Das Hohlspitzgeschoss hat sich in diverse Splitter zerlegt und im ganzen Schädel verstreut. Die Schussverletzung war unmittelbar tödlich.«

»Also war es ein Suizid?«, fragte Vogt.

»Nicht unbedingt«, antwortete Dr. Caspari mit gerunzelter Stirn. »Es kommt darauf an, ob Peschel Links- oder Rechtshänder war.«

»Als wir ihn fanden, hielt er die Pistole in seiner linken Hand.«

»Generell kann man sagen, dass nur zehn Prozent aller Menschen Linkshänder sind. Es spricht also eine neunzigprozentige Wahrscheinlichkeit dafür, dass Peschel Rechtshänder war. Und dann schauen Sie sich mal den Arm der Leiche an.« Dr. Caspari zeigte auf den rechten Arm des Toten.

Steinkamp beugte sich vor. Für ihn sahen beide Arme gleich aus. Er konnte keinen Unterschied erkennen.

»Ich habe die Gliedmaßen vermessen. Der rechte Arm der Leiche ist einen Zentimeter länger. Und die Muskeln am Oberarm sind ebenfalls stärker ausgeprägt.« Dr. Caspari schien in seinem Element. »Ich gehe also davon aus, dass der Tote Rechtshänder war.«

Steinkamp tauschte einen fragenden Blick mit Vogt.

»Wenn Peschel Rechtshänder war, wäre es also ungewöhnlich, wenn er sich mit der linken Hand erschossen hätte. Sehe ich das richtig?«, fragte Steinkamp.

»Ja, es wäre absolut ungewöhnlich, wenn sich jemand mit seiner nicht dominanten Hand erschießt«, stimmte Dr. Caspari zu.

»Das heißt, wir müssen von einem Mord ausgehen und keinem Selbstmord.« Steinkamp war erschüttert über diese neue Entwicklung.

Er war froh, endlich wieder an der frischen Luft zu sein, nachdem sie die Rechtsmedizin verlassen hatten.

»Was bedeutet das für unsere Ermittlungen?«, fragte Vogt.

»Womöglich war Peschel nur ein Helfershelfer, den die wahren Täter loswerden wollten«, schlussfolgerte Steinkamp.

»Ermitteln wir in der Sache Peschel weiter?«

»Nein, das ist ganz klar ein Fall für die Mordkommission. Ich werde den Kollegen von unserem Fall erzählen und bitten, uns auf dem Laufendem zu halten.«

DRESDEN

MONTAG, 25. NOVEMBER 2019, 16:38 UHR

Die Notfallbesprechung fand nur eine halbe Stunde nach Eingang der E-Mail im Konferenzraum des Residenzschlosses statt. Neben Julia Graf hatten sich die Generaldirektorin der Staatlichen Kunstsammlungen und der Kaufmännische Direktor des Grünen Gewölbes eingefunden.

Die E-Mail, die Julia Graf ausgedruckt verteilte, hatte sie vorher fast vom Stuhl gehauen. Sie lautete:

Wenn Sie die Juwelen zurückhaben wollen, zahlen Sie eine Million Euro. Ziehen Sie keinesfalls die Polizei hinzu. Andernfalls wird der Schmuck in seine Einzelteile zerlegt und nie wieder auftauchen. Ich melde mich wieder.

»Wissen wir schon etwas über den Absender der E-Mail?« Prof. Dr. Christine Preußler war die Generaldirektorin der Staatlichen Kunstsammlungen Dresden, zu dessen fünfzehn Museen auch das Grüne Gewölbe gehörte. Sie trug ihr silbergraues Haar in einem modischen Kurzhaarschnitt mit voluminösem Seitenscheitel und einer großen Locke.

»Die Mail ist anonym«, antwortete Julia. »Unser IT-Kollege hat bereits einen kurzen Blick darauf geworfen und meint, sie sei auch nicht zurückverfolgbar.«

»Sollten wir diese Lösegeldforderung ernst nehmen?«, fragte Christine Preußler.

»Wir wissen doch gar nicht, ob der Absender wirklich unseren Schmuck hat«, warf Gisbert Kramer ein. Der Mittfünfziger mit den grau melierten Haaren, der Hornbrille und dem Dreitagebart war für die Finanzen des Grünen Gewölbes verantwortlich. Sein stets leicht gequälter Blick und die dunklen Schatten unter den Augen ließen vermuten, dass er unter dieser Bürde litt.

»Das ist ein berechtigter Einwand. Wir sollten irgendeinen Beweis verlangen, dass der Erpresser unseren Schmuck hat«, meinte Preußler.

»Dem kurzen Text nach meint der Erpresser es ernst. Wir sollten keine Spiele mit ihm spielen, sonst zerstört er die Kollektion.« Julia hatte schon befürchtet, dass es eine Diskussion über das Lösegeld geben würde.

»Ich stimme Frau Graf zu. Der Schmuck ist unersetzlich. Abgesehen davon, ist er leider nicht versichert.« Christine Preußler warf Kramer einen verärgerten Blick zu. Auch heute trug sie eine gestärkte weiße Bluse und ein schwarzes Businesskostüm.

»Die Versicherungsprämie wäre für eine so kostbare Sammlung unbezahlbar gewesen«, rechtfertigte Kramer sich eilig.

»Eine Million ist ein Schnäppchen«, warf Julia ein. »Die Juwelen sind mindestens das Hundertfache wert.« Im Grunde war sie froh, dass die Lösegeldforderung so niedrig ausgefallen war. Eine Million würde das Museum irgendwie aufbringen können, deutlich mehr jedoch nicht. Das wusste sicherlich auch der Erpresser.

»Wer garantiert uns, dass der Erpresser den Schmuck nach Zahlung der Million auch wirklich zurückgibt?«, fragte Kramer.

»Garantien wird es keine geben. Das Risiko müssen wir eingehen«, sagte Julia. Ihr war im Grunde jedes Mittel recht, um die Juwelen wiederzubekommen.

»Abgesehen davon, haben wir keine Million.« Kramer machte eine Leere-Hände-Geste.

»Wirklich nicht?«, fragte Preußler erstaunt.

»Ja, unser Haushalt ist ausgeglichen, aber es gibt keine Geldreserven, schon gar nicht über eine Million.«

Preußler wirkte nachdenklich.

»Ich kann die wohlhabenden Förderer unseres Museums um Hilfe bitten. Jemand von ihnen wird sicher bereit sein, uns die Million zu geben.« Julia wurde langsam verzweifelt.

»Einwände dagegen?«, fragte Preußler ihren Kämmerer.

»Wenn Fremdmittel für das Lösegeld verwendet werden, nicht.«

»Dann ist es beschlossen. Wir werden das Lösegeld zahlen.«

»Wer wird von uns die Lösegeldübergabe durchführen?« Julia Graf hoffte inständig, dass der Kelch an ihr vorüberging.

Preußler beugte sich auf dem Tisch nach vorne und sah sie mit hochgezogenen Augenbrauen verständnislos an.

»Ich verstehe Ihre Frage nicht. Sie und niemand anderes sind die Museumsdirektorin.«

»Aber ich habe doch erst vor Kurzem hier angefangen«, wandte Julia ein.

»Um Missverständnissen vorzubeugen, will ich eines klarstellen: SIE sind die amtierende Direktorin. Sowohl der Verlust als auch die Wiederbeschaffung der Juwelen liegen allein in Ihrem Verantwortungsbereich.«

»Für den Diebstahl kann ich nichts.«

»Nun, das wird sich zeigen. Immerhin sind Sie schon einen Monat bei uns und hätten ausreichend Zeit gehabt, um mögliche Lücken im Sicherheitskonzept zu erkennen und zu beheben.«

Julia wollte protestieren, doch Preußler hob abwehrend die Hand. Ihr wurde zunehmend klar, wie die Sache enden würde, wenn die Juwelen verschwunden blieben. Preußler würde sie als Verantwortliche präsentieren und medienwirksam entlassen. Ihr hart erkämpfter Aufstieg zur Museumsdirektorin würde nach nur einem Monat auch schon wieder enden.

Christine Preußler faltete demonstrativ die Hände. »Und noch eins: Nichts hiervon darf nach außen dringen.«

Julia nickte.

»Sollten wir nicht doch die Polizei involvieren?«, versuchte es Gisbert Kramer. Die dicken Brillengläser ließen seine Augen größer erscheinen, als sie waren.

»Das halte ich für riskant«, sagte Christine Preußler kopfschüttelnd. »Der Verfasser droht bei Einschaltung der Polizei damit, den Schmuck in seine Einzelteile zu zerlegen. Die Kollektion ist ein Weltkulturerbe. Es zählt die Vollständigkeit des Ensembles. Wir können nicht zulassen, dass es zerstört wird.«

»Ich hätte da vielleicht einen Vorschlag«, sagte Julia. »Es gibt da jemanden, den wir um Hilfe bitten könnten.«

Preußler und Kramer sahen sie fragend an.

DRESDEN

DIENSTAG, 26. NOVEMBER 2019, 10:10 UHR

Die beiden Männer kamen direkt auf ihn zu.

Professor Falke stand allein an einem Stehtisch im Foyer des Congress Centers. Die Kaffeetasse vor ihm war leer, die Pause würde gleich zu Ende sein.

Der größere der beiden steuerte mit energischen Schritten auf ihn zu. Er war übergewichtig, und sein schwarzes Sakko spannte über seinen breiten Schultern. Der andere trug einen Schnauzbart und hatte Mühe, Schritt zu halten. Sie waren offensichtlich keine Teilnehmer der Tagung.

»Professor Falke?« Die Männer waren vor ihm stehen geblieben. Der Dicke musterte seine Cowboystiefel.

»Ja, der bin ich.«

»Kommissar Steinkamp, Kripo Dresden. Das ist mein Assistent Christian Vogt.«

Falke musterte den Mann mit dem mürrischen, unsympathischen Gesicht.

Sein Resthaar war unnatürlich schwarz gefärbt, in seinem Henriquatre-Bart glitzerten graue Sprengsel.

»Ah, die Polizei, dein Freund und Helfer«, sagte Falke vergnügt.

Steinkamp drückte ihm forsch die Hand, und Falke dachte für einen Moment, seine eigene würde in einem Schraubstock zerquetscht.

Der zweite Kommissar blieb etwas zurück und nickte nur kurz zur Begrüßung.

»Wir ermitteln wegen des Einbruchs im Grünen Gewölbe«, setzte Steinkamp an. »Sie sind ein ausgewiesener Experte für Kunstdiebstähle und können uns sicher ein paar Fragen beantworten.« Seine Stimme klang hart und scharf, wie das Bellen eines Feldwebels.

»Ich helfe gerne, wenn ich kann.« Eigentlich hatte Falke keine große Lust auf ein Gespräch mit diesem Unsympathen. Aber der Einbruch interessierte ihn, und dies war eine gute Gelegenheit, um Informationen aus erster Hand zu erhalten. Als Kunstdetektiv gehörte es für ihn dazu, gute Beziehungen zur Polizei, aber auch zu Kriminellen zu pflegen.

»Haben Sie schon eine Idee, wer dahinterstecken könnte?«, fragte Steinkamp ohne Umschweife.

»Nein, leider nicht.«

Die kleinen braunen Augen des Kommissars fixierten ihn. Falke hielt dem Blick stand, denn er sagte die Wahrheit. Er hatte weder von seinen Informanten irgendetwas gehört, noch hatte er einen Verdacht. Er war selbst völlig überrascht von dem Coup gewesen, als er gestern von ihm im Frühstücksfernsehen erfahren hatte.

»Sie waren in der Vergangenheit recht erfolgreich bei der Aufspürung von gestohlenen Kunstwerken. Wie schätzen Sie die Chancen ein, dass die gestohlenen Juwelen wiedergefunden werden können?«

»Das kommt darauf an, um welche Art von Täter es sich handelt. Wenn es Amateure waren, werden sie versuchen, die Juwelen zu verkaufen. Dabei könnten Sie sie erwischen und das Diebesgut sicherstellen.«

Kommissar Vogt schrieb in seinem Notizbuch mit. Falke sah sich im Foyer um. Es leerte sich. Die Teilnehmer gingen in den Konferenzsaal zurück. Die Pause war vorbei.

»Handelt es sich allerdings um Profis, werden sie die Juwelengarnituren zerlegen und die Diamanten umschleifen. Wenn Sie in diesem Fall keinen schnellen Ermittlungserfolg erzielen, werden wir die Exponate nie wieder sehen.«

Die Miene von Steinkamp verdüsterte sich noch mehr.

»Sie sollen über exzellente Beziehungen zur Unterwelt verfügen. Was für Kontakte haben Sie?«

Falke lächelte entschuldigend. »Tut mir leid, das ist mein Geschäftsgeheimnis.« Sein Kapital war das Vertrauen von Informanten und Kriminellen. Würde er ihre Namen an die Polizei verraten, hätten sich seine exzellenten Beziehungen sofort erledigt.

»Wo waren Sie eigentlich am Montagmorgen um 5:00 Uhr?«, bohrte Steinkamp weiter.

Falke zuckte kurz zusammen, was auch Steinkamp nicht verborgen blieb. Er war Experte für Kunstdiebstähle. Warum sollte er ein Alibi brauchen?

»Reine Routine. Wir fragen das jeden.« Der Kommissar ließ sich nicht in die Karten schauen.

»Ich habe nebenan im Maritim Hotel übernachtet und noch geschlafen.«

»Allein?«

»Ja, allein.«

Falke sah Steinkamps in Falten gelegter Stirn an, dass er ihm sein Alibi nicht abnahm.

»Haben Sie eine Erklärung, wie es den Tätern gelingen konnte, die Vitrine in knapp einer Minute einzuschlagen?«

»Ich würde vermuten, das Glas hat nicht den gängigen Standards entsprochen. Üblich in Museen ist eigentlich Sicherheitsglas, das roher Gewalt mindestens eine Viertelstunde lang standhält.«

Steinkamp nickte. »Und wie konnten die Täter wissen, dass das in diesem Fall nicht so war?«

»Nun, das ist ganz einfach. Meist gehen Diebe als normale Besucher getarnt in die Ausstellung und schauen sich die Gegebenheiten vorher genau an. Ein professioneller Einbrecher kann aus der Dicke und der Färbung des Glases ohne Probleme Rückschlüsse auf dessen Widerstandskraft ziehen.«

In den Augen von Steinkamp blitzte es auf. Falke fragte sich, warum.

DRESDEN

DIENSTAG, 26. NOVEMBER 2019, 10:10 UHR

Julia Graf war nach dem Gespräch mit den Kommissaren vor zwei Stunden hin- und hergerissen gewesen. Sie hatten ihr ein Standbild aus dem Überwachungsvideo gezeigt und gefragt, ob sie den Mann kenne. Das hatte sie bejaht. Sie kannte ihn nicht persönlich, aber Professor Falke war in der Kunstwelt allgemein bekannt. Sie hatte Fachbücher von ihm gelesen und auch von seinen Erfolgen als Kunstdetektiv gehört. Er war in den Medien ein gern gesehener Experte für Kunstdiebstähle und oft die letzte Hoffnung für beraubte Museumsdirektoren.

Die Kommissare hielten ihn für verdächtig, weil er sich so auffällig für die ausgeraubte Vitrine interessiert und einen Wachmann nach den Sicherheitsvorkehrungen gefragt hatte. Die Kommissare fanden sich besonders clever, weil sie meinten, die »Tarnung« des Professors durchschaut zu haben. Sie waren überzeugt, er nehme gerade zum Schein an einer Tagung zum Thema *Sicherheit in Museen* in Dresden teil. Sein eigentliches Ansinnen sei aber der Einbruch ins Grüne Gewölbe gewesen. Die Kommissare wollten ihn in Kürze im *Congress Center* aufsuchen und mit zur Vernehmung aufs Präsidium nehmen.

Julia Graf war nach dem Gespräch mit den Kommissaren sehr nachdenklich geworden und hatte Professor Falke ausführlich gegoogelt. Er hatte bisher eine blütenreine Weste und eine ganze Reihe von Erfolgen beim Auffinden gestohlener Kunst vorzuweisen. Laut seiner Interviews liebte er Kunst und wollte, dass geraubte Werke wieder dahin zurückkamen, wo sie hingehörten, ins Museum. Warum sollte so jemand plötzlich die Seiten wechseln? Sie hielt den Gedanken, dass ausgerechnet Professor Falke hinter dem Einbruch im Grünen Gewölbe steckte, für abwegig.

Außerdem wollte Julia Graf Professor Falke bitten, dem Museum bei der Wiedererlangung des Schmucks zu helfen. Falke war der einzige deutsche Kunstdetektiv. Wenn die Kommissare ihn nun wegsperrten, konnte er ihnen nicht mehr helfen. Und ihr war schmerzlich bewusst, dass sie von Sachen wie Lösegeldübergaben nicht die geringste Ahnung hatte.

Jetzt saß Julia Graf in ihrem Wagen und hoffte, Professor Falke im *Congress Center* noch rechtzeitig anzutreffen, bevor die Polizei ihn mitnahm.

DRESDEN

DIENSTAG, 26. NOVEMBER 2019, 10:15 UHR

Professor Falke war so gut wie überführt.

Steinkamp und Vogt befragten Falke noch immer im *Congress Center*. Kommissar Vogt bewunderte seinen Chef. Steinkamp verstand sein Handwerk. Er hatte Professor Falke in dem Glauben gelassen, dass er ihn als Experten befragte. Beiläufig hatte er schon erfahren, dass Falke kein Alibi für die Tatzeit hatte. Und er hatte dem Professor entlockt, wie die Täter von der Schwachstelle des Sicherheitsglases erfahren haben könnten.

Gestern Abend war ein anonymer Tipp im Präsidium eingegangen. Der Tippgeber hatte behauptet, Professor Adrian Falke sei der Kopf einer internationalen Juwelenbande. Steinkamp war geradezu elektrisiert gewesen, als er nach dem Bild des Professors googelte und feststellte, dass es sich dabei um denselben Mann handelte, der die Vitrine des Grünen Gewölbes so überaus gründlich inspiziert hatte. Zudem nahm er gerade an einer Tagung in Dresden teil. Sie hatten deshalb beschlossen, am nächsten Morgen als Erstes zu Julia Graf ins Museum zu fahren und ihr das Video zu zeigen

»Hätten bessere Sicherheitsvorkehrungen die Täter abgeschreckt?«, fragte Steinkamp nun den Professor.

»Nein. Professionelle Diebe sehen solche Coups als eine Art Sport. Je herausfordernder die Sicherheitsvorkehrungen sind, desto größer ist ihr Ruhm und ihre Ehre, wenn der unmögliche Einbruch gelingt. Sie werden immer irgendwo eine Lücke im Sicherheitskonzept finden, die sie nutzen können.«

Professor Falke wusste ja nicht, dass er für Steinkamp längst der Tatverdächtige Nummer eins war. Sein Chef fühlte sich zu Höherem berufen und wollte raus aus dem Einbruchsdezernat. Ein schneller Ermittlungserfolg bei dem Juwelenraub könnte sein Ticket nach oben sein.

Während sich Steinkamp und Professor Falke über frühere spektakuläre Einbrüche in Museen unterhielten, warf Vogt einen Blick in sein Notizbuch. Er hatte die Verdachtsgründe gegen den Professor ordentlich aufgelistet:

- Anonymer Tipp, Falke sei der Kopf der Einbrecherbande
- Falke hat Beziehungen zu Kriminellen
- Falke hat kein Alibi
- Falke hat sich auffällig für die Stärke des Vitrinenglases interessiert

Sich als Teilnehmer einer Tagung zur *Sicherheit in Museen* zu tarnen war clever von Falke. Aber nicht clever genug, als dass sie darauf hereinfallen würden.

Was ihnen noch fehlte, war ein Motiv für Falkes Tat. Er selbst würde mit den Juwelen kaum etwas anfangen können. Aber vielleicht hatte er Geldsorgen, die er mit seinem Anteil an der Beute lösen wollte? Vogt war sicher, sein Boss würde dies schon während des geplanten Verhörs herausbekommen.

Vogt bemerkte, wie Falke zu der sich schließenden Saaltür sah. Aber die Tagung konnte er vergessen. Denn sie würden ihn gleich auf das Präsidium mitnehmen, um seine Fingerabdrücke zu nehmen. Die Spurensicherung hatte an der Vitrine Dutzende Fingerabdrücke desselben Mannes festgestellt. Und Steinkamp vermutete, dass sie von Falke stammten.

Der Professor würde für ziemlich lange Zeit an überhaupt keiner Tagung mehr teilnehmen können.

DRESDEN

DIENSTAG, 26. NOVEMBER 2019, 10:18 UHR

Steinkamp trat näher an Falke heran. »Ich muss Sie bitten …«

Das Handy in Falkes Sakko unterbrach laut klingelnd den Kommissar.

»Einen Moment bitte«, sagte Falke und holte sein Handy heraus. Wahrscheinlich einer seiner Kollegen, der fragen wollte, wo er bleibt. Er freute sich auf den nächsten Vortrag zum Thema »Museen zwischen Zugänglichkeit und Sicherheit«.

Er fand es wichtig, dass Kulturschätze in Museen ausgestellt wurden und damit von allen Bürgern gesehen werden konnten. Unter Sicherheitsaspekten wäre es jedoch am besten, wenn die Kunst in einem dunklen, perfekt klimatisierten Raum weggeschlossen werden würde. Er war gespannt, wie der Redner diesen Widerspruch auflösen würde.

Die Nummer auf dem Display kannte Falke nicht. Das machte aber nichts. Er hatte in den vergangenen zwei Tagen eifrig seine Visitenkarten verteilt. Er nutzte solche Tagungen auch, um sich als Kunstdetektiv bei den Museumsdirektoren bekannt zu machen. Er nahm den Anruf an.

»Hier ist Julia Graf, die Direktorin des Grünen Gewölbes. Sie sind in Gefahr. Lassen Sie sich nichts anmerken. Gehen Sie sofort auf die Herrentoilette. Ich erwarte Sie dort.«

Die Verbindung wurde getrennt.

Julia Graf? Das war keine der Direktorinnen, die er auf der Tagung kennengelernt hatte. Und was für eine Gefahr? Falke warf einen Blick in das leere Foyer und konnte keine Bedrohung entdecken.

»Etwas Wichtiges?«, fragte Steinkamp.

»Nein, nur ein Kollege, der mich darauf aufmerksam macht, dass ich gerade einen interessanten Vortrag verpasse.« Als Kunstdetektiv hatte Falke schon oft mit der Polizei zu tun gehabt und dabei gelernt, dass Ehrlichkeit nicht immer honoriert wurde. Ein falsches Wort konnte stundenlange Verhöre oder gar den Aufenthalt in einer Zelle nach sich ziehen.

»Herr Falke, ich möchte Sie bitten, uns zur Klärung weiterer Fragen auf das Präsidium zu begleiten.«

Was konnten das für Fragen sein? Meinte Frau Graf das mit Gefahr?

»Okay. Ich muss vorher aber noch auf die Toilette.« Falke zeigte auf die leere Kaffeetasse. Das musste er tatsächlich. Und er wollte von Frau Graf hören, in welcher Gefahr er sich angeblich befand.

»Beeilen Sie sich.«

DRESDEN

DIENSTAG, 26. NOVEMBER 2019, 10:20 UHR

Falke nahm die Treppe nach unten. Seine Gedanken rotierten. Warum sollte er mit auf das Präsidium? Warum schwebte er in Gefahr?

Er betrat die Herrentoilette. Im Vorraum zwei Waschbecken, rechts dahinter war eine Reihe von Urinalen, links die WC-Kabinen. Bis auf den dunkelgrauen Fliesenboden ein Traum in Weiß aus Billigfliesen und Resopal. Der Deckenventilator surrte, und es roch penetrant nach Zitronenreiniger.

Julia Graf stand dort an das Waschbecken gelehnt mit vor der Brust verschränkten Armen. Sie war groß, hatte lange dunkelbraune Haare und trug ein Businesskostüm. Er schätzte die attraktive Frau auf Ende dreißig.

»Gott sei Dank. Wir haben nicht viel Zeit, bis die Kripo Sie festnehmen wird.«

Falke sah ihren grünen Augen an, dass sie es ernst meinte.

»Warum sollte ich festgenommen werden? Ich habe nichts verbrochen.«

Adrian inspizierte die Toilette. Die Kabinentüren standen offen. Sie waren leer. Die Toilette war fensterlos. Keine Fluchtmöglichkeit.

»Das glaube ich auch. Aber für Steinkamp sind Sie der Hauptverdächtige des Juwelenraubs. Die Kommissare habe mir ein Foto von Ihnen beim Inspizieren der Vitrine gezeigt. Außerdem haben Sie einen Wachmann nach den Sicherheitsvorkehrungen befragt.«

»Das ist Unsinn.« Falke war ratlos. »Wie kommt Steinkamp darauf, ich hätte etwas mit dem Einbruch zu tun?«

»Die Täter haben die Schwachstelle des nicht einbruchssicheren Vitrinenglases ausgenutzt. Und auf den Überwachungsvideos ist zu sehen, wie Sie es am Sonntag eingehend inspiziert haben.«

»Das habe ich doch nur aus beruflichem Interesse gemacht. Mich erstaunt, wie einfach die Museen es den Dieben machen.«

»Oder aus Sicht von Steinkamp, um den Einbruch am nächsten Tag vorzubereiten.«

»Tausende Besucher schauen sich jeden Tag die Schmuckvitrine an.«

»Aber keiner hat sich für die Glasstärke interessiert oder ist die Rahmenfuge mit dem Finger entlanggefahren.«

Falke überlegte, wie er den Verdacht aus dem Weg räumen könnte. Mit welchen Argumenten er die Kommissare von seiner Unschuld überzeugen sollte?

»Warum waren Sie eigentlich nicht auf der Tagung?«, fragte Falke.

»Ich habe erst vor einem Monat als Direktorin angefangen. Ich bin noch dabei, mich einzuarbeiten, und kann mir drei Tage Abwesenheit einfach nicht leisten. Dabei hätte mich die Tagung schon interessiert.« Julia Graf machte eine Pause. »Aber Sie lenken vom Thema ab. Neben diesem auffälligen Interesse für die Vitrine verfügen Sie noch über Beziehungen zur Unterwelt.«

Darauf hatte Steinkamp auch schon herumgeritten.

»Die brauche ich als Kunstdetektiv, um an Informationen über gestohlene Kunstwerke zu gelangen.«

»Oder um Komplizen für den Einbruch anzuheuern und anschließend die gestohlenen Juwelen zu verkaufen.«

Falke war schon öfter vorgeworfen worden, gemeinsame Sache mit Kriminellen zu machen. Aber an der Behauptung war nichts dran. Er hatte seine dunklen Kontakte stets nur genutzt, um verschwundene Kunstwerke zurück in die Museen zu bringen.

»Ein Alibi haben Sie wahrscheinlich auch nicht.«

»Ich habe im Hotel nebenan geschlafen.«

»Was wahrscheinlich niemand bezeugen kann. Von hier aus ist es nur ein kurzer Fußweg zum Grünen Gewölbe.«

»Ich werde die Kripo davon überzeugen, dass ich nichts mit dem Einbruch zu tun habe.«

»Wenn Ihnen das nicht gelingt, wird unser Gespräch hier in dieser Toilette das letzte sein, das Sie in Freiheit geführt haben.«

»Warum mischen Sie sich eigentlich ein?«

»Aus zwei Gründen: Erstens halte ich Sie für unschuldig. Zweitens brauche ich Ihre Hilfe.«

Für Falke wurde die Sache immer mysteriöser.

»Es hat sich ein Erpresser mit einer Lösegeldforderung bei uns gemeldet. Wir wollen bezahlen und die Polizei außen vor lassen. Sie haben Erfahrung in der Vermittlung zwischen Museen und Dieben. Sie sind genau der Mann, den wir jetzt brauchen. Aber dazu müssen Sie in Freiheit sein und nicht eingesperrt in einer Zelle.«

Falke zögerte. Er sah zur Tür. Sie waren jetzt etwa fünf Minuten hier. Es würde nicht mehr lange dauern, bis die beiden Kommissare ungeduldig wurden und auf der Toilette nach dem Rechten sahen.

»Ich kann Sie hier rausbringen.«

DRESDEN

DIENSTAG, 26. NOVEMBER 2019, 10:31 UHR

»Wo ist Professor Falke?«, fragte Steinkamp, als er von seiner Raucherpause zurück kam. Der ganze Mann verströmte Tabakrauch.

»Immer noch auf der Toilette.« Vogt hatte in der Zwischenzeit im Foyer des Congress Centers die Stellung gehalten. Die Tagung wurde fortgesetzt, und das Foyer war verwaist.

»Der braucht ja ewig«, sagte Steinkamp mürrisch. »Ist wenigstens der Streifenwagen schon da?« Steinkamp hatte Vogt gebeten, Verstärkung anzufordern für den Fall, dass Falke nicht freiwillig mit zum Präsidium kommen wollte.

»Ja, er wartet vor dem Haupteingang.« Vogt sah auf die große Uhr im Foyer. Falke war schon gut zehn Minuten weg. Zu lange für einen einfachen Toilettengang.

»Vielleicht hat er den Braten gerochen?«, überlegte Steinkamp.

»Ich glaube nicht.«

»Hoffentlich ... Das Innenministerium sitzt uns schon im Nacken. Eben hat der Polizeipräsident angerufen und durchblicken lassen, dass das Ministerium Ermittlungsergebnisse sehen will. Der hat mich ganz schön zusammengefaltet. Der Minister würde der Öffentlichkeit lieber heute als morgen die Täter präsentieren.«

Vogt spürte, dass sein Vorgesetzter unter enormer Anspannung stand. Der Fall war deutlich größer als die typischen Einbrüche in Wohnungen, Gewerbeobjekte und Kleingärten, mit denen sie es sonst zu tun hatten. Wenn Steinkamp diesen Fall vermasselte, würde er künftig Parkplatzsünder aufschreiben können.

Steinkamp sah auf seine Armbanduhr. »Falke ist schon zu lange weg. Da stimmt was nicht. Wir müssen nachschauen.«

Steinkamp und Vogt hatten sich gerade in Bewegung gesetzt, als ein heller, pulsierender Warnton erschallte.

»Was ist das für ein Alarm?«, fragte Steinkamp.

»Klingt wie die Alarmsicherung eines Notausgangs.«

Die beiden Kommissare sahen sich kurz an und sprinteten ohne ein weiteres Wort durch das Foyer. Mit großen Schritten nahmen sie die Treppe nach unten. Vogt war ein bisschen schneller und verschwand nach links in die Herrentoilette. Steinkamp lief geradeaus zu dem Notausgang.

»In der Toilette ist er nicht«, sagte Vogt mit atemloser Stimme, als er wieder zu Steinkamp stieß.

Der schrille Warnton kam von einem grünen umgelegten Sicherheitsbügel. Der Notausgang stand einen Spaltbreit offen. Steinkamp machte die Tür auf und trat nach draußen. Der Platz vor dem Congress Center war leer. Dahinter war nur die träge dahinfließende Elbe zu sehen.

»Falke ist getürmt. Ich würde sagen, schuldig im Sinne der Anklage.« Steinkamp riss sein Handy aus dem Sakko und löste die Fahndung nach Falke aus. Dann liefen er und Vogt zu ihrem Dienstwagen, der vor dem Haupteingang stand.

»Falke wird uns nicht entkommen«, prophezeite Steinkamp, als er den Streifenwagen mit Blaulicht und Sirene losrasen sah.

DRESDEN

DIENSTAG, 26. NOVEMBER 2019, 10:32 UHR

Der Alarm des Notausgangs war laut und durchdringend. Falke und Graf rannten durch den Fahnenwald vor dem Haupteingang zur Straße. Beim Überqueren hörte Falke das entfernte Aufheulen eines Martinshorns. Seine Flucht war also bemerkt worden.

Nach kurzem Sprint erreichten sie den Parkplatz auf der anderen Straßenseite.

»Der da ist meiner«, rief Graf im Laufen und zeigte auf einen roten Mini Cooper.

Na toll. Klein, auffällig und langsam. Genau das richtige Fluchtfahrzeug, schoss es Falke durch den Kopf.

Er war kaum eingestiegen, als Graf das Gaspedal durchtrat und den Parkplatz verließ. Sie bog nach rechts ab. Dann jagte sie die Devrienstraße in Richtung Altstadt.

Die Ampel vor ihnen sprang auf Rot. Graf sah nach rechts zur Seitenstraße. Dort stand ein anfahrbereites Auto. Doch sie hielt mit unverminderter Geschwindigkeit auf die Ampel zu. Der andere Wagen fuhr an und blieb abrupt stehen. Wütend hupte der Fahrer Graf an, als sie knapp an ihm vorbeizog.

Das Martinshorn hinter ihnen wurde lauter. Falke sah im Seitenspiegel ein Blaulicht aufblitzten. Der Motor des Mini Cooper heulte auf, als Graf das Gaspedal ans Bodenblech nagelte.

Nach einer Links-Rechts-Kurve kamen sie auf das Terrassenufer, eine der Prachtstraßen von Dresden. Links lagen die Schiffe der Sächsischen Dampfschifffahrt am Elbufer, rechts flogen die Brühlschen

Terrassen vorbei, und dahinter ragte die Frauenkirche majestätisch in den Himmel. Doch Falke schenkte den Schönheiten der Stadt keine Aufmerksamkeit. Er dachte darüber nach, ob die kopflose Flucht wirklich eine gute Idee gewesen war. Machte er sich damit nicht nur noch verdächtiger?

Falke drehte sich nach hinten um. Er konnte keine Streifenwagen mehr entdecken. Ihre Flucht schien vorerst geglückt zu sein.

»Wohin fahren wir jetzt?«, erkundigte sich Falke bei Graf, die eine scharfe Kurve nach rechts in die Steinstraße nahm. Er musste sich am Türgriff festhalten.

»Hauptbahnhof.«

»Was wollen wir denn da?«

»Sie werden schon sehen.«

Graf jagte nach rechts in die Pilnitzer Straße. Wieder stand die Ampel auf Rot. Graf ignorierte sie und den hupenden Querverkehr und bog nach links in die St. Petersburger Straße ab.

Rechts ragte hinter einem Parkplatz das Polizeipräsidium auf. Falke fragte sich, ob es angesichts von Grafs riskanter Fahrweise nicht besser gewesen wäre, wenn er sich von Steinkamp hätte verhaften lassen. In den Gewahrsamszellen der Polizei drohte zumindest kein Unfalltod.

Auf der rechten Seite kam endlich der Hauptbahnhof in Sicht. Er war einer der größten und eindrucksvollsten Bahnhöfe Europas aus dem späten 19. Jahrhundert. Graf fuhr rechts ran.

»Gehen Sie in den Bahnhof und kaufen Sie mit Ihrer Kreditkarte eine Fahrkarte nach Berlin.«

»Sie wollen mich loswerden? Und wenn ich mit Karte bezahle, kommt mir die Polizei doch gleich auf die Spur.«

Graf sah ihn an wie eine Lehrerin den begriffsstutzigen Schüler.

Dann fiel bei Falke der Groschen.

»Ich soll eine falsche Fährte legen.«

»Richtig. Nehmen Sie den Ausgang Bayerische Straße. Dort sehen wir uns wieder.«

Falke lief in die lichtdurchflutete Bahnhofshalle, die zahlreiche Geschäfte beherbergte. Er blieb vor der Anzeigetafel stehen und fand schnell den nächsten Zug nach Berlin. Der Eurocity würde um 10:55 Uhr abfahren und um 12:42 Uhr in Berlin ankommen. Er ging zum Fahrkartenschalter und kaufte mit seiner VISA-Karte ein Ticket. Die Bahnsteige ließ er danach rechts liegen und eilte zum Ausgang Bayerische Straße.

Dort wartete Graf mit laufendem Motor. Kaum war er eingestiegen, fuhr sie los.

»Wo geht es jetzt hin?«

Graf antwortete nicht und nahm einen westlichen Kurs. In einem Gewerbegebiet fuhr sie auf den Parkplatz eines Baumarktes.

Falke sah sie nach dem Aussteigen fragend an. »Wir kaufen Farbe und renovieren das Grüne Gewölbe?« Die Ironie in seiner Stimme war kaum zu überhören.

»Wir machen einen kleinen Spaziergang.«

Nach fünf Minuten erreichten sie einen Autoverleih. Während Falke draußen wartete, mietete Graf einen grauen VW Golf an. Er würde niemandem auffallen.

An der nächsten Straßenecke las Graf Falke auf.

»Jetzt müssen wir Sie erst mal gut verstecken.«

DRESDEN

DIENSTAG, 26. NOVEMBER 2019, 10:33 UHR

Falke war ihnen entwischt. Kommissar Steinkamp stand mit dem Handy am Ohr vor dem Congress Center und hörte sich den Bericht aus der Zentrale an. Die ausgeschwärmten Streifenwagen hatten keine Spur des Professors entdeckt. War er zu Fuß abgehauen, hatte er ein Taxi oder die S-Bahn genommen? Wohin würde er flüchten? Er lebte in Berlin, wahrscheinlich kehrte er also dorthin zurück.

Für Steinkamp war Falkes Flucht ein weiteres Indiz gegen ihn. Wer nichts zu verbergen hatte, lief nicht vor der Polizei davon. Der Kommissar überlegte fieberhaft, was er nun tun sollte. Machte es Sinn, die Tagungsteilnehmer zu befragen? Nein, an der Tagung hatte Falke nur zur Tarnung teilgenommen. Er hatte sicher keinen der anderen Teilnehmer ins Vertrauen gezogen. Sollte er Falkes Hotelzimmer nebenan durchsuchen lassen? Vielleicht hatte er dort etwas Verdächtiges zurückgelassen?

Vogt kam die Treppen vor dem Congress Center heruntergelaufen und unterbrach Steinkamp in seinen Gedanken. »Wir haben gerade die Meldung bekommen, dass Falke am Hauptbahnhof ein Bahnticket gekauft hat. Der Zug ist schon abgefahren.«

Von der S-Bahn-Station um die Ecke war es nur eine Viertelstunde Fahrtzeit bis zum Hauptbahnhof. So könnte es gelaufen sein.

»Lass mich raten. Der Zug fährt nach Berlin?«

»Richtig. Ankunftszeit 12:42 Uhr.«

Das passte. Berlin war nicht nur die Heimatstadt des Flüchtigen, sondern bot auch Tausende Versteckmöglichkeiten. Und der Rashid-

Clan, der die Goldmünze aus dem Bode-Museum entwendet hatte, war ebenfalls in Berlin beheimatet.

»Christian, fahr zum Bahnhof und befrag alle Ticketverkäufer, ob sie sich an den Professor erinnern und ob er allein war oder in Begleitung.«

»Wird erledigt.«

»Und dann bittest du die Berliner Kollegen um Amtshilfe. Sie sollen den Zug bei Ankunft durchsuchen und Falke festnehmen.«

Um 12:42 Uhr würden die Handschellen klicken. Da war sich Steinkamp ganz sicher.

DRESDEN

DIENSTAG, 26. NOVEMBER 2019, 11:03 UHR

Die verlassene Villa lag in einem undurchdringlichen Wald. Das dreistöckige Haus schmiegte sich an den Loschwitzer Elbhang. Alle Rollläden waren heruntergelassen. Das Grundstück machte einen verwilderten, verwahrlosten Eindruck.

Julia Graf holte einen Schlüsselbund aus ihrer Handtasche und schloss die Eingangstür auf. »Der Eigentümer ist verstorben und hat die Villa der Kunstsammlung vermacht. In seinem Testament hat er verfügt, sie soll zu einem Künstlerhaus umgebaut werden. Doch die Mittel dazu hat er uns leider nicht vererbt. Die Villa steht schon seit Jahren leer.«

Drinnen schlug Falke ein muffig schimmeliger Geruch entgegen. Und es war kalt. Die Wände waren holzvertäfelt und der Boden mit Eichenparkett ausgelegt. Julia Graf führte ihn in das weitläufige Wohnzimmer und zog die Rollläden hoch. Beide setzten sich auf das große samtgrüne Sofa. Die Inneneinrichtung strahlte den DDR-Retro-Charme der Achtzigerjahre aus.

Allmählich entspannte sich Falke. Ihre Flucht war geglückt.

»Der Besitzer muss ein hohes Tier gewesen sein«, vermutete Falke.

»Und er hat seinen Reichtum geschickt im Wald versteckt. Im Garten ist sogar ein Pool«, sagte Graf.

Falke sah sich um. Alles war mit einer dicken Staubschicht bedeckt. Sein warmes Hotelzimmer hatte ihm eindeutig besser gefallen.

»Wie ist der Plan?«, fragte Falke. Er war sich noch immer nicht sicher, ob es nicht besser gewesen wäre, mit Steinkamp auf das Präsidium zu fahren. Aufmerksam musterte er die junge Museumsdirektorin. Julia Graf war attraktiv, keine Frage, mit ihren langen, braunen Haaren und den intensiv grünen Augen, die funkelten, wenn sie aufgeregt war.

»Was wissen Sie über den Sächsischen Weißen?«, fragte Graf.

»August der Starke hat den Diamanten 1728 von einem Hamburger Juwelier für 200 000 Taler erstanden. Er ist farblos und knapp 50 Karat schwer. Auf die achteckige Tafel des flachen Steines wurde eine vierseitige Pyramide aufgesetzt. Er wurde später in die Epaulette der Brillantgarnitur eingearbeitet.«

Falke verschränkte die Arme vor der Brust und rieb sich fröstelnd die Oberarme. Es war kalt in diesem Gemäuer.

»Ich sehe, Sie kennen sich aus. Haben Sie eine Vorstellung, was der Diamant heute wert ist?«

Graf hatte eine schöne, akzentfreie Stimme, die ihm gefiel. Mit einem leichten Lächeln antwortete er: »200 000 Taler entsprachen damals zwei Tonnen Gold. Letzteres hätte heute einen Wert von über 80 Millionen Euro.«

Julia Graf beugte sich vor und legte die Fingerspitzen aneinander. »Sie verstehen sicher, dass der Sächsische Weiße und die anderen Diamanten von unermesslichem Wert sind – und unersetzbar. Ich möchte Ihnen einen Deal vorschlagen. Sie helfen uns, die Juwelen wiederzufinden, und beweisen dadurch Ihre Unschuld. So schlagen wir zwei Fliegen mit einer Klappe.«

Falke wog seine Optionen ab. In sein normales Leben als Professor in Berlin konnte er nicht zurück, die Polizei würde ihn sofort verhaften. Und in einer Zelle wären ihm alle Möglichkeiten genommen, seine Unschuld zu beweisen. Der einzige Weg, um seinen Kopf aus der Schlinge zu ziehen, war tatsächlich, den Juwelendiebstahl aufzuklären. Außerdem reizte es ihn, sich auf die Jagd nach den gestohlenen Juwelen zu machen.

»Okay, wir haben einen Deal.« Falke reichte Graf die Hand.

»Ich werde erst mal zurück ins Grüne Gewölbe fahren. Heute Abend komme ich wieder.«

»Halten Sie das für eine gute Idee? Hat die Polizei nicht bemerkt, dass Sie mir zur Flucht verholfen haben?«

»Ich hoffe, nicht. Außerdem: Wäre es nicht auffällig, wenn ich mich gar nicht mehr im Museum blicken ließe?«

Über Julia Grafs Gesicht huschte ein verschmitztes Lächeln.

DRESDEN

DIENSTAG, 26. NOVEMBER 2019, 14:35 UHR

Da waren eindeutig Profis am Werk, dachte Julia Graf, als sie in ihrem Büro die Liste der entwendeten Schmuckstücke erstellte. Sie hatten in der Kürze der Zeit nicht alles mitnehmen können. Aber sie wussten offenbar genau, welche Juwelen am wertvollsten waren, und hatten sich auf diese konzentriert. Die Täter mussten sich wirklich gut mit Diamanten auskennen.

Graf hatte die Liste gerade ausgedruckt, als die Kommissare Steinkamp und Vogt in ihr Büro stürmten. Kein Anklopfen, kein Warten auf ein »Herein«. Für einen Augenblick blieb ihr das Herz stehen. War sie aufgeflogen? Würde sie jetzt verhaftet werden?

»Haben Sie die Stehlgutliste?«, fragte Steinkamp barsch.

»Gerade fertig.« Graf überreichte ihm die Liste. Im Anhang waren Fotos der Juwelen. Das Papier war noch warm vom Drucken. Sie war erleichtert, dass die beiden Kommissare offenbar nicht wegen ihrer Fluchthilfe gekommen waren.

»Danke.« Steinkamp wandte sich zum Gehen.

Erinnerungen an einen Einbruch in ihrer Kindheit flackerten vor ihrem inneren Auge auf. Ihre Eltern waren ausgegangen, und sie war allein in der Wohnung geblieben. Sie hatte schon geschlafen, als sie von einem Knacken der Wohnungstür geweckt wurde. Die Siebenjährige hatte sich schnell unter dem Bett versteckt. Ein Einbrecher hatte mit der Taschenlampe die Wohnung durchsucht und war auch in ihr Kinderzimmer gekommen. Unter dem Bett kauernd war sie tausend Tode gestorben, während der Strahl der Taschenlampe bedrohlich näher kam. Der Einbrecher hatte Schmuck, Bargeld und einen Computer gestohlen. Später war ein lustloser Kommissar erschienen und hatte sich die aufgebrochene Wohnungstür angesehen und die gestohlenen Gegenstände notiert. Er hatte weder eine Spurensicherung durchgeführt noch nach einer Beschreibung des Einbrechers gefragt. »Kindliche Zeugen taugen nichts«, hatte er lapidar zu ihrem Vater gesagt. »Melden Sie den Schaden Ihrer Versicherung.« Sie hatten nie wieder etwas von ihm gehört. Der Einbruch wurde nie aufgeklärt. Julia hatte Jahre danach noch Albträume von fremden Männern mit Taschenlampen in ihrem Kinderzimmer. Noch heute kontrollierte sie dreimal vor dem Schlafengehen, ob die Wohnungstür wirklich verschlossen und der Riegel vorgelegt war.

Schon halb in der Tür drehte er sich noch einmal um. »Ist Ihnen in der Zwischenzeit noch irgendetwas zu Professor Falke eingefallen? Haben Sie ihn zufällig gesehen?«

Julia Graf rang mit sich. *Habe ich ihn zufällig gesehen? Mehr noch, ich habe ihm bei der Flucht geholfen und verstecke ihn vor der Polizei.* Ihre Eltern hatten sie zur Ehrlichkeit erzogen. *Du sollst nicht lügen*, hatten sie ihr eingebläut. Aber wenn sie jetzt die Wahrheit sagte, würden sie Professor Falke festnehmen. Er könnte ihr dann auch nicht mehr beim Finden der Juwelen helfen. Auf diesen unsympathischen Kommissar mit den schlechten Manieren würde sie eher nicht setzen.

»Nein.«

Steinkamp blickte sie argwöhnisch an.

»Dann wissen Sie auch nicht, wo wir ihn finden können?«

»Nein, warum sollte ich?«

»War nur eine Frage. Ich habe schon eine Idee, wo er sich versteckt hat.«

HAUS IM WALD

DIENSTAG, 26. NOVEMBER 2019, 17:30 UHR

Steinkamp beobachtete das abgelegene Haus im Wald durch sein Fernglas. Neben ihm stand Vogt, der ebenfalls durch ein Fernglas sah. Die Dämmerung hatte bereits eingesetzt. Im Haus war kein Licht zu sehen, aber aus dem Schornstein stieg Rauch auf.

Jeweils zwei Polizisten schlichen sich geduckt links und rechts durch den verwilderten Garten an das Haus heran. Sie nutzten die Deckung von Büschen und Bäumen, um nicht gesehen zu werden. Sie sollten die Seiten des Hauses absichern.

Falke hatte die Heizung zum Laufen gebracht. Es war warm im Haus geworden, aber es roch noch immer muffig. Er war gerade dabei, das Büro im ersten Stock zu inspizieren. Das Haus war früher ein Gästehaus der DDR-Regierung gewesen, hatte er zurückgelassenen Unterlagen entnommen. Das erklärte auch die für DDR-Zeiten luxuriöse Ausstattung. Es gab viele aus der damaligen BRD importierte Gegenstände, allen voran die Heizung. Im Garten hatte er nachmittags einen Hügel entdeckt, aus dem zwei Lüftungsrohre ragten. Vermutlich ein Bunker, zu dem es einen Geheimeingang geben musste. Nach der Wende hatte hier ein Architekt gelebt. Falke hatte sogar ein Zeichenzimmer mit unvollendeten Bauplänen gefunden.

Als Steinkamp sah, dass die Polizisten ihre Positionen bezogen hatten, gab er dem Fahrer des DHL-Transporters ein Handzeichen. Das kanarienvogelgelbe Zustellfahrzeug mit roter Aufschrift bog langsam von der Straße ab und fuhr auf das Waldgrundstück. Den IVECO hatten sie von DHL ausgeliehen. Der Fahrer war jedoch Polizist.

Der Transporter rumpelte im Schritttempo über den unbefestigten Weg in Richtung Haus. Er hüpfte und schaukelte, wenn er über eine Baumwurzel fuhr. Steinkamp und Vogt liefen, seine Deckung nutzend, hinter ihm her. Schließlich stoppte der Transporter vor dem Gebäude. Der Fahrer stieg mit einem leeren Paket aus und ging zur Tür.

Steinkamp und Vogt warteten mit gezogenen Pistolen hinter dem Transporter. Ihr Plan war, Professor Falke und mögliche Komplizen zu überraschen und postwendend zu verhaften. Sie vermuteten, dass Falke der Kopf einer schwer bewaffneten Verbrecherbande war. Mit etwas Glück war gerade die ganze Truppe beisammen, und sie würden alle auf einmal festnehmen können. Wenn sie das Überraschungsmoment geschickt ausnutzten, hätten sie die Bande überwältigt, bevor sie zu ihren Waffen greifen konnten.

Falke fragte sich, warum Steinkamp ausgerechnet ihn verdächtigte. Nur weil er sich die Vitrine etwas genauer angesehen hatte als normale Besucher? Was konnte er tun, um den Kommissar von seiner Unschuld zu überzeugen?

Der vermeintliche Paketbote klingelte.

Als die Türklingel ertönte, fuhr Falke zusammen. Wer konnte das sein? Einen Augenblick beschleunigte sich sein Pulsschlag. War er aufgeflogen? Doch dann beruhigte er sich wieder. Niemand außer Julia Graf wusste von seinem Versteck. Er machte sich auf den Weg nach unten. Graf hatte gesagt, sie würde abends zurückkehren und Essen mitbringen. Draußen war es bereits seit einer Stunde dunkel.

Der Paketbote klingelte noch einmal.

»Ja, doch«, sagte Falke, während er die abgewetzte Holztreppe hinunterging. Sie knarrte bei jedem seiner Schritte. Im Treppenhaus war es dunkel. Er hatte das Licht ausgelassen, denn es könnte von der Straße durch die Glasfüllung der Tür zu sehen sein. Mit der Hand am Lauf setzte er vorsichtig einen Fuß vor den anderen. Er spürte sein Herz gegen die Rippen hämmern.

Steinkamp und Vogt kamen hinter dem Transporter hervor. Der Professor musste zu Hause sein, denn die Rollläden waren hochgezogen, und aus dem Schornstein stieg Rauch auf. Doch das Licht blieb aus, er schien nicht auf ihre List hereinzufallen. Egal, dann würden sie eben die Tür aufbrechen. Steinkamp nahm sein Funkgerät und forderte einen Polizisten auf, die Ramme zu bringen.

Jetzt klopfte es auch noch. Falke konnte durch die Glastür schemenhaft eine Person erkennen. War es Julia? Aber warum kam sie nicht einfach mit ihrem Schlüssel herein? Er lief zur Tür, atmete noch einmal tief ein und aus und öffnete sie. Vor ihm stand kein Kommissar, auch kein Zeuge Jehovas, sondern Julia Graf, bepackt mit zwei großen Einkaufstüten.

»'tschuldigung, ich habe keine freie Hand«, sagte Julia Graf und kam herein.

Die Haustür flog nach dem ersten Schlag mit der Ramme auf. Steinkamp voran, stürmten die Polizisten das Haus von Professor Falke in Berlin-Grunewald.

Doch der Vogel war ausgeflogen.

DRESDEN

DIENSTAG, 26. NOVEMBER 2019, 18:00 UHR

Die große Küche war in Nussbaum möbliert. Die weißen Kacheln trugen ein dunkelgrünes Blumenmuster. In den Schränken stand jede Menge Geschirr, Gläser und Besteck. Sogar der weiße SKET-Einbauherd aus dem Jahr 1981 funktionierte noch.

Julia Graf kochte Penne al forno mit fruchtigen Kirschtomaten und Mozzarella. Dazu ein kleiner Salat. Falke ging ihr bei den Vorbereitungen zur Hand.

Als das Essen fertig war, setzten sie sich an den Esstisch, auf dem eine weiße Wachsdecke mit orangenen Blumen lag. Graf hatte Rotwein mitgebracht, Falke goss ihnen beiden ein. Hungrig machte er sich über die Pasta her. Er hatte seit dem Frühstück nichts mehr gegessen. Ein wohlig warmes Gefühl breitete sich in seinem Magen aus. Er hatte sein Glas im Nu ausgetrunken. Der Alkohol beruhigte seine angegriffenen Nerven.

»Ich habe am Hauptbahnhof zwei unregistrierte Prepaid-Handys besorgt. Damit können wir telefonieren, ohne von der Polizei entdeckt zu werden.« Julia Graf schob ihm eins der Telefone über den Tisch.

»Gibt es etwas Neues im Grünen Gewölbe?«, erkundigte Falke sich.

»Wissen Sie eigentlich, woher der Name kommt?«

Eine Testfrage, erkannte Falke.

»Von dem grünen Schimmel, der sich an den Wänden längs zieht. Sie sollten unbedingt öfter lüften.«

Graf war einen Augenblick verblüfft, dann lachte sie.

»Tatsächlich leitet sich der Name des Schatzkammermuseums von den ehemals malachitgrün gestrichenen Säulenbasen und -kapitellen in den ursprünglichen Gewölberäumen her«, führte Falke schmunzelnd aus.

Julia Graf nickte und trank einen Schluck Wein.

»August der Starke, sächsischer Kurfürst und polnischer König, ließ ab 1723 eine Schatzkammer im Erdgeschoss des Residenzschlosses einrichten, um seine Schmucksammlung vor Einbruch und Feuer zu schützen. Als Zeichen der Macht und des Reichtums sammelte er eifrig Juwelen und Geschmeide. Fast dreihundert Jahre lang waren die Pretiosen im Grünen Gewölbe in Sicherheit, bis zum Einbruch gestern«, setzte Falke seinen kleinen Vortrag fort.

»Das war eine glatte Eins.« Graf grinste anerkennend. »Der Erpresser hat sich noch mal gemeldet. Wenn wir nicht zahlen, wird der Schmuck unwiederbringlich zerstört. Sie werden bald beginnen, die Diamanten herauszuschneiden und neu zu schleifen.«

Falke legte die Gabel auf den Teller und schob ihn zur Seite.

»Das macht bei Ihren Juwelen auch Sinn. Es sind viele Diamanten in separaten Fassungen. Sie lassen sich leicht herausbrechen. Umgeschliffen ist ihre Herkunft nicht mehr zu erkennen, und sie sind leicht verkäuflich.«

»Sie machen mir ja Hoffnung.« Julia Graf verdrehte frustriert die Augen.

»Will das Museum zahlen?«

»Ja, ein eingeweihter Mäzen hat sich angeboten, das Lösegeld zur Verfügung zu stellen. Die Übergabe soll bald stattfinden. Können Sie mir dabei helfen?«

Die Lösegeldforderung war absehbar gewesen. Derart bekannte Schmuckstücke wie die aus dem Grünen Gewölbe ließen sich nicht einfach so verkaufen. Das mussten inzwischen auch die Diebe bemerkt haben. Positiv war auch, dass das Museum durch einen Mäzen das Lösegeld aufbringen konnte. Vielleicht gelang es ihnen tatsächlich, die Juwelen dorthin zurückzubringen, wo sie hingehörten.

»Unsere Abmachung bleibt bestehen.« Falke hob sein Glas und stieß mit Graf an.

»Warum haben Sie eigentlich Kunstgeschichte studiert?«, fragte er.

»Kunst hat mich schon immer fasziniert. Ich kann mir stundenlang alle möglichen Werke ansehen. Als Kind und Jugendliche habe ich viel gemalt. Doch mir fehlte das Talent, um selbst Künstlerin zu werden. Kunstgeschichte bot mir die Möglichkeit, mich zumindest theoretisch mit den Künsten zu befassen«, sagte Julia mit einem Achselzucken.

Falke gefiel ihre Ehrlichkeit. An der Universität hatte er ständig mit selbst ernannten, aber nicht minder eingebildeten Künstlern zu tun, die ihr Talent oft maßlos überschätzten.

»Dann haben Sie als Museumsdirektorin Ihre Leidenschaft zum Beruf gemacht.«

»So ist es.« Graf lächelte ihn an. Eine Sekunde später erstarb ihr Lächeln.

»Was ist?«, fragte Falke besorgt.

»Dieser Juwelenraub nur einen Monat nach meiner Ernennung ist ein Fiasko. Alle zeigen mit dem Finger auf mich, dabei kann ich doch nichts für die Versäumnisse der Vergangenheit.«

Falke wusste, dass Politik und Medien einen Schuldigen brauchten, den sie jetzt öffentlich vorführen konnten. Zumal die wahren Täter noch nicht gefasst waren. Und eine junge, unerfahrene Museumsdirektorin eignete sich perfekt dafür.

»Wenn wir den Coup aufgeklärt haben, wird sich zeigen, dass es nicht Ihre Schuld war.« Falke bemühte sich, zuversichtlich zu klingen.

»Hoffentlich.«

Graf schien nicht überzeugt. Und wenn Falke ehrlich war, schätzte er die Erfolgsaussichten ebenfalls als schlecht ein. Hinter dem Coup steckten Profis, die sich bei der Lösegeldübergabe sicher nicht erwischen lassen würden. Aber er wollte der jungen Frau nicht die Hoffnung nehmen.

»Woher kommen Sie eigentlich?«, wechselte er bewusst das Thema.

»Aus Hamburg.«

Wenn man ganz genau hinhörte, lag ein Hauch Norddeutsch in ihrer Stimme. Das war ihm bisher nicht aufgefallen.

»Was verschlägt Sie dann nach Dresden?«

»In Hamburg wäre ich ewig Museumsassistentin geblieben, hier konnte ich Direktorin werden.«

Falke mochte ihre hohe und hingehauchte Stimme.

»Und was macht Ihre Familie?«

»Mein Vater war Feuerwehrmann, meine Mutter Kindergärtnerin, beide sind inzwischen Rentner. Ich habe noch eine jüngere Schwester, die lebt mit Mann und zwei Kindern nördlich von Hamburg.«

»Ihre Familie muss sehr stolz auf Sie sein.«

Julia Graf lächelte ihn an. »Ich komme aus einfachen Verhältnissen. Tatsächlich bin ich die Erste aus meiner Sippe, die studiert hat.«

»Dazu noch promoviert und Museumsdirektorin.«

BERLIN

DONNERSTAG, 28. NOVEMBER 2019, 08:18 UHR

»Wir haben einen DNA-Treffer«, sagte Vogt aufgeregt, als er mit ein paar Papieren wedelnd in das Hotelzimmer kam. Nach der erfolglosen Durchsuchung von Falkes Haus waren sie in Berlin geblieben.

Steinkamp sah interessiert vom Laptop auf. Vogt setzte sich aufs Bett.

»Der Laborbericht ist gerade per Fax angekommen. Am aufgebrochenen Fenster des Gewölbes und im Fluchtfahrzeug hat die Spurensicherung Haare gefunden. Laut Laborbericht können sie drei Brüdern des Rashid-Clans zugeordnet werden.«

An den Rashid-Clan hatte Steinkamp auch schon gedacht. Dieser hatte mit dem gleichen Modus Operandi die 100-Kilogramm-Goldmünze aus dem Berliner Bode-Museum entwendet. Es gab nur fünf Exemplare dieser Riesenmünze im Wert von jeweils 3,3 Millionen Euro. Auch dabei hatten die Täter die Glasvitrine des Big Apple Leaf mit einer Axt eingeschlagen.

»Und es kommt noch besser. Laut Kriminaltechnik wurde das Fenstergitter mit einem Hydraulikspreizer geöffnet. Ein Rashid-Spross wurde gerade verurteilt, weil er in eine bayerische Spezialfirma für Hydraulikspreizer eingebrochen ist und einen entwendet hat. Das Werkzeug ist nicht wieder aufgetaucht.«

Bei dem Rashid-Clan handelte es sich um eine in Berlin ansässige arabische Großfamilie, die zur Organisierten Kriminalität gehörte.

»Du hast recht, die Rashids sind schon sehr verdächtig. Dafür sprechen neben den DNA-Treffern auch die gleiche Begehungsweise und das Besorgen des Tatwerkzeugs.«

»Und ich habe hier noch einen Bericht der Mordkommission. Sie haben bezüglich Peschel keinen Täter ermitteln können.« Vogt gab Steinkamp das Papier, der es kurz überflog.

»Und die Spur des Geldes?«

»Die Bank auf den Kaimaninseln hat die Auskunft verweigert.«

»Damit verläuft leider auch die Peschel-Spur im Sande. Aber zurück zu dem Rashid-Clan. Wie passt Professor Falke da rein? Sind wir bei ihm auf der falschen Spur?«, fragte Vogt.

»Falke könnte der Kopf hinter dem Ganzen sein. Die Rashids sind doch zu blöd, so einen Coup allein zu planen. Außerdem verfügt Falke über die nötigen Beziehungen, um historische Juwelen zu verkaufen. Die Rashids haben diese nicht. Und schließlich leben sowohl der Professor als auch der Clan in Berlin.«

Steinkamp war sich sicher, er würde schon noch herausfinden, wie Professor Falke in dem Juwelencoup mit drinhing.

»Was machen wir jetzt, Chef?«

»Wir schauen, ob der Professor Verwandte in Berlin hat und sich bei ihnen versteckt hält.«

DRESDEN

DONNERSTAG, 28. NOVEMBER 2019, 08:37 UHR

Julia Graf kam am nächsten Morgen zurück in die verlassene Villa. Sie hatte belegte Brötchen und Coffee-to-go mitgebracht. Falke und sie setzten sich an den Esstisch.

Falke leerte den Kaffeebecher in einem Zug. »Ich brauche den, um wach zu werden.«

Der Professor sah zerknautscht im Gesicht aus.

»Schlecht geschlafen?«

»So könnte man es nennen. Ich bin im Traum zu Fuß am Elbufer entlang geflüchtet, doch die Polizisten haben mich eingeholt. Als sie mich zu Boden warfen, sind Diamanten aus meiner Sakkotasche gekullert. Flugs stand ich mit Handschellen auf dem Rücken vor dem Richter und wurde verurteilt. Anschließend warfen sie mich in ein dunkles Loch in einem Kerker.«

»Na, zum Glück war das nur ein Albtraum«, sagte Graf schmunzelnd.

»Ja, aber ich mache mir wirklich Sorgen, ob es mir gelingen wird, meinen Namen wieder reinzuwaschen.«

»Sie sind unschuldig. Und das werden wir auch beweisen«, sagte die junge Museumsdirektorin zuversichtlich.

»Danke fürs Frühstück.« Falke nahm ein Brötchen aus der Tüte. »Ist doch in Ordnung, wenn wir uns duzen? Jetzt, wo wir ein Team sind.«

»Gerne. Hat dein Name etwas mit der Adria zu tun?«

»Meine Eltern haben sich eher von dem Namen Aria aus dem persischen Sprachraum inspirieren lassen, wo er so viel bedeutet wie ehrenhaft und edel.«

»Wie konnten deine Eltern wissen, dass du später Kunstdetektiv wirst und die Schätze ganz ehrenhaft zurück in die Museen bringst?«

Adrian musste lachen.

Sie verspeisten schweigend ihr Frühstück. Aus dem Radio erklangen Gute-Laune-Lieder, die nicht so recht zu dem neblig trüben Novembermorgen passen mochten.

»Es gibt Probleme bei der Beschaffung des Lösegeldes«, sagte Julia, nachdem sie ihr Frühstück beendet hatte.

»Das ist schlecht. Die Juwelen gehören in das Museum«, antwortete Adrian.

»Warum ist dir das so wichtig?«, fragte Julia und lächelte ihn an. *Gut sieht er aus*, dachte sie sich. Volles blondes Haar, ausgeprägtes Kinn mit Grübchen und vor allem diese wikingerblauen Augen, die eingerahmt von seiner schwarzen Brille gut zur Geltung kamen. Und er hatte etwas Verwegenes an sich. Mit ihm würde es bestimmt nie langweilig werden.

»Historisch wertvolle Kunst gehört nicht in private Hände. Sie gehört in Museen, wo alle sie sehen können.«

»Das sehe ich genauso. Im Laufe des Studiums wurde mir das immer klarer. Schade, dass in dieser Hinsicht nicht alle so tugendhaft sind wie wir«, feixte Julia.

»Nun, mein Vater hat mich zu einem anständigen Jungen erzogen. Die Hälfte meiner Kindheit habe ich bei den Pfadfindern verbracht.«

»Das erklärt natürlich einiges«, lachte Julia. Insgeheim war sie beeindruckt. »Was nimmst du eigentlich als Kunstdetektiv?«, wurde sie wieder ernst.

»Nichts, ich will nur meine Spesen ersetzt haben. Wenn die Kunst wieder von allen im Museum bewundert werden kann, ist mir das Lohn genug.«

»Dafür müssen wir die Juwelen aber erst mal wieder zurückbekommen. Und wir brauchen das Lösegeld …«

Adrian beugte sich vor, um ihr aufmerksam zuzuhören.

»Der Erpresser fordert eine Million in Hunderteuroscheinen. Die Hausbank unseres Mäzens hat so viel Bargeld nicht vorrätig. Sie versucht gerade fieberhaft, das Geld zu organisieren.«

»Das ist ärgerlich. Wann und wo soll die Übergabe stattfinden?«, fragte Adrian, zerknüllte die Brötchentüte zu einem kleinen Ball und warf ihn gekonnt in den Abfalleimer in der Ecke.

»Schon morgen Abend. Den Übergabeort hat der Erpresser noch nicht genannt.«

Während Julia über den drohenden Fristablauf nachdachte, liefen im Radio die Nachrichten. »Hinter dem Juwelenraub im Grünen Gewölbe steckt mutmaßlich der Rashid-Clan aus Berlin. Der Coup trägt die gleiche Handschrift wie der Einbruch in das Bode-Museum.«

»Das klingt so, als hätten unsere Einbrecher das nicht zum ersten Mal gemacht«, sagte Julia.

»Ich denke, das war ein Profi-Job. Sie haben mit einem klassischen Ablenkungsmanöver angefangen, dem brennenden Stromverteilerkasten, um die Polizei vom Museum wegzulocken. Dann haben sie das Fenstergitter mit modernster Technik aufgebrochen. Sie wussten offensichtlich, dass es sich bei dem Glas in der Vitrine nicht um Panzerglas handelte. Und dann waren sie rasend schnell. Sie haben den Coup in nur fünf Minuten durchgezogen. Auch der Fluchtwagenwechsel in der Tiefgarage spricht dafür, dass hier Profis am Werk waren.«

Julia überzeugten diese Argumente. Dass sie es mit Profis zu tun hatten, würde die Aufklärung und vor allem die Wiedererlangung der Juwelen nicht einfacher machen.

»Glaubst du, es waren die Rashids?«, fragte Julia.

»Nun, die Rashids sind nicht die einzige Einbrecherbande. Sie sind schwer kriminell, aber nicht besonders clever. Ich würde ihnen einen so komplexen Coup eher nicht zutrauen.«

Julia sah in ihren fast leeren Kaffeebecher. Adrian schien sich im Gegensatz zu ihr mit Kunstdiebstählen auszukennen. Sie war froh, mit jemandem reden zu können, der wirklich Ahnung hatte.

»Wer könnte es sonst gewesen sein?«, fragte sie neugierig.

»Mich erinnert der Coup an die Pink-Panther-Bande. Das ist eine weltweit tätige Gruppe von Juwelenräubern, die der Organisierten Kriminalität zugerechnet werden. Ihre Mitglieder sind überwiegend Serben, die früher in der Armee oder als Milizen im Einsatz waren. Ihr typisches Vorgehen ist hart zuschlagen und sofort wieder verschwinden. Genauso, wie es die Täter im Grünen Gewölbe gemacht haben.«

»Aber warum dieser seltsame Name?« Julia hatte noch nie von dieser Bande gehört.

»Du kennst doch bestimmt die Zeichentrickserie *Paulchen Panther* mit dieser lustigen Musik, in der er am Schluss immer sagt: *Heute ist nicht alle Tage; ich komm wieder, keine Frage.*«

Julia schüttelte langsam den Kopf. Tief in ihrem Gedächtnis flammte das Bild eines rosaroten Panthers auf. Ihr fiel aber nicht ein, in welchem Zusammenhang sie ihn gesehen hatte.

»Ich meine diese lustige rosarote Cartoon-Figur. Die Pink-Panther-Bande hat 1993 in London einen Juwelier ausgeraubt. Sie haben einen 600 000 Euro teuren Diamantring in einer Cremedose im Badezimmer ihrer Wohnung versteckt. Die Polizei hat die Dose bei einer Durchsuchung gefunden. Dieses Schmuckversteck war schon 1975 in dem Film *Der rosarote Panther kehrt zurück* mit Peter Sellers zu sehen. Danach bekam die Gruppe von Scotland Yard den Namen Pink Panther.«

»Aber die Polizei glaubt, es sei der Rashid-Clan gewesen.«

»Schwer kriminell sind beide Gruppierungen. Aber die Pink Panther haben sich auf Juwelendiebstähle spezialisiert. Sie sind Diamantenexperten. In den letzten zwanzig Jahren haben sie in über dreihundert Raubzügen weltweit Juwelen im Wert von mehr als 330 Millionen Euro erbeutet. Sie haben auch Beziehungen zu den Diamantenhändlern in Antwerpen, wo sie ihre Beute loswerden können. Das unterscheidet sie von den Rashids, die einen echten Diamanten nicht von einer Fälschung unterscheiden können.«

»Warum ermittelt die Kripo dann nicht auch gegen die Pink Panther?« Julia wunderte sich, dass Steinkamp diese auf Juwelendiebstähle spezialisierte Bande mit keiner Silbe erwähnt hatte.

»*Verhaften Sie die üblichen Verdächtigen!*, sagte schon der Polizeichef in *Casablanca*. Es ist nicht unüblich, dass die Polizei sich schnell auf den erstbesten Verdächtigen festlegt und keine anderen Ansätze mehr verfolgt. Clan-Kriminalität passt auch gut zu sämtlichen Vorurteilen von Polizisten.«

BERLIN

DONNERSTAG, 28. NOVEMBER 2019, 10:00 UHR

Das Landeskriminalamt Berlin war ein modernes Gebäude aus Beton, Stahl und Glas und lag in der Nähe des ehemaligen Flughafens Tempelhof. Steinkamp und Vogt suchten die Dezernatsleiterin für die Bekämpfung von Clan-Kriminalität, Gesine Rohwedder, auf. Ihr Büro unterschied sich nicht von Tausenden anderer Polizeibüros. Weiße Wände, zweckmäßige Büromöbel und grauer Nadelfilz. Auf dem Schreibtisch stand ein Desktop-PC mit Monitor darauf. Steinkamp und Vogt nahmen vor ihrem Schreibtisch Platz.

Gesine Rohwedder strahlte mit ihren blassblauen Augen, den halblangen blonden Haaren und dem schmalen, mit scharfen Falten umrahmten Mund kühle Strenge aus.

»Was können Sie uns über den Rashid-Clan erzählen?«, fragte Steinkamp.

»Die Rashids sind eine vor allem in Berlin ansässige Großfamilie mit arabischem Migrationshintergrund. Die Großfamilie setzt sich aus dreizehn Einzelfamilien mit rund tausend Angehörigen zusammen.«

Gesine Rohwedder trug ein hellblaues Hemd und einen dunkelblauen Hosenanzug. Sie zeigte auf die Wand hinter sich. Dort hing der Stammbaum des Rashid-Clans. Die dreizehn Familien verteilten sich auf fünf Meter Breite und ein Meter fünfzig Höhe. Neben den einzelnen Namen waren Passfotos aufgeklebt. Steinkamp staunte über den weitverzweigten Stammbaum mit den unzähligen Familienmitgliedern. Es musste eine Sisyphusarbeit gewesen sein, ihn zusammenzustellen. Ihm fielen zahlreiche Querverbindungen zwischen den dreizehn Einzelfamilien auf.

»Sehe ich das richtig, dass die Rashids am liebsten untereinander heiraten?«

»Gut beobachtet. Ein Rashid heiratet meist einen anderen Rashid. Und sie setzen zahlreiche Kinder in die Welt. Das jeweilige Familienoberhaupt hat nicht selten zehn Nachkommen oder mehr.«

»Was genau heißt arabischer Migrationshintergrund?«, fragte Vogt.

»Die Großfamilie stammt ursprünglich aus der Provinz Maridin im Südosten der heutigen Türkei, nahe der Grenze zu Syrien. Von dort wanderten sie zunächst in den Libanon aus. Dort tobte ab 1975 ein blutiger Bürgerkrieg. Über Ostberlin floh die damals achtzehnköpfige Familie in den Westteil der Stadt.«

»Würden Sie dem Rashid-Clan den Einbruch in das Grüne Gewölbe zutrauen?«, fragte Steinkamp.

»Die Rashids arbeiten sich quer durch das Strafgesetzbuch. Sie begehen schwere Gewalt- und Körperverletzungsdelikte, Schutzgelderpressung, Raub, Drogenhandel, Geldwäsche, Hehlerei, Diebstahl, illegalen Waffenbesitz und Waffenhandel. Selbst vor Mord schrecken sie nicht zurück. Am häufigsten begehen sie jedoch Einbrüche, weshalb sie auch Einbrecher-Familie genannt werden. Natürlich würde ich ihnen den Einbruch ins Grüne Gewölbe zutrauen.«

Wenn wirklich die Rashids hinter dem Einbruch stünden, wäre ihnen nur schwer das Handwerk zu legen, überlegte Steinkamp.

»In welcher Größenordnung begehen die Rashids Straftaten? Und wie hoch ist die Verurteilungsquote?«, fragte Steinkamp.

»Letztes Jahr haben wir dem Clan über tausend Straftaten zugerechnet, vor allem Einbrüche und Diebstähle, mit einer Schadenssumme von über 30 Millionen Euro. Verurteilt wurde in dem Jahr keiner der Rashids«, sagte Rohwedder mit kühlem Blick und beherrschter Körpersprache.

Steinkamp gefiel Gesine Rohwedder. Die Lady hatte Biss und nahm die Jagd nach Verbrechern genauso ernst wie er.

»Können Sie uns zwei, drei typische Taten des Clans schildern?«

»Sie sind zum Beispiel in die Sparkasse Mariendorf eingebrochen und haben 332 Wertschließfächer aufgebrochen. Ihre Beute bestand aus Schmuck, Bargeld, Goldbarren und Münzen im Wert von 9,8 Millionen Euro. Sie haben anschließend Benzin verschüttet, um ihre Spuren zu verwischen. Dadurch ist es zu einer Explosion gekommen, durch die erheblicher Sachschaden entstand. Zwar wurde einer der Täter gefasst und verurteilt, die Beute ist jedoch bis heute verschwunden.«

Steinkamp tauschte einen besorgten Blick mit Vogt. Mit Einbrüchen in dieser Dimension hatten bisher beide nichts zu tun gehabt. Da herrschten in Dresden geradezu idyllische Verhältnisse. Ein Einbruch in eine Spedition samt Diebstahl einiger Kartons voller Laptops galt bei ihnen schon als aufsehenerregend – zumindest bis zum Einbruch ins Grüne Gewölbe.

»Ein anderes Mal haben sie am helllichten Tag auf dem Kurfürstendamm einen Geldtransporter überfallen. Als Müllmänner verkleidet haben sie die Wachleute mit Pistolen bedroht und eine Million Euro erbeutet. Die Tat hat nur eineinhalb Minuten gedauert. Bevor auch nur einer der zahlreichen Passanten bemerkt hat, was da gerade passierte, waren die Rashids auch schon wieder weg.«

Dieses hart Zuschlagen und schnell wieder Verschwinden passte auch zu dem Einbruch im Grünen Gewölbe.

»Von dem Einbruch ins Bode-Museum im Jahr 2018 und dem Diebstahl der 100 Kilogramm schweren Goldmünze haben Sie wahrscheinlich schon gehört.«

»Ja, das haben wir«, antwortete Steinkamp. »Die Ähnlichkeit der beiden Einbrüche ist wirklich verblüffend.«

»Das könnte die Blaupause für den Einbruch ins Grüne Gewölbe gewesen sein«, erwiderte Gesine Rohwedder.

»Auf denselben Gedanken sind wir auch schon gekommen.«

»Es könnten aber auch Trittbrettfahrer gewesen sein, die die Methode nur kopiert haben«, wandte Vogt vorsichtig ein.

»Zusammengefasst sind die Rashids hochkriminell und gefährlich«, überging Rohwedder die Bemerkung.

»Die Rashids passen hundertprozentig ins Täterprofil der Einbrecher ins Grüne Gewölbe«, schlussfolgerte Steinkamp. »Und sie sind bekannt für eine brutale, entschlossene und schnelle Tatausführung. Frau Rohwedder, wir möchten Sie um Amtshilfe bei der Aufklärung des Juwelendiebstahls in Dresden bitten. Wir glauben, dass es die Rashids gewesen sind.«

»Sie bekommen von mir jede Hilfe, die Sie brauchen.«

BERLIN

DONNERSTAG, 28. NOVEMBER 2019, 11:25 UHR

Henry Falke wohnte in einem weißen Bungalow in Berlin-Hellersdorf. Als sie an seiner Tür klingelten, öffnete er. Er trug eine große Goldrandbrille, hatte einen grau melierten Vollbart sowie einen weißen Haarkranz über schwarzen Augenbrauen. Steinkamp stellte sich und seinen Partner Vogt vor und hielt seine Kripomarke hoch. Falke bat sie freundlich herein.

Die Erkundigungen Steinkamps über den Vater des geflohenen Kunstprofessors hatten ergeben, dass er 78 Jahre alt und verwitwet war. Früher war er Professor für Tiermedizin und als Pferdeexperte europaweit bekannt.

Die drei setzten sich auf die cremefarbene Couchgarnitur. Steinkamp fiel die Mappe eines Pflegedienstes auf dem Tisch auf.

»Herr Falke, wir suchen Ihren Sohn«, sagte Steinkamp.

»Adrian muss bald von der Schule nach Hause kommen.« Ein Lächeln breitete sich in seinem Gesicht aus. »Er macht nächstes Jahr Abitur und will auch Tierarzt werden.«

Steinkamp tauschte einen verdutzten Blick mit Vogt aus.

»Wer sagten Sie noch mal, waren Sie?« Die buschigen Augenbrauen von Falke senior wanderten nach oben.

»Wir kommen von der Kripo Dresden.«

»Ah, aus der DDR. Ein bisschen sächseln Sie.«

Steinkamp seufzte. Das war nicht unbedingt das, was man dreißig Jahre nach der Wiedervereinigung hören wollte. »Wann haben Sie Ihren Sohn zum letzten Mal gesehen?«

»Heute Morgen beim Frühstück. Er muss bald heimkommen. Meine Frau will Königsberger Klopse zum Mittagessen kochen.«

Wohl kaum, dachte Steinkamp, denn sie war vor fünf Jahren an Krebs verstorben. Das Mittagessen würde eine Essen-auf-Rädern-Firma bringen, wie er dem Wochenmenü auf dem Tisch entnahm. Tatsächlich würde es heute Königsberger Klopse geben.

Steinkamp nickte Vogt zu. Der verstand die Aufforderung.

»Ich muss mal zur Toilette«, entschuldigte sich Vogt und stand auf. Er würde unauffällig den Bungalow durchsuchen. Einen Gerichtsbeschluss würden sie kaum bekommen. Wenn Vogt den Gesuchten fand, würden sie es als reinen Zufall verkaufen.

Steinkamp unterhielt sich in der Zwischenzeit mit Falke senior über dessen Arbeit. Er würde im Fachbereich Veterinärmedizin Vorlesungen halten und in der Pferdeklinik behandeln. Steinkamp wusste, dass das nicht stimmte. Falke war bereits vor dreizehn Jahren emeritiert worden.

Nach fünf Minuten kam Vogt wieder und schüttelte den Kopf.

Steinkamp verabschiedete sich von Falke. Der Demenzkranke würde ihnen beim Finden des Kunstprofessors nicht helfen können.

HAMBURG

DONNERSTAG, 28. NOVEMBER 2019, 20:58 UHR

Julia sollte um Punkt 21:00 Uhr mit dem Geld zu den Schließfächern im Hamburger Hauptbahnhof kommen, hatte der Erpresser in seiner letzten E-Mail geschrieben. Dazu hatte er ein Schließfach und einen Zahlencode genannt. Außerdem sollte die Million in einem roten Rucksack verstaut sein.

Julia Graf und Adrian Falke gingen zu der Schließfachanlage. Adrian trug den Rucksack mit dem Geld in der rechten Hand.

»Wie ist es, in deine alte Heimat zurückzukommen?«, fragte Adrian.

»Einerseits schön, andererseits bin ich ein bisschen wehmütig.«

»Das kann ich verstehen.«

»Ist der Rucksack schwer?«, fragte Julia.

»Nein. Eine Million Euro in Scheinen wiegen erstaunlicherweise nur zehn Kilo.«

»Wenn wir das Geld im Schließfach deponiert haben, müssen wir danach nur abwarten, wer es abholt«, sagte Julia.

»Ich fürchte, so leicht wird es uns der Erpresser nicht machen.«

Das Schließfach war schnell gefunden.

Julia sah auf ihre Uhr. 20:59 Uhr. Gleich würde es so weit sein.

Zwei Polizisten mit einem Diensthund näherten sich. Sie patrouillierten langsam an den Reihen mit den Schließfächern vorbei. Der Hund war wahrscheinlich ein Drogenspürhund. Der Hauptbahnhof und das Bahnhofsviertel waren ein Hotspot des Drogenhandels.

Adrian und Julia blieben stehen. Jetzt überhastet wegzugehen wäre zu verdächtig gewesen.

Die Polizisten waren nur noch zehn Meter entfernt. Mit prüfendem Blick musterten sie die Besucher.

Das war nicht gut.

Falke wurde polizeilich gesucht. Was, wenn die Beamten ihn erkannten? Außerdem hatten sie eine Million Euro Bargeld dabei. Schwer zu erklären.

Das war überhaupt nicht gut.

Die Polizisten kamen stetig näher. An ihren Gürteln hingen Pistolen, Schlagstöcke und Handschellen. Noch fünf Meter.

Adrian hielt den Rucksack hinter seinem Rücken. Warum nur hatte der Erpresser ausgerechnet einen auffällig roten Rucksack verlangt?

Die Polizisten hatten sie ins Visier genommen und musterten sie beim Näherkommen. Ihre Blicke verrieten Unschlüssigkeit. Wahrscheinlich fragten sie sich, ob sie es mit harmlosen Touristen zu tun hatten oder mit Personen, die etwas zu verbergen hatten.

Einer der Polizisten nickte in ihre Richtung.

Fuck!

Sie würden kontrolliert werden.

Julia überlegte fieberhaft, wie sie aus dieser Sache herauskommen könnten. Außerdem würde eine längere Kontrolle den Übergabetermin platzen lassen.

Die Polizisten waren nur noch drei Meter entfernt.

Plötzlich fing der Schäferhund an zu knurren und zog zur Seite. Dort standen zwei junge Männer an einer Säule. Ihre Wangen waren eingefallen, die Augen lagen tief in den Höhlen, und ihre Gesichter waren verpickelt.

Die Polizisten drehten ab, um die beiden Junkies zu kontrollieren.

Julia atmete erleichtert auf.

Das Schließfach sprang nach Eingabe des Zahlencodes auf. Darin lag ein Handy. Es begann zu klingeln, gerade als Julia es in die Hand genommen hatte. Sie nahm den Anruf an. Adrian beugte sich zu ihr, um mitzuhören.

»Haben Sie das Geld?«, fragte der Erpresser. Eine Männerstimme, eher jung, mit norddeutschem Einschlag.

»Ja, eine Million in Hunderteuroscheinen, genauso wie Sie es verlangt haben.«

»Hier sind meine Spielregeln: Wir machen jetzt eine kleine Rallye durch die Stadt, damit ich sehen kann, dass Sie allein sind.«

»Ich bin nicht allein, der Rucksack ist zu schwer.« Julia hoffte, dass der Erpresser ihr diese Lüge abkaufte.

»Wer ist bei Ihnen?«

»Herr Winkelmann. Er ist der Schmuckexperte des Museums.«

Einen Augenblick sagte der Erpresser nichts. Es war nur das Rauschen der Leitung zu hören. Julia befürchtete schon, er würde auflegen.

»Wer sagt mir, dass er nicht ein Zivilbulle ist?«

»Sie können auf der Homepage des Museums nachschauen. Dort finden Sie Winkelmann.«

Allerdings nur seinen Namen, kein Foto.

Julia hörte Tastaturgeklappere.

»Ich hatte doch gesagt, Sie sollen allein kommen.«

»Wie gesagt, das Geld ist zu schwer. Außerdem kenne ich mich mit Juwelen nicht aus. Winkelmann soll prüfen, ob Sie uns den echten Schmuck übergeben.«

»Okay, damit kann ich leben. Ich gebe Ihnen das Ziel und die Zeitvorgabe. Sollten Sie nicht rechtzeitig kommen, werden Sie nie wieder von mir hören. Und der Schmuck wird sofort zerlegt. Haben Sie das verstanden?«

»Ja.«

»Sie nehmen die U-Bahn-Linie vier bis zur HafenCity. Ich rufe in zehn Minuten wieder an. Und wehe, Sie sind dann nicht da.«

Julia und Adrian liefen zum Eingang der U4. Zum Bahnsteig ging es eine schier endlose Treppe hinunter. Sie hetzten über die Stufen. Sie waren noch nicht auf dem Bahnsteig angekommen, da hörten sie den Zug einfahren. Gerade rechtzeitig, bevor die Türen sich schlossen, sprangen sie hinein.

Julia und Adrian waren außer Atem und blieben nahe der Tür stehen.

Beide brauchten einen Augenblick, um wieder sprechen zu können.

»Die Kripo hat meinen Vater aufgesucht und wollte wissen, wo ich bin«, sagte Adrian.

»Hat dein Vater der Kripo etwas verraten?«

»Nein, er hat ihnen den Dementen vorgespielt.«

»Den Dementen? Wie kommt es dazu?« Julia schaute ihn fragend an.

»Mein Vater hat wegen meiner Tätigkeit als Kunstdetektiv schon häufiger unangenehmen Besuch von der Polizei oder dubiosen Gestalten bekommen. Um ihn und mich nicht zu gefährden, spielt er solchen Besuchern routinemäßig den Dementen vor. Ein Bekannter lässt ihm dafür sogar immer das aktuelle Wochenmenü von Essen-auf-Rädern da.«

»Das ist gerissen.«

Die Bremsen kreischten auf. Die U-Bahn stoppte ruckartig mitten im Tunnel.

Julia sah besorgt auf ihre Uhr.

»Aufgrund einer Betriebsstörung verspätet sich der Zug um wenige Minuten«, kam die Durchsage aus den Deckenlautsprechern.

»Mist, eine Zugverspätung können wir uns jetzt gar nicht leisten«, sagte Julia.

»Hoffentlich dauert sie nicht lange«, gab Adrian zurück.

Die Minuten krochen quälend langsam dahin. Julia sah immer wieder auf die Uhr. Die zehn Minuten würden sie nicht mehr einhalten können.

Endlich fuhr die U-Bahn wieder an. Der Führer gab richtig Gas. Adrian und Julia mussten sich an den Haltegriffen festhalten, um nicht zu stürzen.

Als sich die Türen öffneten, sprangen Julia und Adrian aus dem Zug. Sie hetzten die Treppen hinauf. Kaum waren sie oben angekommen, da klingelte das Handy.

»Laufen Sie jetzt zur Elbphilharmonie. Ich rufe in zehn Minuten wieder an.«

»Da müssen wir rennen, um das zu schaffen«, sagte Julia.

Sie liefen die Überseeallee in Richtung Elbphilharmonie, die weithin sichtbar in den Himmel ragte. Es folgte der Dallmann Kai und der Kaiser Kai. Außer Atem erreichten sie schließlich ihr Ziel. Vornübergebeugt rangen sie nach Luft. Da klingelte das Handy erneut.

»Jetzt gehen Sie nach links zur Hafenfähre und steigen bei den St. Pauli-Landungsbrücken wieder aus. Dort müssen Sie in zehn Minuten ankommen.«

Julia sah unten am Anleger gerade die Fähre ankommen. Sie sprinteten hinüber und gingen an Bord.

Die kurze Fahrt führte sie an der Elbpromenade mit ihren Museumsschiffen *Cap San Diego* und *Rickmer Rickmers* vorbei. Normalerweise bewunderten Besucher die Hafenmeile, doch Adrian und Julia dachten nur an die Lösegeldübergabe.

Die Fähre hatte gerade angelegt, da klingelte auch schon wieder das Handy. »Jetzt laufen Sie die Wallanlagen in Richtung Norden und dann bei den Gerichten nach links in die Feldstraße. In fünfzehn Minuten sind Sie auf dem Pferdemarkt.«

»Weißt du, wo wir hinmüssen?«, fragte Adrian.

»Ja, da lang«, rief Julia und zeigte auf eine ansteigende Straße.

Sie rannten die Helgoländer Allee hinauf, überquerten eine große Straße und liefen dann in den Park.

»Ganz schön unheimlich, hier im Dunkeln«, keuchte Julia.

Der Park war nur spärlich beleuchtet.

Plötzlich traten ihnen drei junge Männer in den Weg.

BERLIN

DONNERSTAG, 28. NOVEMBER 2019, 21:30 UHR

Die Observation der Rashid-Brüder hatte begonnen.

Steinkamp und Vogt saßen in einem zivilen VW-Passat mit Berliner Kennzeichen und beobachteten das Mietshaus in Neukölln, in dem Abbas Rashid lebte. Die Wohnungen von Tarek und Sedad Rashid wurden ebenfalls von Zivilfahndern observiert. Unter den Autos der Brüder klebten inzwischen kleine GPS-Sender. Die Telefonüberwachung war beantragt, und sie rechneten noch heute mit den Gerichtsbeschlüssen.

Steinkamp saß auf dem Beifahrersitz. Er blätterte die Akten der drei Rashid-Brüder durch, die er von Gesine Rohwedder bekommen hatte. Abbas war 25 Jahre alt, Tarek 23 Jahre und Sedat 21 Jahre.

»Die drei sehen alle gleich aus«, sagte Steinkamp und tippte auf die Fotos. »Braune Augen, volle schwarze Haare, Vollbart und Brustteppich.«

»Die Brüder sind das fleischgewordene Klischee, das über arabische Clans verbreitet wird. Abbas ist mit insgesamt sieben Geschwistern aufgewachsen und hat die Schule nach der neunten Klasse ohne Abschluss verlassen. Er lebt von Sozialhilfe, trägt aber eine Rolex und fährt einen Mercedes AMG«, erwiderte Vogt.

Steinkamp sah wieder zur Wohnung der Rashids, die im ersten Stock über einem türkischen Gemüseladen lag. Dort tat sich nichts.

»Ich hoffe, wir finden die verschollenen Juwelen bei einem der drei«, sagte Steinkamp.

»Sie könnten sie aber auch bei Angehörigen im Ausland versteckt haben«, wandte Vogt ein.

»Du bist ein richtiger Miesmacher.«

»Oder sie haben die Diamanten aus den Schmuckstücken herausgebrochen, umgeschliffen und längst über zwielichtige Berliner Juweliere verkauft.«

»Hast du noch eine dritte Theorie, warum wir die Juwelen nicht finden und uns gerade umsonst die Nacht um die Ohren schlagen?«, fragte Steinkamp gereizt.

»Es war ein bestellter Diebstahl. Und die Klunker liegen längst im Tresor des Auftraggebers.«

»Du verstehst es wirklich, einem den Tag zu vermiesen.«

Unbehagliches Schweigen breitete sich im Wagen aus.

»Ist Abbas schon strafrechtlich in Erscheinung getreten?«, fragte Vogt nach einer Weile.

»Er hat seine kriminelle Karriere mit fünfzehn begonnen. Da wurde er wegen Diebstahl mit Waffen zu einem Freizeitarrest verurteilt. Danach folgten weitere Diebstähle, Körperverletzungen und sogar Raub. Aber die Jugendrichter waren gnädig mit ihm. Die meisten Verfahren wurden eingestellt, oder er musste nur ein paar Arbeitsstunden ableisten. Trotz vollem Strafregister hat Abbas noch keinen einzigen Tag im Gefängnis gesessen.«

»Wie sieht es mit Tarek und Sedat aus?«, fragte Vogt.

»Die Brüder haben ähnliche Lebensläufe. Alle sind deutsche Staatsbürger und beziehen Leistungen vom Jobcenter.«

»Und was für Autos fahren Tarek und Sedat?«

»Tarek fährt einen Porsche Panamera und Sedat einen Audi A7.«

»Mensch Björn, irgendwas machen wir falsch.«

HAMBURG

DONNERSTAG, 28. NOVEMBER 2019, 21:37 UHR

Die Männer trugen schwarze Hoodies und Jeans und hielten Bierflaschen in der Hand.

»Was hast du denn da in dem Rucksack?«, fragte der Anführer. Er war der größte der drei. Der zweite hatte einen dunklen Teint, der dritte war klein und rund. Die drei umringten Adrian bedrohlich.

»Nichts, was dich angeht«, erwiderte Adrian mit fester Stimme. »Verschwindet, wir haben es eilig.«

Sie standen unter dem fahlen Licht einer Laterne.

»Ihr müsst Wegzoll bezahlen. Lasst uns mal in euren hübschen roten Rucksack schauen.«

Der Anführer ahnte noch nicht, dass er mit dem Rucksack den Jackpot ziehen würde.

Julia suchte Schutz hinter Adrian.

»Letzte Chance. Lasst uns vorbei!«, sagte Adrian ruhig.

»Sonst was?«

»Sonst werdet ihr einen Krankenwagen brauchen.«

Der Anführer lachte. »Wir sind zu dritt.«

»Du kannst bis drei zählen? Für so clever hätte ich dich gar nicht gehalten.«

Der Anführer griff nach Adrians Schulter und versuchte ihm den Rucksack herunterzuziehen. Doch Adrian schubste ihn weg.

Mit einem bösen Grinsen im Gesicht zückte der Anführer sein Springmesser und ließ die Klinge mit einem lauten Klicken herausschießen. Seine Spitze blitzte im Licht der Parklampe auf. Der zweite

Typ zerschlug seine Bierflasche am Laternenpfahl und hielt die gezackten Ränder drohend in die Richtung von Adrian und Julia. Der Dicke baute sich breitbeinig in Boxerpose auf.

»Ihr wollt also Ärger?« Adrian streifte den Rucksack herunter und drückte ihn Julia in die Hand. »Halt mal.«

Der Anführer stach mit dem Messer in Adrians Richtung. Dieser wich geschickt aus, indem er sich zur Seite drehte. Dann schnellte er hoch und trat dem Mann mit aller Kraft gegen den Unterarm. Das Messer flog ihm aus der Hand und segelte harmlos über die Köpfe seiner beiden Kumpane hinweg ins Gebüsch. Dann rammte Adrian ihm den Ellbogen gegen die Schläfe. Benommen taumelte er zur Seite.

Ungläubig starrte Julia auf die beiden Kontrahenten.

Da trat der Typ mit der Flasche vor und holte aus. Er wollte Adrian am Bauch erwischen, doch der wich geschickt zurück, und der Hieb ging ins Leere. Ein wuchtiger Kick von Adrian fegte ihm die Flasche aus der Hand, ein weiterer traf ihn am Knie. Ein schwaches, zerbrechliches Gelenk. Julia hörte die Kniescheibe splittern. Sehnen und Bänder dahinter rissen. Der Typ sank schreiend zu Boden.

Inzwischen hatte sich der Anführer wieder aufgerappelt. Er war noch etwas unsicher auf den Beinen. Aber Adrian holte aus und traf ihn mit der Faust am Kinn. Er flog rückwärts zu Boden. Dort blieb er liegen.

Julia, die immer noch ihr Handy in der Hand hielt, schrie laut: »Ich rufe jetzt die Polizei.«

Der Fettsack stand etwas abseits und hatte seine Boxerpose längst aufgegeben. Er sah zu seinen beiden am Boden liegenden Kumpels, dann zu Adrian und Julia, die ihr Handy ans Ohr hielt.

Ohne lange zu zögern, machte er kehrt und lief davon.

»Wo hast du so kämpfen gelernt?«, fragte Julia. Der Schreck und die Überraschung saßen ihr noch immer im Nacken.

»Als Jugendlicher habe ich geboxt. Später habe ich mich auf Krav Maga verlegt, um in den brenzligen Situationen meines Kunstdetektivdaseins gerüstet zu sein. Das ist ein modernes israelisches Selbstverteidigungssystem. Aber genug der Plaudereien. Lass uns weiter, der Erpresser wartet sicher nicht gerne.«

Julia und Adrian liefen weiter durch den dunklen Park. Dann bogen sie nach links in die Feldstraße ab. Links war der Winterdom auf dem Heiligengeistfeld zu sehen, mit seinem grell erleuchteten Riesenrad, den Achterbahnen und anderen Fahrgeschäften. Laut wummerte die Musik aus den Boxen herüber. Sie passierten den ebenfalls links gelegenen ehemaligen Flakbunker. Sie waren gerade auf dem Pferdemarkt angekommen, da klingelte wieder das Handy.

»Sie überqueren die Straße und dann nehmen Sie den Weg rechts durch die Grünanlage. Dann geradeaus zwischen den Häusern durch zur Schilleroper. Ich habe eine Spanplatte an einem Fenster gelockert. Dort steigen Sie ein. Drinnen erwarte ich Sie.«

»Wir brechen in eine Oper ein?«, fragte Adrian erstaunt.

»Eigentlich ist es ein Zirkusbau aus dem 19. Jahrhundert«, erklärte Julia schnell. »Später wurde dort Schillers Wilhelm Tell gespielt, daher der Name Schilleroper. Das Gebäude steht schon seit Jahren leer.«

Als die Schilleroper in Sicht kam, erkannte auch Adrian die von einem großen Zirkuszelt abgeleitete Form. Die einst weiße Fassade war großflächig mit Graffiti übersät. Fenster und Türen waren zugenagelt. Nach kurzer Suche hatten sie die lockere Holzplatte vor einem der Fenster gefunden und stiegen ein.

HAMBURG

DONNERSTAG, 28. NOVEMBER 2019, 21:49 UHR

Adrian und Julia schalteten die Taschenlampen ihrer Handys ein. Im Gebäude war es stockduster. Sie standen in einem Anbau und leuchteten den Boden ab, auf dem heruntergefallene Mauersteine herumlagen. Der Putz war großflächig abgefallen und gab den Blick auf graue Betonwände frei. Unten waren sie mit Graffiti verziert. Ob der Zirkusbau einsturzgefährdet war, fragte sich Adrian. Vorsichtig drangen sie tiefer vor.

Sie erreichten den imposanten Rundbau. Er musste mindestens zwanzig Meter hoch sein. Das Dach wurde von einer Stahlkonstruktion getragen. In ihm waren Lücken, durch die Mondlicht hereinfiel. Adrian schwenkte seine Handy-Taschenlampe. An den Seiten waren schemenhaft die hölzernen Reste der Zuschauertribüne zu sehen. Eine kreisrunde Fläche in der Mitte war leer, hier war einst die Manege gewesen. Ein orangener Betonmischer leuchtete im Licht der Taschenlampe auf. Neben ihm lag ein Sack Zement. Jemand hatte sich an einer Sanierung versucht. Ein hoffnungsloses Unterfangen. So ein baufälliges Gebäude konnte man im Grunde nur abreißen.

Das Handy in Julias Hand klingelte und durchbrach die Stille. Sie nahm den Anruf an und stellte auf Lautsprecher.

»Ihr legt das Geld in der Mitte der Manege ab. Dann tretet ihr zurück. Sobald ich das Geld habe, sage ich euch, wo ihr die Juwelen finden könnt. Bleibt in der Leitung.«

»Okay«, antwortete Julia und nickte Adrian zu.

Adrian ging mit dem Rucksack in der Hand langsam in die Mitte der Manege. Er sah sich nach allen Seiten um. Der Erpresser musste hier irgendwo sein, doch er konnte ihn nirgends entdecken. Er konnte auch nichts Verdächtiges hören. Er blieb genau unter der Kuppel des Zirkus stehen und stellte den Rucksack ab. Einen Augenblick verharrte er noch. Es fiel ihm schwer, eine Million Euro einfach hier liegen zu lassen. Dann kehrte er zu Julia zurück.

»Das Geld ist abgelegt«, sprach Julia ins Handy. Der Erpresser antwortete nicht und legte auf.

Adrian konnte den Rucksack mit der Million auch aus zehn Metern Entfernung sehen. In dieser Situation war seine rote Farbe ausnahmsweise sinnvoll.

»Ob sich der Erpresser gleich zeigen wird?«, fragte Julia.

»So blöd kann der eigentlich nicht sein.«

Adrian beobachtete die Umgebung genau. Hatte der Erpresser sich irgendwo unter der Holzkonstruktion der Ränge versteckt und würde gleich aus der Deckung kommen? Er musste immerhin bis in die Mitte der Manege, um den Rucksack zu holen. Adrian gab sich eine Sekunde Reaktionszeit und drei Sekunden für die zehn Meter Distanz. Er würde maximal vier Sekunden brauchen, bis er sich den Typ greifen konnte. Und dann? Würde er das Versteck der Juwelen freiwillig verraten oder musste er es aus ihm herausprügeln?

Adrian scannte die Umgebung, alle Sinne geschärft und sprintbereit.

Doch der Erpresser zeigte sich nicht.

Adrian hörte plötzlich ein Surren, das er nicht zuordnen konnte. Es klang wie ein frei drehender Mixer. Das Geräusch kam aus Richtung des Betonmischers. Doch der konnte es nicht sein.

Das Surren verstärkte sich, wurde hochfrequenter.

Auch Julia sah in Richtung Betonmischer.

Hinter ihm stieg eine Drohne auf. Sie war groß und schwer. Sie hatten sie bei der Geldablage gar nicht bemerkt. Unter ihr hing ein Seil.

Adrian ahnte Böses und spurtete los.

Die Drohne zog an dem Seil ein in der Manege ausgelegtes schwarzes Netz zusammen. Auch das hatte er in der Dunkelheit nicht bemerkt.

Noch fünf Meter.

Das schwarze Netz zog sich um den Rucksack zu und hob ihn in die Luft.

Noch zwei Meter.

Die Drohne stieg mit dem Rucksack im Netz senkrecht nach oben.

Adrian sprang, und seine Hand berührte gerade noch die Unterseite des Netzes.

Julia riss geistesgegenwärtig ihr Handy hoch, Blitzlicht flammte auf, und sie machte ein Foto der aufsteigenden Drohne.

»Ein Quadrokopter«, rief Adrian verblüfft.

Die Drohne verschwand durch ein Loch im Dach.

»Der Erpresser hat uns reingelegt.«

BERLIN

FREITAG, 29. NOVEMBER 2019, 05:26 UHR

Der Zugriff sollte im Morgengrauen erfolgen.

Steinkamp und Vogt hatten die Wohnung von Abbas Rashid im ersten Stock die ganze Nacht aus dem VW Passat heraus beobachtet. Alles war dunkel geblieben. Abbas Rashid war gestern um 23:00 Uhr nach Hause gekommen und hatte die Wohnung seitdem nicht mehr verlassen.

Die Observation hatte keine Erkenntnisse erbracht. Die Brüder hatten den gestrigen Tag mit Herumlungern und im Fitnessstudio verbracht. Keine Spur von den Juwelen. Sie konnten nicht länger warten. Zu groß war die Gefahr, dass die Schmuckkollektion in ihre Einzelteile zerlegt und auf Nimmerwiedersehen verschwinden würde.

»Wir sind in Position«, schnarrte es aus dem Funkgerät.

Ein acht Mann starkes SEK-Team wartete hinter der nächsten Straßenecke.

Steinkamp schaute noch einmal hoch zur Wohnung, die weiter im Dunkeln lag, dann blickte er auf seine Uhr. Sie zeigte 5:27 Uhr. Um 5:30 Uhr sollten gleichzeitig auch Razzien bei Tarek und Sedat Rashid stattfinden.

Steinkamp drückte einen Knopf am Funkgerät. »Vorrücken.«

Von rechts sah er den SEK-Trupp kommen. Sie trugen schwarze Kampfmonturen, Helme und Sturmgewehre. Lautlos schlichen sie sich an das Haus heran.

Steinkamps Hand ruhte auf dem Türgriff. Seine Muskeln waren angespannt, und Adrenalin rauschte in seinen Adern. Die Rashids galten als bewaffnet und gefährlich.

Er drehte sich zu seinem Partner um, der den Haftbefehl in der Hand hielt.

»Christian, bist du bereit?«

Er nickte.

Das SEK-Team hatte sich links und rechts neben der Haustür postiert.

Steinkamps Uhr zeigte 5:30.

»Zugriff!«, rief er ins Funkgerät.

Steinkamp stieg gerade aus dem Auto, als einer der SEK-Beamten seine Ramme in die Haustür krachen ließ. Die Altbautür flog splitternd nach innen auf.

Steinkamp lief mit seinem Partner über die Straße. Er hörte, wie acht Paar Stiefel die Holztreppe nach oben donnerten und die Wohnungstür unter der Wucht der Ramme zerbarst.

Als Steinkamp das Schlafzimmer betrat, lag Abbas Rashid schon mit Handschellen am Rücken auf dem Boden. Ein SEK-Beamter steckte eine Pistole, die er im Nachtschrank gefunden hatte, in einen Klarsichtbeutel.

»Herr Rashid, wir haben einen Haftbefehl gegen sie.« Vogt zeigte ihm das rote Papier.

Zwei Kollegen stellten Rashid auf die Füße und führten ihn ab. Er würde im Laufe des Tages dem Haftrichter vorgeführt werden.

Steinkamp und Vogt zogen sich Latexhandschuhe über und machten sich auf die Suche nach den Juwelen.

HAMBURG

FREITAG, 29. NOVEMBER 2019, 07:45 UHR

Das Geld war weg.

Adrian und Julia hatten die Schilleroper gleich nach dem Davonfliegen der Drohne erfolglos durchsucht. Anschließend hatten sie die Umgebung der Schilleroper nach Hinweisen auf die Drohne und ihren Besitzer abgesucht, doch ebenso ohne Erfolg. Der Erpresser hatte sich auch nicht wie versprochen gemeldet und verraten, wo er die Juwelen versteckt hatte.

Niedergeschlagen waren Adrian und Julia gegen Mitternacht ins Hotel zurückgekehrt.

Julia hatte schlecht geschlafen und fühlte sich miserabel. Sie dachte am Frühstückstisch darüber nach, wie sie Generaldirektorin Preußler und dem großzügigen Mäzen den Verlust der Million erklären sollte. Sie biss ihre Zähne so hart aufeinander, dass sie knirschten.

Auch der Blick von Adrians meerblauen Augen hatte sich verfinstert.

Julia starrte auf das Toastbrot auf ihrem Teller. Doch sie bekam keinen Bissen runter.

»Am besten, ich kündige, bleibe in Hamburg und melde mich gleich heute Vormittag beim Arbeitsamt.« Julia kaute auf ihrer Lippe herum.

»Noch ist nicht alles verloren«, versuchte Adrian ihr gut zuzureden.

»Wie soll ich Preußler die gescheiterte Geldübergabe beibringen?«

»Erzähle ihr die Wahrheit.«

»Sie wird darauf bestehen, dass ich sofort nach Dresden zurückkomme und ausführlich Rede und Antwort stehe.«

»Dann musst du dir etwas einfallen lassen, um das Museum weiter in Sicherheit zu wiegen. Erzähle ihnen, dem Erpresser erschien die Übergabe zu unsicher, und er hat sie kurzfristig um zwei Tage verlegt.«

»Und dann?«

»Dann gibt es weitere Verzögerungen.«

»Aber was sollen wir jetzt tun? Warten und hoffen, dass der Erpresser sich doch noch meldet?»

»Das hätte er doch längst getan. Der Typ verarscht uns.« Adrian rührte missmutig in seinem Kaffeebecher.

»Ja, ich weiß.«

»Wir müssen den Mann finden, bevor er den Schmuck zerlegt und verkauft, und zwar über die Drohne.«

Julia nahm ihr Handy heraus und zeigte Adrian noch einmal das Foto, das sie gestern geschossen hatte.

»Ja, das ist ganz eindeutig ein Quadrokopter«, sagte Adrian.

»Du kennst dich mit so etwas aus?«

»Kaum, aber ich habe neulich im Fernsehen eine Doku über Drohnen gesehen.«

»Fällt dir an dieser irgendetwas auf?«

»Sie hat keine Beschriftung. Sonst steht irgendwo auf dem Gehäuse Hersteller und Typ. Es könnte ein Eigenbau sein.« Adrian besah sich das Foto genauer. »Und sie hat ungewöhnlich große Motoren und unten eine Halterung, wahrscheinlich für eine große schwere Kamera. Der Besitzer will damit offensichtlich Luftaufnahmen machen.«

»Meinst du, wir können den Besitzer irgendwie ausfindig machen?«

»Wir könnten uns in der Drohnen-Community umhören, da der Eigenbau doch recht auffällig ist.«

Ein Funken Hoffnung huschte über Julias Gesicht.

HAMBURG

FREITAG, 29. NOVEMBER 2019, 10:10 UHR

Das Modellbaugeschäft in Othmarschen war riesengroß. Auf 650 Quadratmetern wurde alles angeboten, was das Modellbauerherz begehrte.

»Hoffentlich haben wir hier mehr Glück«, sagte Julia. Sie waren schon erfolglos in zwei anderen Modellbaugeschäften gewesen. Wie erwartet hatte sich der Erpresser nicht mehr gemeldet. Jetzt hatte er beides, die Juwelen und das Lösegeld.

Julia und Adrian konnten die Flugmodell-Abteilung anhand der von der Decke hängenden Flugzeuge und Hubschrauber sofort ausmachen.

Ein Verkäufer in weißem Hemd, Jeans und Turnschuhen führte gerade ein paar Kindern einen Quadrokopter vor. Das handtellergroße blinkende Gerät wurde von vier kleinen Elektromotoren angetrieben und mit einer Fernsteuerung kontrolliert. Gerade verharrte es noch regungslos in der Luft, um im nächsten Augenblick eine rasante Acht über die Köpfe der Besucher zu fliegen. Es folgten Kunststücke wie Loopings und Rollen. Nach fünf Minuten war die Vorführung beendet, und die Kinder zogen weiter zum Star-Wars-Regal.

»Kann ich Ihnen helfen?«, fragte der Verkäufer.

»Ja«, antwortete Julia und hielt ihm ihr Smartphone mit dem Drohnenfoto hin. »Können Sie uns sagen, was für eine Art Drohne das ist?«

Der Verkäufer legte Fernbedienung und Quadrokopter zur Seite. Dann nahm er das Smartphone in die Hand und studierte das Bild.

»Das ist eindeutig ein Eigenbau. Auffällig sind die großen Motoren und die Kameraaufhängung.«

Adrian hatte also recht gehabt.

»Kann der Modellbauer die Teile vielleicht hier gekauft haben?«

Der Verkäufer lächelte.

»Gut möglich. Ich erkenne auf dem Foto Teile von Dymond, unserer Hausmarke.«

»Wir suchen den Besitzer dieser Drohne.«

»Ist er über Ihren Garten geflogen und hat Sie beim Laubharken gestört?«, fragte der Verkäufer flapsig.

»Nein, es geht um etwas anderes. Genaueres dürfen wir Ihnen aus ermittlungstaktischen Gründen nicht sagen. Nur so viel, es geht um eine Million Euro.«

»Sie sind Zivilbeamte?«

Julia nickte. Eigentlich hasste sie es, die Unwahrheit zu sagen. Aber ohne Notlüge kamen sie hier nicht weiter.

Ihre Antwort schien dem Verkäufer nicht auszureichen. Natürlich wollte er nicht, dass seine Kunden Ärger mit der Polizei bekamen und dadurch von ihrem kostspieligen Hobby abgeschreckt wurden. Er schwieg.

»Wir können auch mit einem Durchsuchungsbeschluss und uniformierten Kollegen wiederkommen«, sprang Adrian Julia zur Seite.

Es war dem Verkäufer anzusehen, wie es hinter seiner Stirn arbeitete. Eine offizielle Durchsuchung war sicher weit mehr geschäftsschädigend als einen einzelnen Kunden zu verprellen.

»Mmhhh … das könnte der Quadrokopter von Maximilian sein …«, sagte der Verkäufer vorsichtig.

»Maximilian? Und mit Nachnamen?«

»Keine Ahnung, den hat er mir nie verraten. Er war schon öfter hier, um Einzelteile zu kaufen. Ich weiß nur, dass er Jurastudent ist und eine Kameradrohne zusammenbauen wollte, um irgendwelche Wahlkampfveranstaltungen zu filmen. Mehr kann ich Ihnen nicht sagen.«

»Aha …« Adrian spürte, dass der Mann ihnen etwas verschwieg, aber er konnte die Wahrheit schlecht aus ihm herausprügeln. »Fällt Ihnen zu diesem Maximilian sonst noch irgendetwas ein?«, versuchte er es diplomatisch.

»Tut mir leid. Mehr weiß ich wirklich nicht.«

»Können Sie diesen Maximilian wenigstens beschreiben?«

Der Verkäufer legt die Stirn in Falten. »Er ist ein ganz normaler junger Mann.«

»Was heißt jung?«

»Zwischen zwanzig und dreißig.«

Das ist ja sehr präzise, dachte Adrian. »Groß oder klein?«

»Groß.«

»Dünn? Dick?«

»Dünn.«

»Haarfarbe?«

»Schwarz.«

»Irgendwelche besonderen Kennzeichen?«, bohrte Adrian weiter.

»Was meinen Sie damit?«

»Bart, Narben, Tätowierungen, Piercings?«

»Da ist mir nichts aufgefallen.«

»Danke. Das hilft uns schon einmal weiter«, log Adrian und nickte in Richtung Ausgang.

Julia wusste genau, dass das nicht stimmte.

Die Zeit lief ihnen davon, und die Juwelen befanden sich immer noch im Besitz des Erpressers. Und bislang hatten sie nur den Vornamen des möglichen Drohnenpiloten herausgefunden – wenn dieser überhaupt stimmte.

BERLIN

FREITAG, 29. NOVEMBER 2019, 18:40 UHR

»Das war ein Tag zum In-die-Tonne-Treten«, sagte Steinkamp und hob sein Bierglas, um Vogt zuzuprosten. Sie stießen die Gläser zusammen.

Es war bereits Abend. Steinkamp und Vogt saßen in der Eckkneipe *Hartmuts Pinte*, in der Nähe ihres Hotels. Hartmut war vermutlich der dickliche Wirt mit dem buschigen Schnurrbart und der Lederweste hinter dem Tresen. Neben der Theke gab es noch vier Tische, eine Dartscheibe und einen Spielautomaten. Das dunkelbraun gebeizte Holzmobiliar war wahrscheinlich genauso alt wie der Wirt.

Steinkamp leerte das Bierglas in einem Zug bis zur Hälfte.

»Das tut gut.«

Die Razzia war bei allen drei Brüdern ergebnislos verlaufen. Ihre Wohnungen waren gründlich durchsucht worden, doch die Juwelen wurden nicht gefunden. Steinkamp nahm einen weiteren großen Schluck.

Nachmittags hatten Steinkamp und Vogt versucht, die Rashid-Brüder zu vernehmen. Doch sie hatten schon mit ihren Anwälten telefoniert und auf deren Rat die Aussage verweigert. Steinkamp mochte keine Anwälte. Sobald sie im Spiel waren, konnte man ein Geständnis vergessen. Von den drei Brüdern würden sie nicht erfahren, wo die Juwelen versteckt waren.

Steinkamp nahm einen weiteren großen Schluck, und das Glas war leer.

»Noch ein Bier?«, fragte der Wirt.

»Ja gerne.«

Zum endgültigen Fiasko wurde der Tag, als der Ermittlungsrichter erklärte, die DNA-Treffer vom Tatort würden nicht ausreichen, um die Brüder noch länger festzuhalten. Schließlich handele es sich nur um Indizien, auf die allein ein dringender Tatverdacht nicht gestützt werden könne. Er hob die Haftbefehle auf und ließ die Brüder auf freien Fuß. Richter mochte Steinkamp auch nicht.

Der Wirt stellte ein volles Glas Bier vor Steinkamp auf den Tisch.

»Wir fangen diese Verbrecher, und der Richter lässt sie sofort wieder laufen«, regte er sich auf.

»Du weißt doch, wie das Spiel läuft. Die DNA allein reicht den meisten Richtern nicht.« Vogt sah in sein Bierglas, das noch zur Hälfte gefüllt war.

Steinkamp nahm einen weiteren großen Schluck. Er hatte gehofft, bei den Durchsuchungen die Beute oder zumindest Tatwerkzeuge zu finden. Das hätte geholfen, den Tatverdacht gegen die Rashids zu erhärten.

»Trotzdem. Der Richter hätte sie erst mal in Haft stecken können. Nach ein paar Wochen hätten sie vielleicht doch gestanden.«

»Was machen wir denn jetzt?«, fragte Vogt mit müdem Blick.

»Heute betrinken wir uns sinnlos und morgen fahren wir zurück nach Dresden.«

»Und dann?«

»Dann werden wir weiter nach diesem Professor Falke fahnden.«

HAMBURG

SAMSTAG, 30. NOVEMBER 2019, 08:51 UHR

»Ich habe ihn gefunden«, rief Adrian. Der Laptop lag aufgeklappt auf seinen Beinen. Er und Julia logierten in einem Holiday Inn in der HafenCity. Sie übernachteten bewusst nicht bei Julias Familie oder Freunden, weil sie fürchteten, dort könnte Steinkamp nach ihnen suchen, falls er ihre Zusammenarbeit herausfand. Falke hatte auf der ausziehbaren Couch im Wohnzimmer und Julia im Schlafzimmer der Suite geschlafen.

Adrian sah hoch, als Julia ins Wohnzimmer kam. Ihre schlanken Beine schauten aus dem weißen Bademantel heraus. Sie setzte sich ihm gegenüber in einen Sessel. Ihre Haare waren noch feucht vom Duschen. Er ertappte sich bei dem Gedanken, was sie wohl unter dem Bademantel trug.

»Maximilian Claaßen heißt der Erpresser. Er ist 27 und Jurastudent aus Hamburg.«

»Wie hast du ihn gefunden?«, fragte Julia überrascht.

Adrian reichte ihr den Laptop hinüber. Auf dem Monitor war ein Zeitungsbericht zu sehen.

»Das ist Maximilian Claaßen mit derselben Drohne, die du in der Schilleroper aufgenommen hast. Er ist Landesvorsitzender einer rechtspopulistischen Partei namens *Zukunft für Deutschland*. Er nimmt offenbar regelmäßig Wahlkampfveranstaltungen mit seiner Drohne auf und geht damit in der Presse hausieren.«

Julia verglich das Foto des Zeitungsberichts mit dem auf ihrem Smartphone.

»Die Drohnen sehen zumindest ähnlich aus.«

»Genau. Und diese Drohne Marke Eigenbau gibt es nur ein einziges Mal«, sagte Adrian triumphierend.

»Bist du dir da wirklich sicher?«, fragte Julia zweifelnd. »Wenn Claaßen Jungpolitiker ist, müssen wir schon ganz sicher sein. Wenn wir mit ihm danebenliegen, kann es richtig Ärger geben.«

»Es gibt keinen Zweifel. Vergleiche die beiden Fotos«, sagte Adrian.

Julia besah sich die Bilder noch einmal. »Sie sehen zumindest gleich aus. Aber die Wahlkampfveranstaltung war vor einem halben Jahr. Dieser Claaßen mag zum damaligen Zeitpunkt die fragliche Drohne besessen haben. Aber woher wissen wir, dass das aktuell immer noch der Fall ist? Vielleicht hat er sie verkauft, oder sie wurde ihm gestohlen?«

»Wir haben zwar keinen Beweis dafür, dass Claaßen die Drohne gegenwärtig noch besitzt. Aber vielleicht sind die Juwelen noch bei ihm? Wir müssen zumindest versuchen, es herauszufinden, bevor es zu spät ist«, ereiferte Adrian sich.

»Das ist wieder nur eine Vermutung. Selbst wenn Claaßen der Drohnenpilot wäre, beweist das noch nicht, dass er auch der gesuchte Erpresser ist«, erwiderte Julia kühl.

»Aber Claaßen kommt zumindest als Erpresser in Betracht«, sagte Adrian.

»Das kann so sein, muss aber nicht. Es ist nicht auszuschließen, dass er nur der Handlanger für einen Dritten ist. Vielleicht wusste er gar nicht, was seine Drohne transportiert.«

»Du spielst den Advocatus Diaboli.« Adrian gefiel der scharfsinnige Verstand von Julia.

»Wir dürfen uns einfach keine weiteren Fehler leisten. Wie können wir herausfinden, ob Claaßen wirklich unser Mann ist?«

»Ich habe da schon so eine Idee.«

DRESDEN

SAMSTAG, 30. NOVEMBER 2019, 10:26 UHR

»Das ist der Hammer!« Vogt starrte auf seinen Monitor.

Steinkamp sah neugierig zu ihm hinüber. Er war gerade dabei gewesen, sich durch Hunderte Hinweise zu arbeiten, die nach der Ausstrahlung der ZDF-Sendung *Aktenzeichen xy ungelöst* eingegangen waren. Mal sollen es Täter aus Polen gewesen sein, weil die sowieso nur klauen. Eine betrogene Ehefrau verdächtigte ihren Mann, weil dieser seiner Geliebten einen teuren Diamantring geschenkt hatte. Sogar die Landesregierung wurde bezichtigt, den Einbruch vorgetäuscht und die Juwelen verkauft zu haben, um Löcher im maroden Haushalt zu stopfen.

»Du wirst nicht glauben, wer auf dem Foto von einem Ampelblitzer zu sehen ist …« Er machte eine Kunstpause, bevor er fortfuhr: »Jetzt wissen wir endlich, wer Falke zur Flucht verholfen hat.«

»Mach es nicht so spannend, Christian«, forderte Steinkamp. Er dachte kurz an seine seit Jahren stagnierende Karriere. Aktuell fühlte er sich wie in einem Fahrstuhl, bei dem noch nicht klar war, ob die Fahrt nach oben oder nach unten ging.

»Komm rüber und sieh selbst.«

Steinkamp stand mühsam auf und umrundete die aneinandergestellten Schreibtische. Sie waren an diesem Samstagmorgen von Berlin zurück nach Dresden gefahren. Eigentlich hätte er lieber seinen Kater auskuriert, aber bei einem derart aufsehenerregenden Fall waren Überstunden am Wochenende unvermeidlich.

Das Schwarz-Weiß-Foto, das der Kollege der Verkehrsüberwachung geschickt hatte, zeigte einen Mini Cooper beim Überfahren einer roten

Ampel. Am Steuer saß Julia Graf, auf dem Beifahrersitz neben ihr Professor Falke. Steinkamp sah auf die Datenzeile des Bildes. Es war kurz nach der Flucht von Professor Falke von einem Blitzer unweit des Congress Centers aufgenommen worden.

»Steckt am Ende unsere kleine Museumsdirektorin mit Falke unter einer Decke? Vielleicht kam der Tipp mit dem fehlenden Panzerglas in Wahrheit von ihr und nicht von dem Wachmann?«, spekulierte Steinkamp.

»Und welches Motiv sollen die beiden gehabt haben?«, wandte Vogt ein.

»Das übliche, Geldgier natürlich.«

»Meinst du wirklich? Ein Professor und eine Museumsdirektorin verdienen doch nicht schlecht.« Vogt sah seinen Chef verwundert an.

»Aber keine dreistelligen Millionenbeträge. Sie bräuchten nie wieder arbeiten, könnten irgendwo in der Karibik untertauchen und für den Rest ihres Lebens Cocktails schlürfen.«

»Da ist was dran.«

DRESDEN

SAMSTAG, 30. NOVEMBER 2019, 11:25 UHR

»Wir wollen mit Frau Graf sprechen, aber wir konnten sie im Museum nirgends finden«, sagte Steinkamp.

Prof. Dr. Christine Preußler strich ihre große Silberlocke zur Seite.

Steinkamp und Vogt hatten Julia Graf wegen des Blitzerfotos mit Falke zur Rede stellen wollen. Doch in ihrem Büro war sie nicht anzutreffen, und ihre Sekretärin hatte seltsam ausweichend reagiert.

»Sie ist heute nicht im Dienst«, antwortete Preußler kühl.

»Warum? Urlaub? Krankheit?«

»Das darf ich Ihnen aus Datenschutzgründen nicht sagen.«

»Wir ermitteln hier in dem größten Kunstraub der deutschen Geschichte, und Sie kommen uns mit Datenschutz?«

Steinkamp spürte, dass Preußler ihnen etwas verschwieg.

»Einer unserer Verdächtigen ist Professor Adrian Falke. Hat Graf irgendetwas mit ihm zu tun?«

»Nicht dass ich wüsste«, antwortete Preußler schmallippig.

»Wie erklären Sie sich dann das hier?« Steinkamp schob das Blitzerfoto über den Schreibtisch.

Preußler kniff den Mund zusammen.

»Das Foto zeigt Falke und Graf auf der Flucht. Also, was ist hier los?«

Preußler sah sie unbewegt an und schwieg.

»Hängen Sie etwa auch in dieser Sache mit drin?«

Preußler schüttelte den Kopf.

»Sie sagen uns jetzt sofort, was hier los ist, oder ich werde Sie wegen Strafvereitelung vorläufig festnehmen. Auf dem Präsidium können Sie dann gerne noch einmal überlegen, ob Ihnen noch etwas einfällt.« Steinkamp war laut geworden.

Preußler sah einen Augenblick auf den Schreibtisch, sammelte sich und hob ihren Kopf. »Wir haben eine Lösegeldforderung bekommen. Der Erpresser verlangte eine Million Euro für die Rückgabe der Juwelen. Graf sollte die Lösegeldübergabe durchführen und Falke ihr dabei helfen.«

Steinkamp war einen Augenblick sprachlos.

»Der Erpresser hat verlangt, dass Sie die Polizei außen vor lassen?«, fragte Vogt.

»Ja.«

»Mit Falke haben Sie den Bock zum Gärtner gemacht«, sagte Steinkamp.

»Hat die Lösegeldübergabe geklappt?«, fragte Vogt.

»Das wissen wir nicht. Die Graf hat sich seit zwei Tagen nicht mehr gemeldet, und wir können sie auch nicht erreichen.«

»Damit ich das richtig verstehe: Ihre Museumsdirektorin und die Million sind weg?«, fragte Steinkamp und beugte sich vor.

»Ja.«

Steinkamp drehte sich zu Vogt. »Schreib diese Julia Graf zur Fahndung aus. Das volle Programm.«

HAMBURG

SAMSTAG, 30. NOVEMBER 2019, 11:40 UHR

Julia und Adrian beschatteten Claaßen. Seine Adresse hatten sie ganz bequem der Homepage seiner Partei entnehmen können. Sein Einzimmerapartment lag im Hochparterre in einer ruhigen Seitenstraße in Wandsbek. Dank eines Fotos auf der Homepage wussten sie auch, wie Claaßen aussah. Ein junger Mann mit schwarzen Haaren, undurchdringlichen Augen und arrogantem Mund grinste in die Kamera. Als genau dieser das Haus verließ, hängten sich Adrian und Julia an seine Fersen.

Claaßen frühstückte zunächst spät in einem angesagten Café in der Innenstadt. Dann zahlte er in verschiedenen Banken Bargeld ein. Dabei zog er völlig ungeniert Geldbündel aus der Jackentasche. Mittags machte er in einem Porsche-Autohaus eine Probefahrt. Er unterschrieb einen Kaufvertrag und ließ ein Geldbündel als Anzahlung da. Danach kaufte er sich bei dem Herrenausstatter Policke in der Innenstadt drei neue Anzüge, die ihn wie ein Anwalt aussehen ließen. Auch hier zahlte er in bar. Offensichtlich fühlte sich Claaßen völlig unbeobachtet, zumindest sah er sich kein einziges Mal um.

»Um sein BAföG wird es sich nicht handeln, das er da mit vollen Händen ausgibt«, sagte Julia.

»Wohl kaum. Und er hat stets mit Hunderteuroscheinen bezahlt. Ihr Grün war selbst aus der Entfernung zu erkennen«, stimmte Adrian ihr zu.

Den Nachmittag verbrachte ihr mutmaßlicher Erpresser in der Juristischen Fakultät. Er sprach mit mehreren Kommilitonen. Sehen und Gesehenwerden, anstatt zu lernen.

Danach war er in seine Wohnung zurückgekehrt.

»Unser Freund scheint in Bargeld zu schwimmen«, bemerkte Adrian. Sie beobachteten Claaßens Apartment von der anderen Straßenseite aus.

»Sollen wir die Polizei einschalten? Sie könnte das ausgegebene Bargeld sicherstellen und prüfen, ob es sich um die registrierten Scheine aus dem Lösegeld handelt«, fragte Julia. In ihr nagte weiter der Gedanke, wie sie dem Museum den Verlust der Million erklären sollte.

»Besser nicht, wahrscheinlich sind wir längst zur Fahndung ausgeschrieben.«

Es war inzwischen dunkel, und sie konnten sehen, wie Claaßen in seiner Wohnung auf und ab ging. Sie war hell erleuchtet.

»Es ist zum Verzweifeln. Wir sind Claaßen den ganzen Tag gefolgt und haben keine Spur von den Juwelen.« Adrian rieb sich fröstelnd die Hände und stieß weiße Atemwölkchen aus.

»Glaubst du, er hat die Diamanten wirklich in seinem Besitz?«, fragte Julia.

»Er ist zumindest der Erpresser und gehört wahrscheinlich auch zur Einbrecherbande.«

»Aber wo könnte er die Diamanten versteckt haben?«

»Das ist die Einhundertfünfzig-Millionen-Euro-Frage.«

DRESDEN

SAMSTAG, 30. NOVEMBER 2019, 17:11 UHR

»Falke und Graf sind beide wie vom Erdboden verschluckt. Die Fahndung nach ihnen war bisher ergebnislos.« Vogt schaute über seinen Monitor zu ihm rüber.

»Das kann doch nicht wahr sein. Ein Kunstprofessor und eine Museumsdirektorin sind doch keine kriminellen Profis. Es muss doch möglich sein, ihren Aufenthaltsort zu ermitteln.« Steinkamp versuchte erfolglos, nicht ärgerlich zu klingen.

»Das Auto von Julia Graf wurde in einem Gewerbegebiet gefunden. Ab da verliert sich ihre Spur. Sie fehlt auch weiterhin im Museum.«

»Was ist mit den Handys von Falke und Graf?«

»Sie sind seit Dienstag ausgeschaltet. Wahrscheinlich haben sie sich neue Handys besorgt.«

Steinkamp wusste, dass man im Bahnhofsviertel ohne große Probleme nicht registrierte Prepaidhandys kaufen konnte. Wer von der Polizei nicht abgehört und geortet werden wollte, beschaffte sich einfach regelmäßig ein neues Wegwerfhandy. Dass Falke und Graf daran gedacht hatten, sprach eindeutig gegen sie.

»Gab es wenigstens irgendwelche Kontobewegungen bei einem der beiden?«

»Nein, es gab vor dem Juwelendiebstahl keine ungewöhnlichen Transaktionen. Und beide haben ihre Kreditkarten seit Dienstag nicht mehr benutzt. Auf ihren Konten sind nur aktuelle Umsätze von Daueraufträgen und Einzugsermächtigungen.«

»Es wäre ja auch zu schön gewesen, wenn der Eingang größerer Geldbeträge dokumentiert worden wäre«, sagte Steinkamp kopfschüttelnd.

»Die Ermittlungen gegen Falke und Graf stecken in einer Sackgasse.«

»Vielleicht haben sie sich ins Ausland abgesetzt?« Steinkamp stand auf und starrte aus dem Fenster.

Vogt schüttelte den Kopf. »Bislang hat man sie weder bei Grenzkontrollen geschnappt, noch tauchen ihre Namen auf irgendwelchen Passagierlisten auf.«

»So ein Mist.« Steinkamp schlug mit der Faust gegen die Wand.

Ein Nachteil der offenen Grenzen in Europa war, dass es Flüchtige sehr leicht hatten, sich dem Zugriff der deutschen Polizei zu entziehen. Wenn sie gefälschte Pässe hatten, stand ihnen sogar die Welt offen.

»Veranlasse eine Öffentlichkeitsfahndung. Ich will das Foto der beiden in allen Tageszeitungen, im Internet und im Fernsehen sehen.«

HAMBURG

SONNTAG, 1. DEZEMBER 2019, 12:17 UHR

Maximilian Claaßen verließ seine Wohnung erst am Sonntagmittag wieder.

Adrian und Julia zitterten vor Kälte. Seit drei Stunden hatten sie in einer Tordurchfahrt gegenüber von Claaßens Wohnung gestanden. Sie warteten noch, bis Claaßen an der nächsten Straßenecke verschwand. Vermutlich ging er zur U-Bahn am Wandsbeker Markt und kehrte so bald nicht zurück. Von dort in die City würde er eine halbe Stunde brauchen. Dann überquerten sie die Straße.

Das gelb geklinkerte fünfstöckige Haus war in den Sechzigerjahren erbaut worden. Es bestand überwiegend aus Einzimmerwohnungen. Die von Claaßen ging zur Straße hinaus. Adrian nahm ein paar Schritte Anlauf und sprang den Balkon hoch. Er bekam die Brüstung zu fassen und hievte seinen Körper darüber. Dann beugte er sich über das Geländer und zog auch Julia herauf.

Adrian sah sich um, ob jemand sie bemerkt hatte. Doch auf der Straße blieb es ruhig.

Er besah sich die Balkontür. Dünnes Holz, Einfachverglasung, das sollte keine Probleme geben. Er zog einen Schraubenzieher aus seiner Jacke und drückte ihn zwischen Tür und Rahmen. Mit einem Ruck hebelte er die Tür auf. Er sah sich noch einmal um. Auch das kurze Knacken hatte keine Aufmerksamkeit erregt. Er drückte die Tür auf und trat ein, Julia folgte ihm.

Adrian sah sich um. Direkt am Fenster stand ein großer Schreibtisch mit einem Laptop darauf, an der Wand waren Bücherregale angebracht. An der Rückwand standen ein Bett und ein Regal mit einem Fernseher. An der Wand hing ein großes gerahmtes Poster von Claaßen selbst. Gleich links war eine kleine Küche, dahinter das Bad und ein kleiner Flur mit einem eingebauten Kleiderschrank.

»Wie könnten die Juwelen verpackt sein?«, fragte Adrian.

»Wahrscheinlich in einem Stoffbeutel.«

Auf dem aufgeräumten Schreibtisch lag ein schmales Bändchen mit dem Titel *Die juristische Doktorarbeit – leicht gemacht.*

»So ganz einfach ist das nicht«, kommentierte Adrian mit einem Kopfschütteln und durchsuchte die Schubladen des Schreibtischs.

Julia nahm sich das Bücherregal vor. In ihm standen mehr Politiker-Memoiren als juristische Fachbücher. Danach war die Küche an der Reihe. Aber sie fanden nichts. Julia inspizierte das Regal mit dem Fernseher, Adrian sah unter dem Bett nach. Dem folgte der eingebaute Kleiderschrank. In ihm war immerhin der Rucksack mit dem restlichen Bargeld hinter einem Stapel Schmutzwäsche versteckt. Adrian nahm ihn heraus, ging ins Zimmer und stellte ihn auf den Schreibtisch.

»Außer dem Geld, das er gestern ausgegeben hat, scheint noch alles da zu sein«, sagte Adrian, nachdem er in den Rucksack geschaut hatte.

»Gott sei Dank. Die alte Preußler würde mich kielholen, wenn das ganze Geld weg gewesen wäre«, sagte Julia erleichtert.

Adrian stellte den Rucksack neben dem Schreibtisch ab. Dann kehrten sie zum Kleiderschrank zurück. Oben im Fach lag der zusammengelegte Quadrokopter.

»Jetzt sind wir ganz sicher, dass er der Erpresser ist«, sagte Julia.

»Dann wird Claaßen auch die Juwelen irgendwo hier haben«, erwiderte Adrian.

»Aber wo könnten sie noch versteckt sein?«, fragte Julia.

Sie gingen ins Badezimmer, und Adrian öffnete den Revisionsschacht. Auch dort lagen keine Juwelen. Er schraubte mit dem Schraubenzieher das Gitter des Lüftungsschachts an der Decke ab. Ebenfalls Fehlanzeige.

»Ich glaube, wir sind jetzt durch. Hier sind keine Juwelen«, sagte Adrian enttäuscht. Sie hatten das kleine Apartment gründlich durchsucht.

»Wenn wir davon ausgehen, dass Claaßen Teil einer Bande ist, finden wir in seinem Laptop möglicherweise Hinweise auf die Mittäter«, überlegte Julia.

»Das ist ein guter Vorschlag.«

Sie gingen zum Schreibtisch. Adrian klappte den Laptop auf und schaltete ihn ein.

Eine Maske forderte zur Eingabe eines Passworts auf.

»Tja, da wird es jetzt schwierig«, sagte Adrian. Er machte sich daran, in den Schreibtischschubladen nach einem Zettel mit dem Passwort zu suchen. Wenn er keinen fand, blieb ihnen noch nur zu raten. *Staranwalt, Bürgermeister* oder *Millionen-Mann* vielleicht?

»Was machen Sie in meiner Wohnung?«, erklang plötzlich eine laute Stimme hinter ihnen.

Adrian und Julia drehten sich gleichzeitig um.

Maximilian Claaßen war unbemerkt zurückgekehrt.

BELGRAD

SONNTAG, 1. DEZEMBER 2019, 12:35 UHR

Die NATO hatte den Belgrader Fernsehsender 1999 mit einer Rakete beschossen, weil er Milosevics Propaganda verbreitete. Die Rakete schlug in die südwestliche Gebäudeseite ein. Sechzehn Fernsehmitarbeiter kamen dabei ums Leben. Die Ruine wurde nicht wieder aufgebaut, sondern in ihrem Zustand belassen. Die verkohlte, nackte Fassade hob sich von den Häusern der Umgebung ab. Die Seite, an der die Rakete eingeschlagen hatte, war über vier Stockwerke offen. Man konnte in ehemalige Büros und Studioräume schauen, während Tauben ein- und ausflogen. Doch die Räume weiter hinten waren unversehrt geblieben. Hier befand sich das geheime Hauptquartier der Einbrecherbande.

»Gratulation zum Dresden-Job«, sagte Drasko Radulovic, der Anführer der Bande. »Auch das Phantom ist zufrieden. Darauf trinken wir!«

Die vier Männer stießen mit ihren Wodkagläsern an und leerten sie in einem Zug.

»Das war aber ganz schön knapp. Ich habe die Blaulichter schon aufleuchten sehen, als ich vor dem Grünen Gewölbe aufs Gaspedal getreten bin«, sagte Milan Drobnjak, der von den anderen nur *Driver* genannt wurde.

»Der Wachmann hatte recht mit dem Tipp, dass die Vitrinen nicht mit Panzerglas gesichert sind.« Radulovic fand, er war die 100 000 Euro wert gewesen, auch wenn der Wachmann das Geld nun nicht mehr ausgeben konnte. Das Phantom hatte einen Killer geschickt, um den Mitwisser zu eliminieren.

»Mir und meiner Axt hätte auch das stärkste Panzerglas nicht standgehalten.« Branko Loncar, der *Terminator*, verschränkte seine gewaltigen Arme vor der Brust. Er hatte mit Baumstämmen trainiert. Er konnte einen halben Meter dicken Baumstamm in unter einer Minute in zwei Hälften zerschlagen.

»Angeber!«, witzelte Stanislav Arsenijevic, das *Wiesel*.

Radulovic machte den Aktenkoffer vor sich auf dem Tisch auf. Er enthielt eine Million Euro in Scheinen. Er nahm das Geld heraus und teilte es in vier gleiche Anteile auf. Dann schob er jedem der Männer einen Geldstapel mit einer Viertelmillion rüber.

»Seid vorsichtig beim Geldausgeben und verhaltet euch unauffällig«, ermahnte der Boss seine Komplizen.

»Wie geht es jetzt weiter?«, wollte Arsenijevic wissen.

»Ihr könnt euch erst mal ausruhen und Spaß haben, bis der nächste Auftrag vom Phantom kommt.« Der Mann, den Radulovic noch nie persönlich kennengelernt hatte, war derzeit ihr Hauptauftraggeber. Sie bekamen für etwa eine Woche Arbeit jedes Mal eine Million Euro. Das war bequemer als eigene Coups. Sie brauchten sie weder zu planen noch sich Gedanken über den Absatz der Juwelen zu machen.

»Ich werde mir einen Audi R8 kaufen«, sagte Drobnjak freudestrahlend.

»Ich mache ein Fitnessstudio auf. Es soll das größte und schönste Studio in ganz Belgrad werden.« In Loncars gewaltigen Händen wirkte der Geldstapel klein.

Gerade als Arsenijevic zum Sprechen ansetzte, klingelte Radulovics Handy. Er sah auf das Display.

»Wenn man vom Teufel spricht.« Radulovic legte das Handy auf den Tisch und stellte auf Lautsprecher.

»Hier ist das Phantom.«

HAMBURG

SONNTAG, 1. DEZEMBER 2019, 12:38 UHR

Maximilian Claaßen hob sein Handy und begann eine Nummer zu wählen. Er trug ein dunkelgraues Sakko, ein weißes Hemd und eine schwarze Hose mit Silberschnalle am Gürtel. Ein Jurastudent, der bereits wie ein Anwalt aussehen wollte.

Rief er jetzt die Polizei oder seine Kumpane? Polizei wäre schlecht, denn sie wurden wahrscheinlich längst gesucht und waren gerade bei einem Einbruch erwischt worden. Aber ein paar gewaltbereite Schläger in Springerstiefeln wären ebenso schlecht. Die Polizei würde er eher nicht rufen, denn sie hatten den Rucksack mit dem Lösegeld gefunden. Also würde er wahrscheinlich die Schläger herbeitelefonieren. Egal.

Adrian ging auf den über ein Meter neunzig großen Mann zu. Er war untrainiert. Vom Umblättern von Jurabüchern bekam man keine Muskeln. Ein Treffer würde genügen.

Claaßen wollte gerade die Anruftaste drücken, da holte Adrian aus. Seine Faust erreichte eine Geschwindigkeit von 9,5 Metern pro Sekunde und hatte eine Schlagkraft von 200 Kilogramm. Das ist, als würde man von einem Klavier getroffen. Unmittelbar bevor sie gegen Claaßens Kinn krachte, schloss dieser die Augen. Die kinetische Energie des Aufpralls ließ seine Gesichtszüge entgleisen und versetzte den Mund und die Wangen in eine Wellenbewegung. Sein Kopf wurde nach hinten gerissen. Er taumelte schwer getroffen rückwärts, seine Knie gaben nach. Ein kurzes Aufstöhnen drang aus Claaßens Mund. Einen Moment lang hing er in der Luft, sein Körper grotesk verdreht, bis er zu Boden ging. Im Fallen fegte er einen Stapel Jurabücher aus dem Regal, ehe er mit dem Hinterkopf auf dem Teppichboden aufschlug. Sein Handy flog in hohem Boden in die Ecke. Er blieb bewusstlos liegen.

»K. o. in der ersten Runde«, sagte Adrian.

BELGRAD

SONNTAG, 1. DEZEMBER 2019, 12:39 UHR

»Ich hoffe, Sie sind mit den Juwelen zufrieden?«, fragte Radulovic.

»Der ganz große Erfolg war der Coup nicht, denn Sie haben mir den Dresdner Grünen Diamanten nicht gebracht.«

»Sie wissen genau, dass der sich derzeit in einer Sonderausstellung im Metropolitan Museum of Art in New York befindet.«

»Das lasse ich mal gelten.«

Das lasse ich mal gelten, äffte Radulovic das Phantom tonlos nach und verdrehte die Augen.

»Sind Sie bereit für Ihren nächsten Auftrag?«

Radulovic fiel wieder die kultivierte Stimme des Phantoms auf. So sprach jemand mit Bildung, Einfluss und Selbstbewusstsein. Den Decknamen hatte das Phantom in Anlehnung an den Film *Der rosarote Panther kehrt zurück* bekommen. Überhaupt gefiel es der Truppe, von Scotland Yard »Pink-Panther-Bande« getauft worden zu sein. Das hatte so etwas Verspieltes. Radulovic sah sich gern als Gentlemanräuber, wie George Clooney in *Ocean's Eleven*, und nicht als gewöhnlichen Berufsverbrecher.

Drobnjak gegenüber wollte protestieren, denn die Bande hatte sich auf ein paar freie Wochen gefreut, doch Radulovic stoppte ihn mit einer Handbewegung.

»Selbstverständlich, wir haben uns schon gefragt, wann Sie sich wieder melden.«

Das Phantom war im Diamantenfieber. Radulovic wollte das ausnutzen.

»Diesmal geht es um den Stern vom Kongo. Der kürzlich gefundene Rohdiamant ist so groß wie ein Tennisball und von außergewöhnlicher Qualität. Er ist von einem seltenen dunklen Purpurrot.«

Das Phantom schwieg einen Augenblick. Radulovic hörte den Mann am anderen Ende der Leitung schwer atmen. Seine Männer hörten aufmerksam zu. Die Geldgier war ihnen ins Gesicht geschrieben.

»Er wurde inzwischen geschliffen und ist mit 330 Karat der größte Diamant überhaupt. Darüber hinaus wurden aus dem Rohdiamanten fünfzig weitere kleine geschliffene Diamanten erstellt.«

Radulovic und seinen Männern war es im Grunde vollkommen gleichgültig, um welche Juwelen es ging. Für sie bedeuteten sie letztendlich nur Geld. Die Beschreibung war für sie nur insoweit von Bedeutung, als dass sie die richtigen Klunker einsteckten.

»Wo werden die Diamanten aufbewahrt?«, fragte Radulovic.

»Sie befinden sich in einem Tresor in Antwerpen, weil dort der Rohdiamant geschnitten und geschliffen wurde. Sie sollen in Kürze in die Schweiz geflogen werden. Sie werden dann auf dem Flughafen Brüssel zuschlagen.«

Dieser Coup war einerseits gut, andererseits schlecht, fand Radulovic. Gut, weil ein Flugzeug leichter als ein Tresor zu knacken war, schlecht, weil es mit dem Flug einen festen Termin geben würde.

»Wann findet der Flug statt?«, fragte er.

»Am Samstag um 10:00 Uhr.«

Radulovic hatte geahnt, dass der Auftrag einen Haken hatte.

»Dann haben wir ja nicht einmal mehr eine Woche Vorbereitungszeit.«

»Ja, ich weiß, aber die Chance ist einmalig.«

Einen Augenblick war nur atmosphärisches Rauschen in der Leitung zu hören.

Radulovic dachte nach. Ein Diamantentransport auf einem Flughafen war tatsächlich eine günstige Gelegenheit, und sie hatten schon ein paar Mal erfolgreich Überfälle auf Flughäfen durchgezogen. Wären die Diamanten erst einmal in einem stark gesicherten Tresorraum tief unter der Erde in der Schweiz eingelagert, würde der Diebstahl ungleich schwerer werden.

»Da es ein besonders wertvoller Diamant ist und Sie ihn unter Zeitdruck entwenden müssen, verdoppele ich Ihren üblichen Lohn.«

Radulovic sah nacheinander zu seinen Männern. Alle drei nickten heftig.

»Okay, wir nehmen den Auftrag an.«

In nicht einmal einer Woche würden sie um zwei Millionen reicher sein.

HAMBURG

SONNTAG, 1. DEZEMBER 2019, 12:41 UHR

Julia reichte dem auf dem Bett sitzenden Claaßen ein Papiertaschentuch, das er auf seinen Mund drückte.

»Sie haben mir einen Zahn ausgeschlagen!« Blut lief aus Claaßens Mund und tropfte auf sein weißes Hemd.

»Ich werde dir gleich was Wichtiges brechen.« Adrian kam bedrohlich mit erhobenen Fäusten näher, Claaßen wich zurück.

»Was wollen Sie von mir?«

»Ich will wissen, wo die Diamanten sind.«

»Ich werde Sie anzeigen. Sie haben mich geschlagen.«

»Wunderbar. Dann können Sie der Polizei auch gleich die Herkunft des Bargeldes in Ihrem Rucksack erklären. Also noch mal, wo sind die Diamanten?«

»Welche Diamanten?«

»Tun Sie nicht so blöde, die aus dem Grünen Gewölbe natürlich.«

Adrian sah Claaßens Gesicht an, dass er wusste, wovon er sprach.

»Mit dem Einbruch habe ich nichts zu tun.« Claaßen verschränkte trotzig die Arme vor der Brust.

»Ach ja? Wie kommt es dann, dass Ihr Quadrokopter vorgestern bei der Lösegeldübergabe eingesetzt wurde?«

Julia zeigte ihm das Foto auf ihrem Smartphone.

»Hier sehen Sie Ihre Drohne mit einer Million Euro abfliegen. Dafür sollten wir die Diamanten zurückerhalten. Sie haben das Geld erpresst, um damit Ihren Doktortitel zu kaufen.«

Claaßen schwieg.

»Sie sind im Besitz von registrierten Banknoten aus der Lösegeldsumme.« Adrian zeigte auf den Rucksack neben dem Schreibtisch. »Sie haben das Geld zum Teil bei Banken eingezahlt oder damit Einkäufe getätigt. Den Rest haben wir in Ihrer Wohnung gefunden.«

Claaßen mied den Blickkontakt und schwieg.

»Zuvor sind Sie mit anderen in das Grüne Gewölbe eingebrochen und haben Juwelen im Millionenwert gestohlen.«

»Das bestreite ich. Ich habe im Internet von dem Einbruch gelesen. Ich hatte ernste Geldprobleme, das BAföG ist längst abgelaufen, und brauchte eine erhebliche Summe für den Ghostwriter meiner Doktorarbeit. Die Erpressung des Museums schien mir die Lösung aller meiner Probleme zu sein.«

»Dann wollen Sie nichts anderes als ein Trittbrettfahrer sein?«

»Ja.« Claaßen nickte. »Mit dem Einbruch habe ich wirklich nichts zu tun.«

»Und das sollen wir Ihnen glauben?«, fragte Adrian.

»Haben Sie hier Einbruchswerkzeug oder Juwelen gefunden?« Claaßen ließ ein überlegenes Grinsen aufblitzen.

Einen Augenblick lang reizte Adrian der Gedanke, ihm dieses aus dem Gesicht zu schlagen.

»Lass gut sein«, sagte Julia, die seine geballten Fäuste bemerkt hatte.

Tatsächlich hatten sie nichts, was Claaßen mit dem Einbruch im Grünen Gewölbe ernsthaft in Verbindung brachte. Claaßen war nichts weiter als eine Sackgasse.

HAMBURG

MONTAG, 2. DEZEMBER 2019, 10:08 UHR

»Ich kann viel besser malen als Salvador Dalí«, sagte Arno Schwarz. Er stand mit Pinsel und Malpalette vor dem halb fertigen Gemälde einer zerfließenden Taschenuhr. Er trug einen farbbefleckten weißen Overall. Sein Atelier befand sich in einer ehemaligen Druckerei in einem Hinterhof in Altona.

»Ach, du fälschst die *Beständigkeit der Erinnerung*«, lachte Adrian. Julia hielt sich im Hintergrund. Eine Woche war seit dem Einbruch in das Grüne Gewölbe vergangen. Das Fazit war ernüchternd gewesen. Die Hatz nach Claaßen hatte nichts gebracht. Sie waren den Tätern und den Diamanten keinen Schritt näher gekommen.

»Bist du bescheuert? Siehst du nicht, dass hier ein neues einmaliges Kunstwerk entsteht?« Schwarz hatte zu große Augen, wirres, weißes Haar und grimmige Gesichtszüge.

»Nun ja, beim Fälschen bekannter Kunstwerke schadet Kreativität eher.« Adrian war sofort aufgefallen, dass Schwarz das Gold der zerfließenden Uhr etwas matter als das Original und mit kleinen Rissen gemalt hatte. Das sollte wohl den Zerfall durch die Zeit symbolisieren.

»Idiot, du störst mich.«

Schwarz hatte davon geträumt, selbst ein großer Künstler zu werden, doch es mangelte ihm an Originalität. Seine Kunstfälschungen verkauften sich nicht besonders gut, denn den Kunden waren sie nicht originalgetreu genug. Die persönliche Handschrift des Fälschers zerstörte die Illusion der Echtheit. Aber beim Fälschen von Papieren war der gelernte Drucker spitze. Er konnte alles fälschen, von Ausweisen über Führerscheine, Zeugnisse und Diplome bis hin zu Promotionsurkunden. In den einschlägigen Kreisen war er deutschlandweit bekannt.

»Wir brauchen zwei Reisepässe und eine Kripomarke für meine Begleitung«, sagte Adrian. Er hatte Schwarz schon öfter kontaktiert. Arno galt als Experte für Kunstfälschungen. Er konnte nicht nur sagen, ob ein Gemälde gefälscht war, sondern oft auch, von welchem Fälscher es stammte.

Schwarz legte Palette und Pinsel ab.

»Wie langweilig. Willst du nicht lieber einen fast echten Picasso haben?«

»Der hilft uns beim Grenzübertritt nicht wirklich weiter.«

»Eigentlich ist das unter meiner Würde als Künstler.«

»Wir bezahlen in bar.«

»5000 Euro zusammen.«

»4000.« Adrian holte ein Geldbündel aus seiner Jackentasche und begann Scheine abzuzählen.

»Okay. Habt ihr Fotos?«

»Nein.«

»Dann kommt mit.«

Adrian und Julia folgten Schwarz in ein kleines Fotostudio.

»Die Sachen sind morgen fertig«, sagte Schwarz, nachdem er die Fotos gemacht hatte.

BELGRAD

MONTAG, 2. DEZEMBER 2019, 11:01 UHR

»Die Besatzung des gepanzerten Werttransporters ist bewaffnet, der Wagen selbst wird von einem weiteren Fahrzeug mit zwei ebenfalls bewaffneten Wachmännern begleitet«, erklärte Radulovic. Er stand vor einer Leinwand in dem ehemaligen TV-Sender, auf die ein Beamer eine Luftaufnahme des Flughafens Brüssel projizierte. »Anders sieht die Sache nach dem Verladen der Diamanten in das Flugzeug aus. An Bord sind nur zwei unbewaffnete Piloten. Das Flugzeug ist auch nicht gepanzert. Wir müssen also den Moment abpassen, an dem der Transporter und sein Begleitfahrzeug den Flughafen verlassen, das Flugzeug aber noch nicht gestartet ist. Wir müssen es auf der Startbahn stoppen.«

Drobnjak, Loncar und Arsenijevic saßen auf klapprigen Stühlen vor ihm und hörten aufmerksam zu.

»Der Flughafen hat drei Startbahnen.« Radulovic zeigte mit dem Laserpointer auf sie. Auf einer dieser Startbahnen müssen wir das Flugzeug vor dem Abheben abfangen.«

»Wie kommen wir auf den Flughafen?«, fragte Arsenijevic.

»Hier ist eine ehemalige Betonbaufirma.« Radulovic ließ den Laserpointer zum südlichen Ende des Flughafens schweifen. »Sie grenzt direkt an den Flughafen. Wir dringen mit den Fahrzeugen auf das Gelände ein. Zum Flughafen gibt es dann ein Tor, das wir nehmen können.«

»Wie viele Fahrzeuge brauchen wir?«, fragte Drobnjak.

»Ein Follow-me-Car und einen normalen Transporter.«

»Die Fahrzeuge besorge ich, richtig?«, fragte Drobnjak.

»Ja, und nimm Arsenijevic mit.«

»Mit dem Follow-me-Car stoppen wir den Flieger, mit dem Transporter fahren wir dann ans Flugzeug heran und rauben es aus. Wir sollten den Coup in unter fünf Minuten durchziehen. Zurück geht es auf dem gleichen Weg. Ein paar Kilometer vom Flughafen entfernt wechseln wir dann die Fahrzeuge.«

»Kann ich als Ablenkungsmanöver wieder ein Feuer machen?«, fragte Arsenijevic aufgeregt.

Es war klar, dass das *Wiesel* das fragen würde, denn er war Pyromane aus Leidenschaft. Flammen übten eine eigenartige Faszination auf ihn aus. Schon als Kind hatte er Mülltonnen angezündet, später Schuppen und ganze Häuser.

»Noch besser, du darfst ein kleines Häuschen sprengen.« Radulovic zeigte mit dem Laserpointer auf einen weißen Flachbau im nordöstlichen Teil des Flughafengeländes. »Alle werden gebannt auf die Explosion starren, Polizei und Feuerwehr werden dort hinrasen, während wir den Flieger ausrauben.«

»Noch Fragen?« Radulovic sah zu seinen Männern.

»Nein. Also wie üblich. Schnell rein, hart zuschlagen und gleich wieder weg«, sagte Loncar.

»Genau. Wir fahren die Nacht durch nach Belgien, mit zwei Autos. Branko, pack den Hydraulikspreizer ein. Den brauchen wir wieder. Stanislav, nimm Sprengstoff und Tränengas mit. Abfahrt ist in einer Stunde.«

Radulovic sah in die Runde. Alle hatten ihre Aufgaben verstanden. Niemand hatte Fragen. Sie waren ein eingespieltes Team.

»In fünf Tagen werden wir zuschlagen.«

HAMBURG

MONTAG, 2. DEZEMBER 2019, 14:04 UHR

»Warum Antwerpen?«, fragte Julia. Sie saß am Steuer des neuen Mietwagens. Adrian hatte es sich auf dem Beifahrersitz gemütlich gemacht. Zur Sicherheit hatten sie mit dem gefälschten Pass einen Seat Leon in Hamburg angemietet.

»Antwerpen gilt als Diamantenhauptstadt. Sie ist der wichtigste Handelsplatz für Diamanten weltweit, und das schon seit gut sechshundert Jahren. Heute passieren etwa 80 Prozent aller Rohdiamanten Antwerpen. Es werden dort jedes Jahr Steine im Wert von 45 Milliarden Euro gehandelt. Wenn die Diamanten aus dem Grünen Gewölbe irgendwo bearbeitet und weiterverkauft werden, dann am wahrscheinlichsten in Antwerpen«, sagte Adrian.

Julia wirkte beeindruckt. Vor ihnen lag eine sechsstündige Fahrt. Sie waren in Hamburg nach dem Mittagessen losgefahren und würden mit Pausen erst abends in Antwerpen eintreffen.

»Außerdem habe ich dort einen Informanten«, fügte Adrian hinzu.

»Erzähl mir von ihm.« Julia warf Adrian einen Seitenblick zu.

»Er ist ehemaliger Juwelendieb. Er hat sieben Jahre im Gefängnis abgesessen. Damals hat er seine Beute gut versteckt und lebt jetzt davon.«

»Verstehe, wieder einer deiner speziellen Kontakte.«

»Ja, die meisten Tipps, die zum Auffinden von gestohlener Kunst führen, bekomme ich von Kriminellen.«

Julia runzelte die Stirn. Aber der Zweck heiligte die Mittel. Davon abgesehen, hatte Adrian dank seiner Kontakte eine deutlich höhere Aufklärungsquote als die Polizei.

»Wie habt ihr euch kennengelernt?«

»Der Informant ist vor Jahren in eine Villa in Italien eingebrochen und hat eine wertvolle Schmucksammlung erbeutet, bedeutende Stücke aus der Juwelierskunst des 19. Jahrhunderts. Hätte er sich vorher erkundigt, wem die Villa gehört, hätte er es gelassen.«

Adrian legte eine Kunstpause ein. Julia sah zu ihm rüber.

»Denn es handelte sich um ein großes Tier der Mafia. Der Informant fürchtete nicht zu Unrecht um sein Leben und hat mich gebeten, zwischen ihm und dem Mafiapaten zu vermitteln. Das habe ich dann auch getan. Über mich gelangten die Juwelen zurück, und dafür wurde sein Leben verschont. Er schuldet mir was.«

»Das klingt ja fast so, als wärest du sein Anwalt gewesen«, witzelte Julia.

»Ich bin einzig und allein Anwalt der Kunst.«

Jetzt schmunzelte auch Adrian.

BRÜSSEL

DIENSTAG, 3. DEZEMBER 2019, 14:13 UHR

Die vier Männer richteten ihre Ferngläser auf den Flughafen Brüssel. Sie standen auf einer Aussichtsplattform für Spotter am südlichen Flughafenzaun. Zu dieser frühen Stunde waren sie allein dort.

»Links hinter dem Terminal liegt der Frachtbereich. Dort werden die Diamanten ins Flugzeug umgeladen«, erläuterte Radulovic.

Drobnjak, Loncar und Arsenijevic schwenkten ihre Ferngläser nach links.

»Vor uns liegen die drei Startbahnen.« Sie sahen aus wie ein auf der rechten Seite liegendes N. Gerade hob ein Airbus in den Himmel ab. So weit durften sie es am Samstag nicht kommen lassen. Sie mussten die Frachtmaschine vor dem Abheben kapern.

»Hinten rechts ist der Flachbau, den Stanislav sprengen wird.«

Die Ferngläser schwenkten in die angegebene Richtung. Er war von hier aus nur als weißer Punkt am Ende der Startbahn 01 zu erkennen.

»Ich werde die Sprengladung in der Nacht vor dem Coup platzieren. Die Explosion wird den Tower ablenken, bis wir wieder weg sind«, sagte Stanislav.

Die Explosion war der entscheidende Teil des Coups. Das Flughafengelände wurde durch Polizeibeamte und private Sicherheitskräfte überwacht, von der Tower-Besatzung ganz zu schweigen. Unzählige Augenpaare mussten während des Überfalls in die falsche Richtung gelenkt werden. Die Explosion würde das Ihre dazu beitragen.

»Und direkt rechts von uns liegt die stillgelegte Betonbaufirma, über die wir auf den Flughafen eindringen werden. Sie war früher am Ausbau des Flughafens beteiligt.«

Die hellen Sand- und Zementhaufen sowie ein paar gelbe Baufahrzeuge am Flughafenzaun waren auch ohne Ferngläser zu erkennen.

»Stanislav, du erkundest das alte Firmengelände mit einer Drohne. Achte auf Alarmanlagen. Ich will keine Überraschungen erleben.«

Stanislav nickte.

»Ich werde die Uniformen besorgen«, sagte Radulovic. Die Pink Panther agierten weltweit und waren in kriminellen Kreisen bestens vernetzt. Falsche Pässe, Einbruchswerkzeug, Waffen oder eben nachgemachte Uniformen zu beschaffen war für Radulovic eine seiner leichtesten Übungen.

»Milan und Stanislav, ihr klaut heute Nacht die beiden Transporter und bringt sie zu Stokan.«

Die beiden nickten.

Stokan war ein Landsmann mit kleiner Autowerkstatt. Er würde die beiden Transporter umlackieren und mit neuen Nummernschildern versehen. Sie hatten schon ein paarmal mit ihm zusammengearbeitet. Er war schnell und zuverlässig.

Mit den beiden Transportern würden sie dann alles für den Flughafenjob zusammenhaben.

ANTWERPEN

DIENSTAG, 3. DEZEMBER 2019, 16:43 UHR

Es war stockfinster am Fuß der Stahlleiter. Adrian konnte nichts sehen. Absolute Dunkelheit umfing ihn. Sein Gehör schärfte sich, doch es war auch nichts zu hören. Unter seiner rechten Hand spürte er rauen Beton. Es war eiskalt hier unten.

Adrian schaltete seine Taschenlampe an, doch ihr Strahl reichte nicht sehr weit. Er ging auf dem Gleisbett weiter in den Tunnel hinein. Der Rohbau der U-Bahn-Linie war 1982 fertiggestellt worden, doch dann ging Antwerpen das Geld aus. Die Linie wurde nie zu Ende gebaut und in Betrieb genommen. In dem Gleisbett fehlten Schienen, und der Tunnel bestand aus nackten Betonwänden. Der Informant hatte gesagt, er sollte einfach den Tunnel entlanglaufen. Hoffentlich nicht bis zum Ende, denn das wären fünf Stationen. Adrians Schritte hallten in der Röhre nach. Julia hatte er im Hotel gelassen, denn sein Informant wollte, dass er allein kam.

Sein Informant hieß Stefan Pinkas. Ursprünglich stammte er aus Deutschland, lebte aber seit Jahren in einem Vorort von Antwerpen. Natürlich unter falschem Namen mit Papieren von Arno Schwarz. Er scheute das Licht der Öffentlichkeit. Zu groß war seine Angst, die Polizei könnte ihm seine Millionenbeute wieder abnehmen. Aber was nützte ihm das viele Geld, wenn er sich ständig verstecken musste? Adrian würde nie schlau aus ihm werden.

Plötzlich trat ein Schatten aus einer Nische und leuchtete Adrian mit einer starken Taschenlampe direkt ins Gesicht.

»Hallo, Adrian«, begrüßte ihn Stefan.

Adrian blieb stehen und schützte seine Augen mit der Hand.

Stefan leuchtete an ihm vorbei in die Tunnelröhre.

»Ich bin allein gekommen, wie vereinbart«, sagte Adrian.

»Vertrauen ist gut, Kontrolle ist besser.«

Stefan war klein und hatte einen breiten Mund in einem quadratischen Gesicht. Er trug dieselbe Hornbrille wie beim letzten Treffen, doch seine dunkelblonden Haare waren schütter geworden.

»Du schuldest mir noch was«, sagte Adrian. Ohne seine Vermittlung wäre Stefan mit einem Loch im Kopf in das Betonfundament eines Neubaus eingegossen worden. Adrian hatte sich damals selbst in große Gefahr gebracht.

»Ich weiß.«

Die beiden Männer standen sich in der Tunnelröhre gegenüber, die Taschenlampen auf den Boden gerichtet.

»Ich suche die Juwelen aus dem Grünen Gewölbe. Weißt du, wo sie abgeblieben sind?«

Stefan griff sich fahrig ins schüttere Haar. »Nein, ich habe nichts munkeln gehört. Wären sie in den letzten Tagen in Antwerpen aufgetaucht, wäre mir das zugeflüstert worden. Aber ich kann mich mal umhören.«

Adrian verspürte einen Stich der Enttäuschung.

»Hast du irgendeine Idee, wer es gewesen sein könnte?«

»Die Frage ist eher, wer die Klunker am Ende kauft? Du kennst das ja: Das eigentliche Problem ist die Verwertung und die Frage: *Wie werde ich den gestohlenen Schmuck wieder los?* Ich vermute, die Dresdner Diebe hatten schon vor dem Einbruch einen Käufer für ihre Beute.«

Daran hatte Adrian auch schon gedacht.

»Und wer könnte der Käufer sein?«

»Im Hollywoodfilm wäre es sicher ein exzentrischer Milliardär, gespielt von einem ehemaligen Bond-Bösewicht, in einer Villa am Comer See, der den Schmuck in einem geheimen Safe ausstellt. Jeden

Abend nimmt er ihn heraus und berauscht sich an seinem Funkeln«, lachte Stefan.

»Okay, ein fanatischer Sammler wird es eher nicht gewesen sein. Wer dann?«

»Allein der Materialwert geht in die Millionen. Die geraubten Stücke lassen sich leicht zerlegen und als einzelne Diamanten weiterverkaufen. Möglich, dass der Käufer ein Hehler ist. Dann ›wäscht‹ er die Steine durch Bearbeitung, bis ihre Herkunft nicht mehr erkennbar ist, und verkauft sie weiter.«

Das macht ihre Wiedererlangung schwierig, dachte Adrian.

»Wo finde ich so einen Hehler?«

»Da fällt mir spontan auch kein Name ein. Aber du könntest dich mal bei den weniger seriösen Diamantenschleifern umsehen. Irgendwer muss die Juwelen ja auseinandernehmen und verändern, bevor der Hehler sie verkaufen kann.«

Adrian dachte nach.

»Die Diamanten könnten aber natürlich schon längst umgeschliffen sein, dann wäre die Rennerei zu den Diamantschleifern umsonst«, ergänzte Stefan.

»Wie schätzt du die Chancen ein, dass ich den Kunstschatz finde?«

»Schlecht, ganz schlecht sogar. Der Schatz ist heiße Ware. Erfahrungsgemäß erfolgt die Zerlegung in den ersten 72 Stunden nach dem Raub. Und die sind schon um. Nein, Adrian, den kompletten Schmuck wirst du wahrscheinlich nicht mehr finden, die Kollektion ist unwiederbringlich zerstört.«

Diese Antwort hatte Adrian nicht hören wollen. Sein Herz zog sich zusammen. Wo waren die Diamanten?

DRESDEN

FREITAG, 6. DEZEMBER 2019, 15:25 UHR

Kommissar Steinkamp saß an seinem Schreibtisch und starrte mit einer Mischung aus Verzweiflung und Frustration auf die Aktenberge, die sich vor ihm auftürmten. Es war Freitagnachmittag, und sie waren den Tätern in dieser Woche keinen Schritt näher gekommen. Die Tränensäcke von Vogt wurden auch immer größer. Kein Wunder bei all den Überstunden.

Das klingelnde Telefon auf dem Schreibtisch riss Steinkamp aus seinen trüben Gedanken.

»Rohwedder hier. Wir observieren die Rashid-Brüder noch immer und hören ihre Handys ab. In der vergangenen Woche hat die Überwachung jedoch keine neuen Erkenntnisse in Bezug auf den Juwelendiebstahl ergeben.«

Das war ein weiterer Minuspunkt, den Steinkamp in sein Wochenfazit eintragen würde. Er trommelte auf der Schreibtischplatte herum.

»Was haben die Brüder die ganze Woche gemacht?«

»Das Übliche. Rumlungern, Fitnessstudios und Shisha-Bars besuchen.«

Vogt hörte aufmerksam zu.

»Keine Juweliere aufgesucht?«

»Nein, das wäre auch zu einfach.«

Steinkamp machte sich eine Notiz und grummelte vor sich hin.

»Hören Sie, Steinkamp. Die Observation bindet viele Einsatzkräfte. Halten Sie es wirklich für sinnvoll, sie fortzusetzen?«

Die Überwachung der Rashids hatte nicht den geringsten Hinweis erbracht. Allerdings befanden sich die Ermittlungen auch sonst in einer Sackgasse.

»Bitte beenden Sie die Observation noch nicht. Vielleicht wollen die Rashids nur etwas Gras über die Sache wachsen lassen, bis sie die Juwelen aus dem Versteck holen und verwerten.«

»Genauso gut ist aber möglich, dass sie das längst getan haben. Oder dass sie gar nicht die Täter sind.«

Diese unerfreulichen Gedanken hatte sich Steinkamp auch schon gemacht. Nur fehlten, abgesehen von dem verschwundenen Professor und der Museumsdirektorin, andere Verdächtige, die sie jagen konnten.

»Setzen Sie die Observation bitte noch fort. Zumindest eine Woche.«

Einen Augenblick schwieg Rohwedder.

»Okay. Dann telefonieren wir nächsten Freitag wieder. Wenn die kommende Woche keine neuen Erkenntnisse bringt, werde ich die Observation aber beenden.«

Steinkamp bedankte sich und legte den Hörer auf.

»Ist die Sache mit den Rashids nicht eine Nummer zu groß für uns? Wir jagen sonst nur Hühner- und Eierdiebe«, fragte Vogt von der Seite.

»Ich werde die Sache auf gar keinen Fall an die OK abgeben«, herrschte Steinkamp ihn an. Insgeheim hatte er aber auch schon überlegt, ob der Fall nicht besser bei den Kollegen von der Organisierten Kriminalität aufgehoben wäre. Aber wenn er jetzt aufgab, würde er für den Rest seines Lebens Hühner- und Eierdiebe jagen.

»Dafür habe ich erfreuliche Nachrichten.«

Steinkamp sah gespannt zu Vogt.

»Frau Graf hat gestern bei dem kaufmännischen Direktor im Grünen Gewölbe angerufen und berichtet, dass der Erpresser letztlich nur ein Trittbrettfahrer war. Der Versuch, die Juwelen für eine Million Euro zurückzukaufen, ist offenbar gescheitert.«

»Dann war es doch gut, die Telefone des Grünen Gewölbes abzuhören. Diese Graf ist bestimmt längst mit dem Lösegeld durchgebrannt.«

»Warum ruft sie dann im Grünen Gewölbe an?«, fragte Vogt.

»Das liegt doch auf der Hand. Um von sich abzulenken.«

Vogt wirkte nicht überzeugt.

»Woher kam ihr Anruf?«, fragte Steinkamp.

»Am Telefon hat sie gesagt, sie sei in Antwerpen.«

Auf Steinkamps Schreibunterlage war eine Europakarte abgebildet. Mit einem Filzstift umkreiste er Antwerpen. »Also sind sie in der Diamantenhauptstadt und wollen die Juwelen dort verkaufen. Leite sofort eine Interpolfahndung ein. Ich werde europäische Haftbefehle gegen Falke und Graf erwirken.«

BRÜSSEL

SAMSTAG, 7. DEZEMBER 2019, 08:55 UHR

Eine Kette mit Vorhängeschloss sicherte das Tor der Betonbaufirma. Loncar stieg aus. Der Bolzenschneider glitt durch die rostige Kette wie ein Messer durch eine Sahnetorte. Die Kette fiel rasselnd zu Boden.

Das Tor schwang auf. Der weiß-blaue Werttransporter und das gelb-schwarz karierte Follow-me-Car rollten auf das Gelände. Loncar stieg noch einmal aus und verschloss das Tor mit einer neuen Kette samt Vorhängeschloss.

Die beiden Fahrzeuge fuhren weiter in Richtung Flughafenzaun. Weiße Silos ragten in den Himmel. Verrostete Container und Baufahrzeuge standen herum. Haufen von Zement und Sand türmten sich auf. Überall lagen Betonfertigteile.

Schließlich erreichten sie das Tor zum Flughafengelände. Direkt dahinter war eine kleine Straße, die zu den Startbahnen führte. Sie waren keine 500 Meter von ihnen entfernt.

Loncar knackte auch die Kette des zweiten Tores in Sekundenschnelle, öffnet es aber noch nicht. Radulovic kletterte auf das Dach des Follow-me-Cars und beobachte den Flughafen durch sein Fernglas. Er war wie Milan als Werttransport-Fahrer verkleidet, mit hellblauem Hemd, dunkelblauem Schlips und ebensolcher Hose. Branko und Stanislav waren dagegen mit blauen Overalls und gelber Warnweste als Bodenlotsen getarnt.

»Da ist sie.« Radulovic hatte die Frachtmaschine auf dem Rollfeld entdeckt. Der Kurzstreckenjet einer Schweizer Fluggesellschaft war anhand des roten Leitwerks mit weißem Kreuz leicht auszumachen.

Jetzt mussten sie nur noch den richtigen Moment abwarten. In der nächsten Stunde fuhren mehrere Lkws an die Maschine heran, und es wurde Fracht eingeladen. Als Letztes kam der weiß-blaue Werttransporter der Firma Brinks samt schwarzem BMW als Begleitfahrzeug vorgefahren.

»Jetzt wird es ernst«, sagte Radulovic. Es wurde nur eine kleine silberne Kiste eingeladen. Danach schlossen sich die Flugzeugtüren.

Pilot Baumgarten und sein Co-Pilot Hunzinger hatten die Startvorbereitungen abgeschlossen.

»Brüssel Tower, Swiss Cargo 111, request start-up.«

»Swiss Cargo 111, start-up is approved«, antwortete der Fluglotse.

Das war die Genehmigung zum Anlassen der Triebwerke. Ein sirrendes Geräusch war zu hören. Das Flugwetter war gut, und Baumgarten erwartete keine Probleme. Nach einer Flugzeit von einer Stunde und zehn Minuten würden sie in Zürich landen. Mitsamt der Diamantenfracht, die mehr wert war als der Jet.

»Es geht los!«, sagte Radulovic. Er hatte durch sein Fernglas gesehen, wie der Werttransporter und sein Begleitfahrzeug wegfuhren und die Triebwerke der Frachtmaschine angelassen wurden. Er stieg vom Dach des Werttransporters, und Loncar öffnete die beiden Flügel des Tores. Die zwei Fahrzeuge rollten in Schritttempo auf das Flughafengelände.

Langsam schob Baumgarten die Schubhebel ein kleines Stück nach vorn, bedächtig setzte sich das Flugzeug auf dem Vorfeld in Bewegung. Der Tower hatte ihm die Anweisung gegeben, zur Startbahn 01 zu rollen.

Radulovic sah durch sein Fernglas, wie die Frachtmaschine sich auf dem Rollweg in Richtung der Startbahn bewegte. Das Follow-me-Car und der Werttransporter fuhren auf der kleinen Straße ebenfalls auf die Startbahn zu.

Jetzt kam es auf das richtige Timing an. Radulovic spürte, wie sich sein Pulsschlag beschleunigte. Sie hatten nur diesen einen Versuch.

Die Frachtmaschine hatte die Startbahn erreicht. Sie blieb an der Schwelle stehen.

»Swisscargo 111, Wind 180 degrees 10 knots, runway 01, cleared for take off«, gab der Tower die Startfreigabe.

»Swisscargo 111, runway 01, cleared for take off.« Pilot Baumgarten löste die Bremse und drückte die beiden Schubregler nach vorn. Die beiden Turbofans Pratt & Whitney heulten auf und würden die Embraer 190 in gut 30 Sekunden in die Luft bringen. Von der 3000 Meter langen Startbahn 01 würden sie nur 1600 Meter benötigen.

Radulovic sah die Frachtmaschine am Anfang der Startbahn beschleunigen.

»Vollgas!«, brüllte er in sein Funkgerät.

Der Werttransporter und das Follow-me-Car kamen auf Touren und bogen hinter dem Jet auf die Startbahn ein.

Die Frachtmaschine vor ihnen gewann rasch an Fahrt. Wenn der Jet jetzt abhob, war ihre Chance vertan. Das Beschleunigungsverhalten von dieselbetriebenen Transportern zu einem Jet war vergleichbar mit dem eines Ackergauls und eines Windhunds. Mit zerfurchter Stirn sah Radulovic auf den Tacho. Er zeigte 120 km/h und kletterte nur noch langsam nach oben. Der Jet vor ihnen hatte dagegen keine Probleme, in wenigen Sekunden seine Abhebegeschwindigkeit von 250 Stundenkilometer zu erreichen. Der Abstand zwischen den Transportern und dem Flugzeug vergrößerte sich rasch.

Timing ist alles, dachte Radulovic noch einmal. Es war wichtig, dass die Piloten die Explosion des Flachbaus gut sehen konnten. Das Flugzeug durfte aber noch nicht abgehoben haben.

Bisher hatte niemand ihre Aktion bemerkt. Das würde sich gleich ändern.

»Jetzt die Explosion, Stanislav!«

ANTWERPEN

SAMSTAG, 7. DEZEMBER 2019, 09:29 UHR

Die Diamantenschleiferei Ansari war der dritte Name auf der kurzen Liste zwielichtiger Schleifereien, die Adrian von seinem Informanten bekommen hatte. Sie befand sich nicht im Diamantenviertel in der Innenstadt, sondern in einem Vorort über einem Motorradgeschäft. Direkt daneben verlief eine Autobahn.

Adrian und Julia betraten die Räume im vierten Stock. Der Inder Ansari saß an einem Schleiftisch, der an einer dreckig-weißen Wand stand. Auf ihm rotierte eine Schleifscheibe. Tief über dem Tisch hing eine Lampe mit drei Neonröhren. Laut Adrians Informanten bezog Ansari seine Diamanten aus Sierra Leone, ausgerechnet dem Schauplatz des Films *Blood Diamond* mit Leonardo DiCaprio, in dem es um den schmutzigen Handel mit Edelsteinen ging. Auch Ansari kaufte offenbar heiße Ware an. Die geschliffenen Diamanten verhökerte er dann an Billig-Juweliere im Bahnhofsviertel.

Ansari drehte sich zu ihnen um, als er sie bemerkte.

»Was kann ich für Sie tun?«, fragte der Dreißigjährige lächelnd. Seine strahlend weißen Zähne standen im scharfen Kontrast zu seiner dunklen Haut und den braunen Augen. Wahrscheinlich dachte er, sie seien Kunden, die sich für Diamanten interessierten. Vielleicht suchten sie einen besonderen Ring zum Hochzeitstag.

»Wir sind Juweliere aus Stuttgart. Können Sie auch eine größere Anzahl Diamanten liefern?«, fragte Adrian. Er bemerkte, wie Julia sich unauffällig in dem Raum umsah. Doch es war keine Spur von den Juwelen aus dem Grünen Gewölbe zu entdecken.

»Selbstverständlich, das kann aber dauern, denn ich beziehe meine Diamanten aus Afrika. Ich fliege jedes Quartal runter. Was genau brauchen Sie?«

»Fünfzig Stück, 0,33 bis 1 Karat im Brillantschliff.«

Ansaris Lächeln wurde noch breiter. Das war verständlich, denn die Diamanten würden ihm einen sechsstelligen Betrag in die Taschen spülen.

»Die kann ich beschaffen.«

»Haben Sie keine vorrätig, die wir gleich mitnehmen könnten?« Adrian deutete auf den Tresor, der in der Ecke stand.

Das Lächeln von Ansari erstarb.

»Da sind nur Einzelstücke drin. Eine größere Menge müsste ich erst besorgen.«

»Dürfen wir sie uns wenigstens einmal ansehen?«

Ansari verschränkte die Arme vor seiner Brust. »Nein, das möchte ich nicht.«

Adrian überlegte kurz, seine Fäuste einzusetzen, um Ansari zum Öffnen des Tresors zu zwingen. Doch er hielt es für unwahrscheinlich, dass sich die gesuchten Diamanten hier befanden. Die Ein-Mann-Schleiferei schien ihm zu klein, um mehrere Tausend Diamanten aus dem Schmuck herauszulösen und weiter zu bearbeiten. Das würde Wochen dauern, viel zu lange bei so heißer Ware.

Adrian und Julia verließen die Werkstatt unverrichteter Dinge.

Es waren noch zwei Schleifereien auf ihrer Liste übrig.

BRÜSSEL

SAMSTAG, 7. DEZEMBER 2019, 09:30 UHR

Ein gleißend heller Lichtblitz zerriss den weißen Flachbau am nordöstlichen Ende des Flughafens. Eine Millisekunde später erschütterte ein ohrenbetäubender Knall das Flughafengelände. Der Flachbau zerbarst. Ein orangener Feuerball erhob sich in die Luft. Trümmerteile flogen durch die Luft.

»Was war das?«, fragte der Fluglotse den Kollegen neben sich. Beide sprangen auf. Sie sahen rechts von sich einen Feuerball, dem schwarzer Rauch folgte, in den Himmel aufsteigen. Der Lotse drückte den roten Knopf für den Feueralarm. Eine Sirene heulte auf.

Die Druckwelle der Explosion schüttelte das Frachtflugzeug durch.

»Was ist da passiert?«, fragte Baumgarten den Tower. Er raste direkt auf die Rauchsäule zu. Reflexartig nahm er den Schub raus und trat auf die Bremse. Er bekam keine Antwort.

Stanislav war in seinem Element, als er mit dem Follow-me-Car die langsam rollende Frachtmaschine überholte. In hundert Metern Entfernung stellte er den Transporter quer auf die Piste und stieg aus. Mit orangeroten Stäben gab er dem Frachtflugzeug das Stoppsignal. Es kam zum Stillstand, und die Turbinen wurden heruntergefahren.

Loncar fuhr den Werttransporter rückwärts an die Flugzeugtür heran. Er und Radulovic stiegen aus und kletterten auf das Dach. Loncar setzte den Hydraulikspreizer an der Tür an. Mit einem Knirschen gab sie nach und sprang auf.

Radulovic lief zur Cockpittür, riss sie auf und warf einen Zylinder hinein. Anschließend schob er einen Keil unter die Tür.

Pilot Baumgarten war verwirrt. Der Bodenlotse hatte ihn mit seinem Follow-me-Car gestoppt. Am Ende der Startbahn stieg nach einer Explosion eine schwarze Rauchsäule in den Himmel. *Was ist hier los*, fragte er sich. *Waren da Terroristen am Werk?* Plötzlich wurde die Tür hinter ihm aufgerissen und ein silberner Zylinder hineingeworfen. Augenblicklich stieg weißer Rauch aus ihm auf. Er spürte ein schmerzhaftes Brennen in den Augen und in der Lunge.

»Raus hier!« Gleichzeitig mit Hunzinger sprang er auf, um aus dem Cockpit zu flüchten. Doch die Tür war blockiert. Radulovic hatte einen Keil daruntergeschoben.

Durch die offene Flugzeugtür sah Radulovic Dutzende Polizei- und Feuerwehrautos ans Ende der Startbahn zum Explosionsort rasen. Stanislav hatte ganze Arbeit geleistet. Niemand würde sich im Augenblick für die stehende Frachtmaschine interessieren, zumal jeder denken würde, sie hätte wegen der Explosion gestoppt.

Im Frachtraum befanden sich Hunderte Kisten und Kartons. Radulovic begann zu suchen. Da die Wertfrachtbox als Letztes eingeladen worden war, musste sie ganz vorne liegen. Nach nicht einmal einer Minute hatte er die Aluminiumbox gefunden. Zur Sicherheit sah er sich das Etikett an. Es war die richtige, denn sie stammte von dem Diamantendepot in Antwerpen und sollte zu einer Bank in Zürich gehen.

Die Informationen des Phantoms waren wieder einmal goldrichtig gewesen.

ANTWERPEN

SAMSTAG, 7. DEZEMBER 2019, 18:00 UHR

Der Tag war frustrierend verlaufen. Adrian und Julia waren bei fünf Diamantenschleifern gewesen, ohne die geringste Spur von den gesuchten Juwelen zu entdecken. Abends waren sie erschöpft ins Hotel zurückgekehrt. Im Fernseher lief eine Nachrichtensendung im Hintergrund.

»Dein Informant taugt nichts. Wir haben uns den ganzen Tag umsonst die Füße wund gelaufen«, beschwerte sich Julia.

»Ich bin mir sicher, die Juwelen aus dem Grünen Gewölbe wurden oder werden über Antwerpen umgeschlagen«, gab Adrian zurück.

»Oder bei Sotheby's in London.«

»Ach ja, die Auktion ...«

»Am Flughafen Brüssel hat sich heute ein spektakulärer Diamantenraub ereignet«, unterbrach plötzlich der Nachrichtensprecher Adrians Satz.

Adrian und Julia horchten auf, er stellte den Ton lauter.

»Heute um 9:50 Uhr haben mehrere als Flughafenmitarbeiter verkleidete Männer ein Schweizer Frachtflugzeug überfallen und den Stern vom Kongo sowie fünfzig weitere Diamanten geraubt.« Dann wurde der große rote Diamant gezeigt. Das Bild schaltete um zu dem Flugzeug auf der Startbahn, dessen Tür offen stand. »Der Raub lief mit militärisch genauer Präzision ab und dauerte keine fünf Minuten. Nachdem die Täter als Ablenkungsmanöver ein kleines Gebäude gesprengt hatten« – es wurden die rauchenden Trümmer des Flachbaus gezeigt –, »stoppten sie das Flugzeug mit einem Follow-me-Car und öffneten dessen Tür gewaltsam mit einem Hydraulikspreizer. Nachdem sie die Besatzung mit Tränengas ausgeschaltet hatten, raubten sie die Diamantenbox.« Es wurde das Symbolbild eines Hydraulikspreizers eingeblendet. »Am Nachmittag fand die Polizei die beiden für den Raub benutzten Fahrzeuge ausgebrannt zehn Kilometer vom Flughafen entfernt.« Die verkohlten Wracks kamen ins Bild. »Von den Tätern und den Diamanten fehlt jede Spur.«

Als zu der Wettervorhersage umgeschaltet wurde, machte Adrian den Ton aus.

»Das kennen wir doch von irgendwoher. Diamanten in Millionenwert und ein Hydraulikspreizer«, kommentierte Adrian.

»Dazu noch ein Ablenkungsmanöver und ausgebrannte Fluchtfahrzeuge. Genau wie im Grünen Gewölbe«, ergänzte Julia.

»Übereinstimmung in vier Punkten, das ist schon sehr auffällig.«

»Das sieht mir auch ganz nach denselben Tätern aus«, stimmte Julia ihm zu.

»Der Coup trägt eindeutig die Handschrift der Pink Panther«, sagte Adrian.

»Nur was nützt uns diese Erkenntnis?« Die Verzweiflung in Julias Gesicht war nicht zu übersehen. »Bringt uns das unseren Juwelen irgendwie näher?«

»Nun, wir können daraus zwei Sachen schlussfolgern: Die Rashids waren es nicht. Ich wette, sie waren während des Flughafenüberfalls heute Vormittag friedlich in Berlin. Und die Pink-Panther-Bande ist weiter im Diamantenfieber.«

»Und?« Julia sah ihn fragend an.

»Der immer gleiche Modus Operandi wird uns zu ihnen führen – und damit auch zu den Juwelen aus dem Grünen Gewölbe.«

BAB 3, HÖHE KOBLENZ

SAMSTAG, 7. DEZEMBER 2019, 20:14 UHR

Die Pink Panther waren in einem gestohlenen und umlackierten Audi S6 mit falschem Kennzeichen auf dem Weg nach Belgrad. Die Wertfrachtbox mit den Diamanten hatten sie auf einem Autobahnrastplatz einem Mittelsmann des Phantoms übergeben. Der Mann hatte einen Bürstenhaarschnitt und trug eine Pistole im Schulterholster. Im Gegenzug hatten sie zwei Aktenkoffer voller Bargeld erhalten. Radulovic hatte versucht, den Mann durch Small Talk zum Reden zu bringen, doch dieser hatte kaum die Kiefer auseinanderbekommen. Schade, er hätte zu gern gewusst, wer das Phantom war.

Der *Driver* fuhr, Radulovic saß wie immer auf dem Beifahrersitz. Loncar und Arsenijevic waren auf der Rückbank eingedöst. Sie würden die ganze Nacht durchfahren.

Als sein Handy klingelte, schreckte Radulovic aus seinem Sitz hoch. Er war ebenfalls eingenickt.

»Meine Gratulation zu dem Flughafen-Job«, sagte das Phantom. »Was machen Sie jetzt?«

»Wir fahren nach Hause, dort werden wir feiern, uns ausruhen und das Geld ausgeben.«

»Falsch. Ich habe einen neuen Auftrag für Sie.«

Um Gottes willen, nicht das, dachte Radulovic. Nach zwei Jobs direkt hintereinander sehnte er sich nach einer Auszeit. Und das viele Geld nützte nichts, wenn man keine Zeit hatte, es auszugeben.

»Es geht um eine Diamantenausstellung mit dem Galactic-Star.«

Radulovic wunderte sich, wie wertvoll das weiße Zeug für das Phantom war. Er machte sich nichts aus Diamanten. Es gab nur einen Grund, warum die Pink Panther sich auf diese Beute spezialisiert hatten. Diamanten waren klein und wogen kaum etwas. Es gab keine anderen Wertsachen, die sich so leicht abtransportieren ließen. Ihre Raubzüge lebten vor allem von ihrer Schnelligkeit, da war es wichtig, dass die Beute sich ohne besonderen Aufwand abtransportieren ließ. Diamanten von Millionenwert waren nicht schwerer als ein Turnbeutel, für den gleichen Wert in Gold brauchten sie hingegen Gabelstapler und Lkw.

»Wir sind auf dem Weg nach Belgrad und wollen uns vor dem nächsten Job erst ein wenig ausruhen.«

»Der Job ist ein Kinderspiel, da die Diamanten nicht gut gesichert sind.«

»Hat der Job trotzdem nicht noch ein wenig Zeit?«

»Es ist der vorerst letzte Job. Danach können Sie sich ausruhen. Es gibt wieder zwei Millionen.«

Radulovic sah zu seinen Männern. Sie hatten verstanden, worum es ging. Während er noch unschlüssig war, nickten alle drei. Damit war es beschlossen.

»Okay, wir machen den Job. Aber danach muss wirklich erst mal Ruhe sein.«

»Ich habe nichts anderes von Ihnen erwartet. Fahren Sie zum Flughafen Frankfurt. Dort gebe ich Ihnen weitere Instruktionen.«

War es wieder ein Flughafen-Job?

LONDON

SONNTAG, 8. DEZEMBER 2019, 16:19 UHR

»Ich höre 25 Millionen Pfund von rechts. 25 Millionen Pfund für den Geist der Rose, diesen einmaligen pinkfarbenen Diamanten. Der oval geschliffene Stein hat 14,83 Karat. Pinke Diamanten sind außerordentlich selten. Höre ich mehr als 25 Millionen Pfund?«

Der Auktionator ließ seinen Blick über die etwa sechzig Bieter in dem großen Auktionssaal von Sotheby's in der New Bond Street in London schweifen. »Der Geist der Rose geht an den Gentlemen rechts. Zum ersten. Zum zweiten. Verkauft für 25 Millionen Pfund an den Herrn zu meiner Rechten.«

Der Hammer des Auktionators schlug mit einem Krachen auf, und Applaus hallte durch den Saal.

»Der Geist der Rose hätte den Pink Panthers sicher auch gut gefallen«, kommentierte Adrian.

»Schade, dass keiner der Diamanten aus dem Grünen Gewölbe mit dabei war.« Julia war sichtlich enttäuscht.

In den letzten zwei Stunden waren in dem traditionsreichen Auktionshaus ein Dutzend Einzeldiamanten, aber auch Diamantenkollektionen versteigert worden.

»Aber es war den Versuch wert.« Adrian fühlte, wie Enttäuschung in ihm hochstieg. Die Diamanten-Auktion bei Sotheby's war die größte weltweit. Er und Julia hatten gehofft, dass wenigstens Teile der Kollektion hier wieder auftauchen würden. Oder wenigstens einige große Einzelsteine. Doch diesen Gefallen hatten ihnen die Diamantenräuber nicht getan.

Im Saal setzte allgemeine Aufbruchstimmung ein. Auch Adrian und Julia verließen den Saal.

In der Vorhalle ging es betriebsam zu. Manche Bieter verließen eilig das Auktionshaus, andere standen in Grüppchen zusammen und diskutierten über die Auktion. Journalisten riefen hektisch mit ihren Handys in den Redaktionen an.

»Adrian? Adrian, bist du es wirklich?«

Adrian hörte seinen Namen im Stimmengewirr hinter sich. Er wandte sich um. Den Mann im dunkelblauen Nadelstreifenanzug, der sich durch die Menge zu ihm drängte, erkannte er sofort und schenkte ihm ein breites Grinsen.

»Onkel Carl! Wie geht es dir?« Adrian streckte die Hand aus, doch der Mann hatte nur Augen für Julia.

»Guten Tag, edle Dame, mein Name ist Carl Kröning.«

»Darf ich dir meine Begleitung vorstellen, Museumsdirektorin Julia Graf?«, beeilte sich Adrian.

»Ich bin entzückt von Eurem Liebreiz!« Carl Kröning gab Julia die Hand.

»Es freut mich, Sie kennenzulernen«, sagte Julia und erwiderte den Händedruck.

Carl Kröning war trotz seiner siebzig Jahre noch immer eine beeindruckende Erscheinung. Er war ein Meter neunzig groß, hatte volles, silbergraues Haar, aristokratische Züge und ein breites kantiges Kinn. Mit seinem distinguierten Aussehen und seiner samtenen Stimme könnte er im Werbefernsehen sicher tonnenweise Pralinen verkaufen und damit ein Vermögen machen. Doch das brauchte er nicht, denn Reichtum war ihm schon in die Wiege gelegt worden.

»Adrian, mein Junge, dachte ich mir doch, dass du es bist.« Seine Stimme hatte einen leichten britischen Akzent.

»Hallo, Onkel Carl.«

»Wir haben uns ja seit Ewigkeiten nicht mehr gesehen.«

»Tja, als Professor und Kunstdetektiv habe ich ziemlich viel um die Ohren.«

»Das lass ich nicht als Entschuldigung gelten, einen alten Freund nicht zu besuchen, wenn du schon mal in London bist. Du hättest dich melden können.« Kröning sah ihn tadelnd wie ein Professor seinen Studenten an.

Adrian konnte sich nicht erinnern, seit wann er Onkel Carl kannte. Er musste ihn irgendwann in seiner Kindheit kennengelernt haben. Natürlich war Carl nicht sein richtiger Onkel, doch er war der beste Freund seines Vaters. Er konnte sich an häufige Besuche auf Carls Reiterhof und jede Menge Reitabenteuer erinnern.

»Also, was machst du hier? Ich wusste gar nicht, dass du dich für Diamanten interessierst«, sagte Carl Kröning.

Julia stand daneben und hörte höflich zu.

»Du weißt ja, als Kunstdetektiv sucht man nach diesem und jenem. Aktuell sind es eben Diamanten.«

»Und da kommst du nicht als Erstes zu mir? Du weißt doch, ich bin der Experte für Diamanten.«

Der Gedanke war Adrian noch nicht gekommen. Carl Kröning war zwar einer der weltweit größte Diamantenhändler. Aber er verabscheute die schmutzigen Geschäfte um die wertvollen Steine zutiefst. Er importierte ausschließlich Rohdiamanten aus Afrika, ließ sie schleifen und verkaufte sie dann an Juweliere. Er hatte immer streng darauf geachtet, sich nie seine weiße Weste zu beflecken. Von Blutdiamanten oder Diamanten mit fragwürdiger Herkunft hatte er stets die Finger gelassen. Mit bereits geschliffenen Diamanten handelte er überhaupt nicht. Adrian konnte sich beim besten Willen nicht vorstellen, dass Carl irgendetwas über den Verbleib der gestohlenen Diamanten aus dem Grünen Gewölbe wusste.

»Es geht um die Diamanten aus dem Grünen Gewölbe, richtig? Und Sie sind dessen Direktorin?« Carl Kröning deutete auf Julia.

»Das ist korrekt«, antwortete Julia.

»Ihr könnt mir heute zum Abendessen eure Aufwartung machen. Dann können wir über den misslichen Verlust der Juwelen parlieren.«

»Wir nehmen deine Einladung gerne an«, sagte Adrian. Er freute sich darauf, das Schloss wiederzusehen, auf dem er als Kind so oft zu Gast gewesen war. Dort hätten sie auch ein wenig Ruhe, um über das weitere Vorgehen nachzudenken.

»Ich erwarte euch um 20:00 Uhr. Wenn ihr mich jetzt entschuldigen würdet, ich habe da gerade jemanden entdeckt, mit dem ich noch über ein Geschäft sprechen will.«

Carl Kröning verschwand wieder in der Menge, während Adrian und Julia sich auf den Weg nach draußen machten.

DRESDEN

SONNTAG, 8. DEZEMBER 2019, 16:48 UHR

Frustriert starrte Kommissar Steinkamp auf den Monitor. Er saß an einem Zwischenbericht über das Vitrinenglas. Oberstaatsanwalt Müller verlangte dauernd neue Berichte, obwohl es keine Ermittlungsfortschritte zu berichten gab. Für den Papierkram musste er sogar am Sonntag arbeiten.

Eine Hypothese in Steinkamps Bericht besagte, dass der Vitrinenhersteller nicht ausreichend widerstandsfähiges Glas eingebaut hatte und die Täter dies aus dessen Umfeld erfahren haben könnten. Um diesem Verdacht nachzugehen, hatten die Kommissare die in der Ausschreibung formulierten Anforderungen an die Verglasung mit dem tatsächlich eingebauten Glas vergleichen wollen. Die Sache stank gewaltig, denn das Glas hätte nicht bereits nach wenigen Axtschlägen zerstört sein dürfen. Sicherheitsglas in Museumsvitrinen sollte Axthieben mindestens fünfzehn Minuten lang standhalten. Doch die Unterlagen der Ausschreibung aus dem Jahr 2006 waren längst vernichtet worden. Und dreizehn Jahre später konnte sich auch keiner der Museumsmitarbeiter mehr an irgendwelche Details erinnern. Wieder eine Spur, die ins Leere geführt hatte.

»Falke und Graf wurden gesichtet«, unterbrach Vogt Steinkamps trübe Gedanken. »Ich habe gerade eine E-Mail bekommen.«

»Interessant! Wo sind die beiden?«

»Das errätst du nie.«

»Berlin?« Das Zuhause von Falke, den Rashids und allerlei anderer Krimineller.

Vogt schüttelte nur lächelnd den Kopf.

»Dresden?« War die Graf vielleicht zurückgekehrt und hatte Falke mitgebracht?

Wieder Kopfschütteln.

»Antwerpen?« Immerhin die Diamantenhauptstadt der Welt.

»Nein.«

»Ich komm nicht drauf.« Steinkamp stand auf, umrundete die beiden Schreibtische und sah auf Vogts Monitor.

»London!«, löste Vogt schließlich das Rätsel.

Steinkamp hatte einmal gelesen, dass in ganz London 500 000 Überwachungskameras verstreut waren. Der durchschnittliche Londoner wurde pro Tag dreihundert Mal von einer Kamera festgehalten. Scotland Yard hatte ein neues Gesichtserkennungssystem in Betrieb genommen, mit dem sich Gesuchte leicht finden ließen.

Der Kommissar sah auf Vogts Monitor. Falke und Graf waren tatsächlich als Fußgänger auf einer belebten Einkaufsstraße zu sehen. Ein roter Doppeldeckerbus fuhr an ihnen vorbei.

»Wo ist das?«

»New Bond Street.«

»Da, wo der britische Geheimagent wohnt?«

»Nein, dort ist das Auktionshaus Sotheby's. Vielleicht wollen sie die Juwelen dort verkaufen.«

Es wäre zu schön, Falke und Graf dabei zu erwischen.

»Los, Christian! Wir müssen sofort nach London.«

LONDON

SONNTAG, 8. DEZEMBER 2019, 19:27 UHR

»Carl Kröning weiß mehr über den Diamantenmarkt als irgendjemand sonst«, erzählte Adrian. »Vielleicht hat er eine Idee, wo unsere Diamanten abgeblieben sind.«

Adrian und Julia fuhren mit einem Mietwagen zum Schloss von Kröning. Es lag etwa dreißig Kilometer nördlich von London.

Julia, die am Steuer saß, schaute Adrian argwöhnisch an. »Können wir Kröning denn vertrauen?«

»Inwiefern?«

»Dass er uns nicht an die Polizei ausliefert.«

Im Hotelzimmer hatten sie auf einem deutschen Sender gesehen, dass mittlerweile nach ihnen gefahndet wurde. Es war für sie beide ein Schock gewesen, als sie die Fotos aus ihren Personalausweisen im Fernsehen gesehen hatten.

Adrian hoffte inständig, dass sich die Fahndung bisher nur auf deutschsprachige Sender beschränkte und ihre Fotos noch nicht in ganz England zu sehen waren. Dazu die vielen Überwachungskameras in London. Es war gut, die Stadt endlich zu verlassen und Unterschlupf bei Carl zu suchen.

»Mach dir keine Sorgen. Ich werde Carl nicht verraten, dass nach uns gefahndet wird. Bei ihm sind wir erst mal aus der Schusslinie und können in aller Ruhe überlegen, wie wir weiter vorgehen.«

Adrian schätzte Carl als absolut vertrauenswürdig ein.

»Ist Carl Kröning ein Freund von dir? Woher kennst du ihn eigentlich?«, wollte Julia wissen.

»Carl ist ein guter Freund meines Vaters. Er besaß früher einen Rennstall, mit dem er auch etliche Preise gewonnen hat. Mein Vater war Professor für Tiermedizin und hat sich auf Pferde spezialisiert. Carl hat ihn bei Problemfällen öfter mit seinem Learjet aus Berlin einfliegen lassen. Mein Vater hat viele von Carls Vollblütern gerettet. Beide verband die Liebe zu Pferden. Daraus ist eine tiefe Freundschaft entstanden, die bis heute fortbesteht, obwohl Carl den Pferdesport inzwischen aufgegeben hat und mein Vater in Rente gegangen ist.«

»Machte Carl den Rennsport des Geldes wegen?«, fragte Julia.

»Nein, der Rennsport war für ihn ein Verlustgeschäft, er hat ihn nur als Hobby betrieben. Seine große Leidenschaft galt schon immer den Pferden. Deshalb war er auch so dankbar, wenn mein Vater seine Tiere behandelte. ›Weltbester Pferdeheiler‹ nannte er ihn immer.«

Sie hatten London inzwischen verlassen und fuhren auf einer kurvenreichen Landstraße in Richtung Norden.

»Warum hat er seinen Rennstall aufgegeben?«

»Sein Lieblingshengst Pegasus, der viele Preise gewonnen hat, ist vor einigen Jahren bei einem Rennen unter seinem Reiter zusammengebrochen und starb kurz darauf. Das geschah direkt vor Carls Augen. Die Obduktion ergab als Todesursache einen Aorta-Abriss, dem Versagen der wichtigsten Ader am Herzen. Carl konnte den Tod seines Lieblingshengstes nicht verwinden und hat den Rennsport danach an den Nagel gehängt.«

Julia schwieg einen Augenblick.

»Ich halte ohnehin nichts davon, Pferde mit der Peitsche zu Höchstleistungen anzutreiben. Aber noch mal zurück zu meiner Frage, ob wir Carl vertrauen können. Steinkamp wird vermutlich längst eine Belohnung auf uns ausgesetzt haben.«

Adrian musste herzhaft lachen. »Glaube mir, Geld ist das Letzte, was Carl interessiert. Er ist Multimilliardär und steht in den Top 50 der Forbes-Liste der reichsten Menschen der Welt. Ein paar Tausend Euro Belohnung braucht der wirklich nicht.«

»Wie ist er zu seinem Reichtum gekommen?«

»Carl ist der Spross einer Diamantendynastie. Ursprünglich stammt die Familie aus Deutschland. Sein Großvater Ernst Kröning wanderte 1902 von Hessen nach Südafrika aus. Er war gelernter Bergbauer und bei dem Finden von Diamanten außerordentlich erfolgreich. Er schloss die Minen in Südafrika zu einem Monopol zusammen. Carls Vater Harry Kröning übernahm später die Geschäfte. Durch geschicktes Aufkaufen von Minen kontrollierte er irgendwann den Weltbestand an Diamanten. Dann verlegte er den Geschäftssitz nach London. Dort übernahm später Carl das Imperium. Er hat einen Sohn, der die Firma irgendwann leiten wird.«

Ein entgegenkommendes Auto blendete auf. Julia war versehentlich auf die rechte Straßenseite geraten. Schnell zog sie wieder nach links rüber. In London hatte sie sich einfach an ihrem Vordermann orientiert, um auf der richtigen Spur zu bleiben. Doch hier, auf dem Land, fehlte diese Orientierungshilfe, und sie war instinktiv nach rechts abgedriftet.

»Was für ein beeindruckender Werdegang. Meinst du wirklich, er kann uns beim Finden der Diamanten helfen?«, fragte Julia mit einem Funken Hoffnung in der Stimme

»Wahrscheinlich nicht. Er hat eine blütenreine Weste, und es würde mich sehr wundern, wenn er über Kontakte zur Unterwelt verfügt. Aber wir können bei ihm erst einmal untertauchen und in Ruhe unsere Lage überdenken.«

Das Schloss von Kröning kam links in Sicht. Es war typisch für die Architektur des 17. Jahrhunderts. Helle Steinbänder verzierten die mächtigen roten Klinkermauern, und auf den Dächern ragten unzählige Kamine empor. Eine weitläufige Gartenanlage im viktorianischen Stil umgab das Anwesen.

»Carls Schloss wird dir gefallen. Es beherbergt auch eine Kunstsammlung mit Gemälden, Möbeln und historischen Waffen«, sagte Adrian.

Julia fuhr die Pappelallee zum Schloss hinauf. Die rotweiße Steinfront des imposanten dreistöckigen Gebäudes wurde von Scheinwerfern angestrahlt.

»Dein Freund wohnt hier allein?«

»Ja, Carl ist Witwer, sein Sohn lebt in London.«

»Der hat es gut. Ich muss mich mit einer Zweizimmerwohnung begnügen.«

Julia hielt direkt vor dem Eingang.

»Hier sind wir in Sicherheit«, bekräftigte Adrian noch einmal.

NÖRDLICH VON LONDON

SONNTAG, 8. DEZEMBER 2019, 19:58 UHR

Die zwei Stockwerke hohe Eingangshalle des Schlosses war imposant. Sie hatte eine schöne Stuckdecke, die durchgehend mit Blattgold überzogen war. Unter ihr hing ein Kronleuchter mit brennenden Kerzen. Die Wände waren mit dunklem Holz vertäfelt. Ein Ölgemälde zeigte Carls Lieblingshengst Pegasus. Der Boden bestand aus schwarz-weißen Marmorkacheln.

»Willkommen in meiner bescheidenen Bleibe«, dröhnte eine Stimme von oben.

Julia sah zum oberen Ende der Wendeltreppe. Eine Silhouette bewegte sich im Dunkeln.

»Guten Abend!«, rief Adrian hinauf.

Das alte Holz der Treppe knarzte unter den Schritten des Schlossherrn. Carl Kröning kam immer weiter ins Helle. Mit seinen sorgfältig frisierten weißen Haaren, dem grauen Anzug samt Einstecktuch und dem hellblauen Hemd mit lachsfarbener Krawatte sah er aus wie ein englischer Adeliger.

Der Gastgeber erreichte den Fuß der Wendeltreppe. »Meine Gnädigste. Einen solchen Glanz hat dieses Haus nicht mehr gesehen, seit Queen Elizabeth I. vor vierhundert Jahren hier gelebt hat.«

Einen Augenblick überlegte Julia, einen Knicks zu machen. Kröning nahm ihre Hand, beugte sich vor und hauchte einen Kuss auf ihren Handrücken.

Anschließend reichten sich Adrian und Kröning die Hand.

»George habt ihr schon kennengelernt.«

Kröning deutete auf den Butler, der ihnen vorher die Tür geöffnet hatte und sich nun dezent im Hintergrund hielt. Mit seinen buschigen weißen Augenbrauen und dem ebenfalls weißen Haarkranz hatte der Mann sicher schon Queen Elizabeth I. gedient. Er trug einen schwarzen Frack, ein weißes Hemd mit schwarzer Fliege sowie weiße Stoffhandschuhe.

»George gehört seit Ewigkeiten zur Familie und stammt aus Deutschland.«

Der Butler deutete eine Verbeugung an.

»Wenn ihr mir die Ehre erweist, mich in die Bibliothek zu begleiten.«

Adrian und Julia folgten ihm in einen großzügigen Raum, in dem ein riesiges Erkerfenster den Blick auf den Garten freigab. Ansonsten waren die Wände bis unter die Decke mit dunklen Bücherregalen ausgekleidet. Die oberen Galerien wurden über Treppen erschlossen. Julia und Adrian setzten sich auf ein rotes Ledersofa, Kröning nahm auf einem Sessel Platz.

Butler George kniete sich mühsam vor dem Marmorkamin hin. Mit einem Streichholz steckte er ein Holzscheit an und legte es auf das aufgeschichtete Holz. Schon bald prasselte in dem großen Kamin ein behagliches Feuer.

»Darf George euch vor dem Abendessen einen trockenen Martini kredenzen?«

Julia und Adrian bejahten, woraufhin George mit gemächlichen Schritten verschwand.

»Habt ihr schon eine Fährte zu den verschwundenen Diamanten?«, fragte Kröning.

»Nein, leider nicht.« Adrian fasste ihre bisherigen Ermittlungen zusammen. Den Verdacht gegen sich selbst verschwieg er.

Julia genoss die behagliche Wärme des Feuers und unterbrach Adrian nicht in seinem Bericht.

»Mir sind die gestohlenen Diamanten nicht offeriert worden«, sagte Kröning lachend.

»Das hätte mich auch gewundert«, schmunzelte Adrian. Er wusste, dass Kröning Rohdiamanten tonnenweise aus eigenen Minen in Afrika importierte. In einem kritischen Artikel eines Wirtschaftsmagazins hatte er einmal gelesen, dass Carl Rohdiamanten hortete, um durch künstliche Verknappung die Preise hochzuhalten. Was er nicht brauchte, war eine Handvoll weiterer Juwelen aus Dresden.

Butler George kam mit einem Tablett zurück, auf dem drei Gläser Martini standen. Er stellte es auf dem Tisch vor dem Kamin ab.

»Haben Sie irgendeine Idee, wo unsere Juwelen abgeblieben sein könnten?«, fragte Julia.

»Sie müssen wissen, die Diamantenbranche ist eine sehr kleine. Allein ich habe einen Marktanteil von etwa 30 Prozent am internationalen Handel. Unser Kapital sind nicht die Minen, sondern unsere Reputation. Die meisten unserer Transaktionen besiegeln wir nur per Handschlag. Vertrauen ist alles in diesem Business. Wer es missbraucht, ist für immer draußen.«

»Das gilt für Kunstdetektive genauso«, sagte Adrian. »Würde ich jemals einen Informanten an die Polizei verraten, würde mir niemals wieder einer vertrauen.«

»Und niemand kauft seiner Verlobten einen Diamantring, an dem Blut klebt«, fuhr Kröning fort.

»Wie meinen Sie das?« Julia verstand nicht, was ihr Gastgeber damit sagen wollte.

»Ich spiele auf Blutdiamanten an. Sie werden in Konfliktgebieten illegal geschürft und exportiert, um Rebellen- oder Invasionstruppen zu finanzieren. Die Diamanten werden zu Gewehrkugeln, die Unschuldige töten, wobei auch Frauen und Kinder nicht verschont werden.«

»Stimmt, ein Händler, der Blutdiamanten verkauft, wäre schnell weg vom Fenster«, pflichtete ihm Adrian bei. »Das gilt entsprechend auch für gestohlene Ware.«

»Aber leider gibt es auch einen Schwarzmarkt für Diamanten. Skrupellose Hehler, denen die Herkunft von Diamanten gleichgültig ist, die Echtheitszertifikate fälschen und die über Geschäftsbeziehungen zu unseriösen Juwelieren verfügen.«

Julia dachte an die kleinen Händler im schäbigen Bahnhofsviertel von Antwerpen, die ihre Ware mit grellen Neonschildern anpriesen. Vielleicht lagen die durch einen Neuschliff unkenntlich gemachten Juwelen aus dem Grünen Gewölbe längst in einem ihrer Schaufenster.

»Welcher Hehler könnte denn für die Dresdner Juwelen infrage kommen?«, fragte Adrian.

»Schwer zu sagen. Ich will auch niemanden zu Unrecht verdächtigen. Lass mich eine Nacht darüber schlafen.«

Während die Köchin das Abendessen zubereitete, schaute Butler George die Nachrichten eines deutschen Senders auf dem Küchenfernseher. Die Passfotos eines Mannes und einer Frau wurden gezeigt. Hatte er nicht diesen beiden vor zehn Minuten noch Martinis serviert?

FLUGHAFEN FRANKFURT

SONNTAG, 8. DEZEMBER 2019, 10:10 UHR

Die runde Tür des Tresorraums hatte einen Durchmesser von zweieinhalb Metern und wirkte massiv. Breite Nieten, ein digitales Schloss und ein großes Rändelrad prankten auf dem nackten Stahl. Das Phantom hatte Fotos und einen Grundriss der Diamantenausstellung gemailt. Radulovic zeigte sie seinen Männern auf dem Laptop. Sie hatten in einem Motel nahe des Frankfurter Flughafens übernachtet. Dorthin hatte sie das Phantom nicht wegen eines weiteren Flughafen-Jobs, sondern zwecks Weiterreise zu besagter Ausstellung geschickt.

»Soll ich den Tresor knacken?«, fragte Arsenijevic.

»Nein, das würde zu lange dauern. Wir gehen zu den regulären Öffnungszeiten rein. Es wird wieder ein Schnell-rein-hart-zuschlagen-und-schnell-wieder-raus-Job.«

Radulovic klickte ein Bild weiter. »Der Ausstellungsraum ist dreißig Quadratmeter groß und komplett schwarz. In seiner Mitte stehen zwei zylinderförmige Vitrinen. Die Diamanten werden speziell beleuchtet, sodass sie wie eine Galaxis funkeln.« Radulovic sah den teilnahmslosen Gesichtern seiner Männer an, dass sie sich für die Schönheit der glitzernden Diamanten genauso wenig interessierten wie er selbst.

»Was wissen wir über das Glas?«, fragte Loncar.

»Offiziell Panzerglas mit höchster Widerstandskraft. Das Phantom meint aber, das könne bei der runden Glasform nicht stimmen.«

Radulovic klickte ein Bild weiter. Ein runder Glaszylinder war in einer Stahlfassung eingebaut. Um ihn herum war eine Edelstahl-

Brüstung angebracht. Die Diamanten ruhten auf dünnen Stahlstäben und wurden von unten und oben angestrahlt. Der Glaszylinder wurde oben von einer Stahlfassung abgeschlossen.

»Zur Sicherheit sollten wir eine Nagelpistole nehmen. Damit können wir Löcher ins Glas schießen. Den Rest erledige ich dann mit einer Axt«, schlug Loncar vor.

»Guter Vorschlag.«

Die Nagelpistole hatte sich schon bei vielen Jobs bewährt. Mit einem explosiven Schlag schoss sie Nägel in jedes beliebige Material. Der Rest war dann ein Kinderspiel für Loncar. Radulovic arbeitete schon seit drei Jahren mit ihm zusammen. Er mochte den Mann fürs Grobe, er konnte jede noch so gut gesicherte Vitrine in unter einer Minute einschlagen. 110 Kilogramm Muskelmasse verteilt auf einen Meter neunzig Körpergröße.

»Wie vertreiben wir die Sicherheitsleute und Besucher?«, fragte Arsenijevic.

Das Phantom hatte Radulovic geflüstert, dass die Security-Mitarbeiter schlecht ausgebildet, unterbezahlt und obendrein unbewaffnet waren. Sie würden kein Problem darstellen.

»Wir werfen Rauchbomben und schießen mit MPs in die Decke. Dann werden alle panisch fliehen.«

Arsenijevic lächelte. Er freute sich offenbar bereits auf den Einsatz seiner zweitliebsten Geheimwaffe.

»Für die Flucht müssen wir uns allerdings noch etwas Besonderes ausdenken. Die Ausstellung liegt auf einer Halbinsel. Es gibt nur eine Straße zur Ausstellung, auf der uns die Polizei bei der Flucht entgegenkommen würde. Zurück, wie wir gekommen sind, können wir diesmal also nicht.«

Die Flüge hatte das Phantom schon gebucht. Am Nachmittag wären sie bereits in der Luft auf dem Weg zu ihrem nächsten Coup.

NÖRDLICH VON LONDON

MONTAG, 9. DEZEMBER 2019, 08:00 UHR

»Schockschwerenot! Eure Fahndungsfotos werden im Fernsehen gezeigt!«

Carl Kröning wartete mit vor der Brust verschränkten Armen in der Eingangshalle auf Adrian und Julia, als diese die große Wendeltreppe zum Frühstück herunterkamen.

»Wusstet ihr beiden, dass ihr steckbrieflich gesucht werdet?«

»Ja, man will uns etwas anhängen«, rechtfertigte sich Adrian. »Du kennst mich doch, Carl. Sehe ich wie ein Juwelendieb aus?«

»Was weiß ich denn, wie Juwelendiebe aussehen? Ich habe noch nie einen kennengelernt.«

Ein paar Meter weiter stand Butler George und hörte zu.

»Adrian, ich nehme dir wirklich übel, dass du mein Vertrauen derart missbraucht hast. Du hast mich glauben lassen, du bräuchtest meinen Rat als Experte für Diamantenhandel. Tatsächlich ging es dir aber nur darum, in meinem Schloss Unterschlupf vor der Polizei zu finden.«

»Ich bin kein Juwelendieb, Carl, und ...«

»Die Dresdner Polizei ist sich sicher, dass du der Hintermann hinter dem Juwelencoup bist. Im Fernsehen wurde ein Video gezeigt, auf dem zu sehen ist, wie du die Glasstärke der Vitrine prüfst, und nur einen Tag später wird genau diese Vitrine mit Äxten eingeschlagen und werden die Juwelen geplündert. Eine eigenartige Schicksalsfügung, findest du nicht?«

Adrian war enttäuscht, dass ihn nun auch noch sein väterlicher Freund des Juwelendiebstahls verdächtigte.

»Wünschen Sie, dass ich unseren Gast und seine Begleiterin hinauskomplimentiere?«, mischte sich der Butler ein.

»Das wird nicht nötig sein. Adrian, bei aller Freundschaft, absentiere dich bitte unverzüglich von meinem Schloss.«

Adrian verschränkte ebenfalls die Arme vor der Brust. Trotzig sah er Carl an. »Du musst mir glauben, ich habe mit der Sache nichts zu tun.«

»Mein Herr, soll ich die Polizei rufen?«, fragte der Butler.

»Überleg doch einmal! Wären wir auf der Auktion bei Sotheby's aufgetaucht, wenn wir die Juwelen gestohlen hätten? Würden wir dann nicht eher abtauchen?«

Adrian sah an Carls gerunzelter Stirn, dass er zumindest über seine Worte nachdachte.

»Du weißt ganz genau, dass es meine größte Leidenschaft ist, gestohlene Kunst wieder ins Museum zurückzubringen. Und ich habe mein Auskommen als Professor. Warum sollte ich plötzlich die Seiten wechseln?«

»Die Juwelen sind ein Hundertfaches dessen wert, was du in deinem ganzen Leben an der Universität verdienen wirst«, erwiderte Kröning.

»Komm Carl, du kennst mich, seit ich ein Kind war. Es ist mir nie um Geld gegangen.«

Carl Kröning nickte bedächtig. »Stimmt.«

Unbehagliches Schweigen folgte. Kröning kniff sich den Nasenrücken.

»Und auf der Auktion wart ihr, weil ihr gehofft habt, jemand würde die Juwelen zum Kauf offerieren.«

Adrian atmete erleichtert aus. Ein Blick zu Julia zeigte ihm, dass auch aus ihrem Gesicht die Anspannung wich.

»Ihr beide könnt trotzdem nicht hierbleiben. Die Polizei sucht nach euch. Für mein Geschäft ist eine gute Reputation überlebenswichtig. Ich kann unmöglich gesuchte Juwelendiebe beherbergen, selbst wenn sich der Verdacht der Polizei als unbegründet herausstellen sollte.«

Carl war sein guter Ruf offensichtlich wichtiger als ihre langjährige Freundschaft. Schade.

»Carl, das verstehe ich«, versuchte Adrian einzulenken. »Aber kannst du uns wenigstens Namen von infrage kommenden Hehlern nennen?«

»Nachdem ich darüber nachgedacht habe, ist mir nur ein Mann eingefallen. Er ist besessen von Diamanten und geht über Leichen. Er handelt mit Blutdiamanten und schert sich auch sonst nicht um die Provenienz der Edelsteine. Er ist das schwarze Schaf der Diamantenhändler.«

»Sein Name?«, fragte Adrian hoffnungsvoll.

»Ihr beide verlasst schnurstracks mein Anwesen, wenn ich ihn offenbare?«

LONDON

MONTAG, 9. DEZEMBER 2019, 13:24 UHR

Steinkamp und Vogt waren mit der Lufthansa in London eingetroffen. Durch das Umsteigen in Frankfurt hatte der Flug fünf Stunden gedauert, und es war bereits Mittag geworden. Seit dem Einbruch ins Grüne Gewölbe waren bereits zwei Wochen vergangen. Sie brauchten dringend einen Durchbruch bei den Ermittlungen.

Mit dem Taxi ließen sie sich zur New Bond Street bringen. Die teure Einkaufsstraße hatte ihren Namen von Sir Thomas Bond, einem Bauunternehmer, nicht dem Geheimagenten. Steinkamp fand das dreistöckige weiße Haus von Sotheby's erstaunlich klein angesichts seines weltweiten Rufs als führendes Auktionshaus.

Sie zeigten dem Personal Fotos von Falke und Graf, doch niemand konnte sich an die beiden erinnern. Und im Auktionshaus gab es keine Überwachungskameras. Die wohlbetuchte Klientel schätzte Diskretion, erklärte die Managerin ihnen. Sie war empört, als Steinkamp den Verdacht äußerte, Falke und Graf könnten hier gestohlene Juwelen verkauft haben. Selbstverständlich würde das traditionsreiche Auktionshaus nur mit langjährig bekannten Verkäufern von tadellosem Ruf zusammenarbeiten. Die Experten von Sotheby's würden außerdem jedes Stück vor der Versteigerung akribisch auf seine Echtheit und seine legale Herkunft überprüfen. Sie könnte mit hundertprozentiger Sicherheit ausschließen, dass die entwendeten Schmuckstücke hier versteigert worden waren. Weder als Ganzes noch zerlegt.

Steinkamp verlangte trotzdem Einsicht in die Anbieterliste der Diamantenversteigerung vom Vortag. Die Managerin protestierte und wollte schon den Hausanwalt hinzuziehen. Doch Steinkamp drohte damit, Scotland Yard um eine Durchsuchung zu bitten. Schließlich durften sie die Anbieterliste doch sehen. Falke und Graf standen jedoch nicht darauf. Anschließend nahmen sie eine Fotomappe der gestern versteigerten Diamanten in Augenschein. Keiner ähnelte auch nur im Geringsten den gesuchten Juwelen.

»Aber was haben Falke und Graf dann hier gemacht, wenn sie keine Juwelen verkauft haben?«, rätselte Vogt, nachdem sie das Auktionshaus verlassen hatten.

»Das liegt doch auf der Hand. Käufer kennenlernen, denen sie die Raubjuwelen später unter der Hand anbieten können. Gestern waren hier alle wichtigen Diamantenkäufer versammelt«, sagte Steinkamp.

»Interessante Annahme, Sherlock Holmes«, kommentierte Vogt.

Anschließend klapperten Steinkamp und Vogt zu Fuß die Hotels in der Umgebung ab. Bei Nummer elf wurden sie fündig. Die Rezeptionistin erkannte Falke und Graf auf den Fotos wieder. Doch sie waren bereits gestern Abend abgereist. Es gab sogar noch eine Aufnahme der Kamera im Foyer, die zeigte, wie Falke und Graf das Hotel verließen.

»Wir haben sie nur um zwanzig Stunden verpasst«, sagte Vogt.

»Wohin sind sie nur verschwunden?«, fragte Steinkamp.

»Nach unbekannt«, kommentierte Vogt trocken.

Ein Anruf bei Scotland Yard ergab keine weitere Sichtung des Diebespaars.

Steinkamp lehnte sich nach einem erfolglosen Tag an eine Hauswand und schüttelte frustriert den Kopf. Es war nicht einfach gewesen, die kurzfristige Dienstreise von seinem Vorgesetzten genehmigt zu bekommen. Er hatte über das knappe Budget für Dienstreisen lamentiert. Und jetzt würden sie mit leeren Händen zurückkehren. Einen Pluspunkt für seine Beförderung würde das nicht geben.

Doch das nächste Mal würde er sie kriegen.

LUFTRAUM ÜBER DEM SCHWARZEN MEER

MONTAG, 9. DEZEMBER 2019, 12:08 UHR

Die Pink-Panther-Bande flog in der Businessclass zu ihrem nächsten Coup. Zu ihrem Netzwerk gehörte auch eine Fälscherwerkstatt. Jeder von ihnen hatte drei Reisepässe verschiedener Länder bei sich, die auf unterschiedliche Namen lauteten. Sie kommunizierten über Kryptohandys, die schwer zu überwachen waren, und wechselten ständig ihre Aufenthaltsorte. Und ihr Rückzugsort in Belgrad war ein gut gehütetes Geheimnis.

Radulovic erinnerte sich an einen Überfall vor zwölf Jahren, den er mit anderen Komplizen begangen hatte. Damals war er schon einmal an den Ort ihres nächsten Coups gereist. Ihr Ziel war ein Luxusjuwelier in einem Einkaufszentrum gewesen. Mit zwei Audi A8 waren sie durch die Glasfront des Shoppingcenters gerast. Ein Wagen rammte dann das Schaufenster des Juweliers. Sie waren durch die zerstörte Ladenfront hineingestürmt. Die Mitarbeiter des Geschäfts hatten panisch die Flucht ergriffen. Mit einem Vorschlaghammer hatte er die Scheiben der Vitrinen zerschlagen. Sie hatten die wertvollen Juwelen in Säcke gestopft. Und innerhalb von anderthalb Minuten hatten sie Juwelen im Wert von über drei Millionen Euro erbeutet. Die Videos der Überwachungskameras und Handyvideos von Kunden waren noch heute auf YouTube zu sehen. Das war ein filmreifer Coup gewesen. Nur eine Minute nach ihrer Flucht war die erste Polizeistreife am Tatort erschienen. Das war verdammt knapp gewesen.

Es war damals sein erster Überfall. Radulovic war Soldat in Serbien und hatte auch an Kampfhandlungen teilgenommen. Nach den Balkankriegen war er arbeitslos und ohne jede Perspektive. Seine Heimat lag in Trümmern. Er hatte begonnen zu schmuggeln, Heroin und Waffen über die Adria nach Italien, wo sie von der Mafia übernommen und weiterverkauft wurden. Später wurde er Mitglied der Pink Panther. Die meisten ihrer Mitglieder verfügten über eine militärische Ausbildung, konnten mit Waffen umgehen und waren kampferprobt.

In derselben Stadt, in der er seinen ersten Überfall begangen hatte, sollte auch sein letzter erfolgen. Der Kreis würde sich schließen. Mit 45 Jahren wurde er langsam zu alt für diese Raubzüge. Sie erforderten in erster Linie Schnelligkeit, und er spürte immer mehr sein Alter in den Knochen. Ein Pink Panther musste schneller als seine Jäger sein. Bisher war ihre rasante Rein-raus-und-weg-Methode stets erfolgreich gewesen, doch er wollte sein Glück nicht überstrapazieren. Ein paar Mal war es verdammt knapp gewesen. Er hatte es in den zwölf Jahren auf hundertvierzig Überfälle gebracht. Am Anfang war er nur ein Handlanger, der ein kleines Taschengeld von ein paar Tausend Euro für jeden Coup bekam. Doch im Laufe der Jahre hatte er sich in der Hierarchie der Bande hochgearbeitet. Er hatte sich in den letzten Jahren Geld beiseitegelegt und konnte nun in Ruhestand gehen. Die Aufträge des Phantoms in letzter Zeit würden ihn noch vergolden. Er träumte von einer Finca mit einem Segelboot irgendwo am Meer.

Arsenijevic war clever, er würde sein Nachfolger werden.

DRESDEN

DIENSTAG, 10. DEZEMBER 2019, 08:44 UHR

»Warum wurden nur Haare von den Rashids am Fenster des Grünen Gewölbes gefunden?«, fragte Vogt. »Das ist doch seltsam.«

»Ich brauche erst mal einen Kaffee.« Steinkamp war noch müde, sie waren gestern erst spätabends aus London zurückgekehrt. Er ging zu der Kaffeemaschine auf der Kommode, füllte Wasser und Kaffeepulver ein und schaltete sie an. »Willst du auch einen?«

»Nein, danke. Ich finde das mit den Haaren auf jeden Fall sehr seltsam«, wiederholte Vogt.

»Sag mir lieber, wie ich in dem Bericht unsere Londonreise rechtfertigen soll.«

»Schreib, wir waren den Gesuchten knapp auf den Fersen.«

Steinkamp sah auf das Dokument am Monitor, das bisher nur den Titel *Ermittlungsbericht* trug.

»Wir haben Falke und Graf um zwanzig Stunden verpasst. Der Chef wird uns vorwerfen, die Spur war längst kalt, als wir in den Flieger gestiegen sind.«

»Dann schreibst du halt, dass die Ermittlungen einen entscheidenden Schritt vorangekommen sind, weil wir durch den Besuch bei Sotheby's wissen, dass Falke und Graf weiter zusammen aktiv und sie in Diamantengeschäfte verstrickt sind.«

Die Kaffeemaschine röchelte im Hintergrund wie Steinkamp beim Joggen.

»Guter Vorschlag.«

»Aber noch mal zurück zu den Haaren.«

Steinkamp stand auf und holte sich einen Becher Kaffee.

»Was soll daran seltsam sein?« Steinkamp sah seinen Partner verständnislos an. Er hatte diese Neigung zum Diskutieren.

»Es gibt doch alle möglichen Spurenträger an Tatorten, Blut, Sperma, Speichel, Hautpartikel oder eben auch Haare. Und die Spusi findet einzig und allein Haare von den Rashids. Nicht einmal Fingerabdrücke haben sie von ihnen gefunden«, sagte Vogt.

»Wahrscheinlich haben sie Handschuhe getragen.«

»Mir kommt das trotzdem merkwürdig vor. Auf den Fotos sehen die Rashid-Brüder nicht gerade aus, als litten sie an akutem Haarausfall.«

Steinkamp rief sich ihre Fotos ins Gedächtnis. Alle drei Rashids hatten volles Haar.

»Wahrscheinlich lassen sich Haare von der Spusi leichter finden als irgendwelche Hautpartikel.« Steinkamp hatte sich für die genaue Arbeitsweise der Spurensicherung am Grünen Gewölbe bisher nicht interessiert. Sie war ihm letztlich auch egal, sofern sie Ergebnisse lieferte.

»Es gibt noch eine weitere Ungereimtheit. Auf dem Tatvideo sind nur zwei Männer zu sehen, gefunden wurden aber Haare von dreien.«

»Der dritte Mann wird am Fenster Schmiere gestanden haben.«

»Vom Schmierestehen allein kommen keine Haare an den Fensterrahmen, sondern nur vom Einsteigen. Was ist, wenn jemand die Haare der Rashids gezielt dort platziert hat?«, fragte Vogt mit hochgezogenen Augenbrauen.

»Du meinst, es könnte sich um fingierte Spuren handeln? Jemand könnte die Rashids reinlegen wollen?«

»Ganz genau.«

Steinkamp überlegte. Wenn schon sein Partner die Spurenlage für verdächtig hielt, würden die hochkarätigen Verteidiger der Rashids die DNA-Analyse spätestens im Gerichtssaal in der Luft zerreißen. Und die DNA-Treffer waren bislang die einzigen stichhaltigen Indizien gegen die Brüder.

»Da ist was dran. Wir müssen das abklären. Aber wo könnte ein Spurenleger die Haare herhaben?«

»Ich vermute, die Brüder gehen alle zum gleichen Barbier. Dort könnte er sie eingesammelt haben.«

ÄRMELKANAL

DIENSTAG, 10. DEZEMBER 2019, 10:34 UHR

Die Überfahrt mit der blau-weißen Fähre von Dover nach Calais würde nur eineinhalb Stunden dauern. Von dort aus wären es noch drei Autostunden bis nach Paris. Dort würden sie den Diamantenhändler finden, hatte Carl gesagt. Adrian und Julia verbrachten die Seereise in der Lounge. Sie saßen auf Sesseln an einem kleinen Tisch und tranken Kaffee. Durch die Fenster war der rege Schiffsverkehr auf dem Ärmelkanal zu sehen.

»Was bedeutet ein Diamant eigentlich für dich?«, fragte Julia.

»In erster Linie verkörpert er Geschichte«, antwortete Adrian. »Nehmen wir als Beispiel den Koh-i-Noor, das steht für Berg des Lichts, ein 109-karätiger Diamant. Er wurde erstmals 1304 erwähnt, als ihn ein Sultan dem Khan von Malwa im heutigen Afghanistan entwendete. Anschließend schmückte der Stein das Auge des Pfaus im damals weltberühmten Pfauenthron in Delhi. Im Laufe der Jahrhunderte wechselte der Diamant etliche Male seinen Besitzer. Der Schah von Persien hatte ihn auch einmal. Im 19. Jahrhundert bekamen die Briten ihn in die Finger, als sie Indien zur Kronkolonie machten. Zur Krönung von Königin Mary 1911 wurde der Koh-i-Noor als zentraler Stein der Krone verwendet und schließlich 1937 in die Krone von Königin Elizabeth, der späteren Königinmutter, übernommen. Heute kann der Diamant zusammen mit den britischen Kronjuwelen im Tower von London besichtigt werden. Du siehst, der Koh-i-Noor erzählt eine über siebenhundertjährige Geschichte.«

»Da spricht der Kunsthistoriker. Ein Romantiker bist du nicht gerade, was?«, kommentierte Julia.

Einen Augenblick wirkte Adrian irritiert, fing sich aber schnell wieder.

»Und was bedeutet ein Diamant für dich?«, fragte er.

»Ein Diamanten-Geschenk kann einem das Gefühl geben, geliebt zu werden. Diamanten sind wie gemacht für Verlobungsringe. Wenn ein Mann einer Frau einen diamantbesetzten Verlobungsring schenkt, meint er es ernst. Die Liebe wird ewig halten, denn ein Diamant ist für immer.«

»Hast du denn einen Verlobten, der dir Diamanten schenkt?«

»Ich … ich meinte das mehr allgemein, mit dem Verlobungsring …« Julia wirkte sichtlich überrascht von der Frage.

»Gibt es nun jemanden in Hamburg?«, bohrte Adrian nach.

Julia zögerte. »Ich hatte in Hamburg einen Freund«, sagte sie langsam. »Aber wir sind nicht mehr zusammen.«

Sie schaute gedankenverloren durch das Fenster hinaus aufs Meer. Dann wandte sie sich wieder Adrian zu.

»Und bei dir?«, fragte sie. »Wartet jemand in Berlin auf dich? Eine Frau, die nicht so begeistert von unserer Europatournee ist?«

Adrian schüttelte den Kopf. »Aktuell gibt es keine Frau in meinem Leben.«

»Warum bist du Single?«, fragte Julia verwundert.

»Meine Leidenschaft gilt der Kunst. Entweder unterrichte ich sie im Hörsaal oder ich jage verlorenen Kunstschätzen rund um die Welt hinterher. Für die Liebe bleibt da kaum Zeit.«

BERLIN

DIENSTAG, 10. DEZEMBER 2019, 14:21 UHR

Alis Barbershop hieß der Barbier in Neukölln, bei dem die Rashid-Brüder Stammkunden waren. Das wussten sie von der Observation durch die Berliner Polizei. Der Barbier befand sich zwischen einem türkischen Gemüsehändler und einem Handyshop in der Sonnenallee. Auf seinem Schaufenster prangte ein überdimensionierter Aufkleber, der eine Schere und ein Rasiermesser zeigte. Der Laden selbst war klein und übersichtlich. Drei schwarze Lederstühle standen in einer Reihe vor silbernen Spiegeln.

»Guten Tag. Ich bin Kommissar Steinkamp, und das ist mein Partner Christian Vogt. Wir kommen von der Kripo Dresden.« Steinkamp zeigte seine Dienstmarke vor.

Der Inhaber Ali Khaled war gerade dabei gewesen, Haare zusammenzufegen. Er hatte eine schwarze Mähne, einen Vollbart und kleine dunkle Augen. Er trug eine schwarze Hose mit Hosenträgern und ein weißes Hemd.

Er erstarrte.

»Die Rashid-Brüder sind Stammkunden bei Ihnen. Richtig?«

Der Barbier zuckte bei dem Namen zusammen.

»Ich möchte nichts sagen. Ich will keine Schwierigkeiten.«

Ali Khaled wirkte nervös.

Steinkamp zeigte mit dem Finger auf einen Haufen Haare vor den Füßen des Barbiers. »Das sieht mir ganz danach aus, als ob Sie nicht nur Bärte, sondern verbotenerweise auch Haare schneiden. Meines Wissens dürfen Sie als Barbier nur Bärte schneiden, trimmen und rasieren, aber keine Kopfhaare. Am besten, wir schließen Ihren Laden erst mal.«

Steinkamp sah Khaled an, wie er mit sich rang. Er hatte offensichtlich Angst vor den Rashids und wollte sie nicht verraten, er wollte aber auch nicht, dass die Polizei seinen Barbershop schloss.

»Ja, die Brüder sind hier Stammkunden«, räumte Khaled zögernd ein.

»Was machen Sie mit den abgeschnittenen Haaren?«

»Die kommen in den Müll.« Khaled zeigte auf einen grünen Müllbeutel in der Ecke auf dem Boden.

Jetzt wird es interessant, dachte Steinkamp.

»Nehmen wir mal rein hypothetisch an, jemand würde Ihnen das Haar abkaufen wollen. Würden Sie das machen?«

»Warum? Ist das auch verboten?«

»Nein.«

»Dann würde ich es auch verkaufen.«

»Haben Sie schon einmal Haare der Rashids verkauft?«

Khaled senkte den Kopf und schüttelte ihn leicht.

»Herr Khaled, Sie müssen uns die Wahrheit sagen.«

Der Barbier sagte nichts.

»Wir wissen, dass Sie zwei Mitarbeiter haben. Verfügen die Männer über eine gültige Aufenthaltserlaubnis? Und was ist mit Buchhaltung und Steuern, stimmt da alles?«, schaltete sich Vogt ein.

»Wir können auch die Steuerfahndung, das Ordnungsamt und die Ausländerbehörde anrufen und Ihren Barbershop mal so richtig auseinandernehmen. Mal sehen, was wir da noch so alles finden.« Steinkamp holte sein Handy aus dem Sakko und hielt es drohend hoch.

»Da war ein Mann, der hat mir 500 Euro für die Haare der Rashids gegeben«, gab Khaled zerknirscht zu.

»Wie sah er aus?«

»Das war ein Deutscher, glaube ich. Ungefähr so groß wie Sie, mit Bürstenhaarschnitt.«

»Können Sie ihn genauer beschreiben?«

»Er hatte blaue Augen, aber mehr weiß ich wirklich nicht.«

Die Beschreibung traf auf Millionen deutscher Männer zu und würde ihnen nicht weiterhelfen.

PARIS

DIENSTAG, 10. DEZEMBER 2019, 16:02 UHR

Royal Diamonds stand auf dem goldenen Firmenschild unter einer stilisierten Krone. Die Villa von André Boucher befand sich im 16. Arrondissement im Westen von Paris. Sie war weiß, modern und hatte einen Säulenvorbau. Im Erdgeschoss befanden sich die Geschäftsräume, darüber Bouchers Wohnung.

»Mein Informant Pinkas beschreibt André Boucher ebenfalls als skrupellos und eiskalt«, sagte Adrian, als er mit Julia auf die Villa zuging. Carl hatte zwar den Namen Boucher ins Spiel gebracht. Adrian hatte aber noch zusätzlich Pinkas über Boucher ausgehorcht, weil der näher dran war an der Unterwelt des Diamantenhandels. »Er will der größte Diamantenhändler der Welt werden. Er hat aber keine eigenen Minen und muss zusehen, woher er seine Diamanten bekommt, zur Not auch illegal. Er schreckt auch vor dem Handel mit Blutdiamanten und Diebesgut nicht zurück.«

»Dann könnte er wirklich unsere Diamanten haben«, kommentierte Julia.

Adrian fielen zwei Überwachungskameras auf Masten an den Grundstücksecken auf. Zwei weitere hingen unter dem Dach der Villa.

Schweigend durchschritten sie das schmiedeeiserne Tor.

Mitten auf dem Hof war Bouchers silberner Bentley abgestellt. Er sah frisch poliert wie für eine Autoausstellung aus.

Als sie sich der Villa näherten, erkannte Adrian, dass die beeindruckenden Säulen aus Gips waren. Da wollte offenbar jemand, der sich keinen Marmor leisten konnte, Eindruck schinden.

Adrian und Julia betraten die Villa. Direkt hinter der Tür stand ein athletischer schwarz gekleideter Wachmann. Ein Kabel schlängelte sich von seinem Ohr bis zu seinem Nacken. Irgendwo unter seinem Anzug trug er sicherlich eine Pistole. Offenbar sah er in ihnen aber kein Sicherheitsrisiko, denn er beachtete sie nicht weiter.

Die große Lobby war weitgehend leer. Neben dem Empfangstresen stand nur ein kleines weißes Ledersofa und eine Glasvitrine mit Diamanten.

Die Frau hinter dem Tresen hatte feuerrot gefärbte Haare und trug ein schwarzes Business-Kostüm.

»Kann ich Ihnen helfen?«, fragte sie höflich.

»Wir sind Juweliere aus Stuttgart und möchten gerne Herrn Boucher sprechen. Unser Name ist Krüger.«

Die Empfangsdame sah auf ihren Monitor. »Sie haben keinen Termin.«

»Nein, leider sind wir nur noch heute in Paris. Morgen reisen wir auf unserer Einkaufstour weiter nach Antwerpen«, sagte Adrian.

Das schien ihr zu genügen, denn sie griff zum Telefon und winkte sie nach einem kurzen Gespräch durch.

André Boucher saß hinter seinem Schreibtisch. Er trug ein weißes Hemd mit offenem Kragen und Bluejeans. Er musterte sie aus wässrig blauen Augen und fuhr sich mit der Hand durch seine strähnigen rotblonden Haare. Sein Gesicht wirkte aufgedunsen und von ungesunder Blässe. Er stand auf.

»Herzlich willkommen, ich bin André Boucher.«

Er schüttelte erst Julia, dann Adrian die Hand und bat sie, auf den beiden Stühlen vor seinem Schreibtisch Platz zu nehmen.

Boucher verschränkte die Arme. »Sie wollen also Diamanten kaufen?«

Adrian sah auf die Weltkarte an der Wand hinter dem Schreibtisch. Mit stilisierten Diamanten waren darauf die Standorte von *Royal Diamonds* markiert.

»Ja, wir sind Juweliere aus Stuttgart und machen auf dem Weg nach Antwerpen gerade Zwischenstopp hier. Was können Sie uns Interessantes anbieten?«, fragte Julia.

Adrian sah durch die offene Tür des Hinterzimmers einen großen Tresor. Ob die gesuchten Juwelen darin lagen?

»Was für Diamanten kommen für Sie infrage? Wie sollen die vier Cs beschaffen sein? An welche Stückzahl haben Sie gedacht?«

Adrian hatte sein Stirnrunzeln nicht unterdrücken können. Nach ein paar Sekunden fiel ihm ein, wofür die vier Cs standen, nämlich *color, carat, clarity* und *cut*. Diamanten wurden nach den Kriterien Farbe, Gewicht, Reinheit und Schliff eingeteilt.

»Zeigen Sie uns doch einfach, was Sie dahaben«, sagte Adrian schnell.

Boucher wirkte unschlüssig.

»Wir zahlen auch in bar.« Adrian holte ein Geldbündel aus seinem Sakko.

Sie wollten Boucher dazu bringen, seinen Tresor für sie zu öffnen. Julia würde erkennen, wenn Stücke aus der Dresdner Kollektion mit dabei waren.

»Warum sind Sie wirklich hier?« Bouchers Stimme klang plötzlich kalt und distanziert.

Er hatte sie durchschaut. Adrians kurzes Zögern bei der Frage nach den vier Cs hatte sie verraten. Jetzt konnte nur noch die Wahrheit helfen.

»Was wissen Sie über den Verbleib der Juwelen aus dem Grünen Gewölbe in Dresden?«, fragte Adrian.

Bouchers Mundwinkel zuckten, und seine rechte Hand wanderte unter seinen Schreibtisch.

»Was sind Sie, Versicherungsdetektive?«, fragte Boucher, dem Röte ins Gesicht schoss.

»Wir sind Kunstdetektive«, sagte Adrian.

Boucher stand auf und stützte sich mit beiden Händen auf den Schreibtisch.

»Dieses Gespräch ist beendet.«
Wie aufs Stichwort erschien der Security-Mann.
»Begleite diese Herrschaften bitte nach draußen.«

DRESDEN

MITTWOCH, 11. DEZEMBER 2019, 08:12 UHR

»Die Rashids sind raus.« Steinkamp nahm die Fotos der Rashid-Brüder von der großen Pinnwand im Büro ab.

»Das sehe ich genauso«, stimmte ihm Vogt zu. »Nachdem die DNA-Treffer fingiert wurden, haben wir außer den Ähnlichkeiten zu dem Einbruch ins Bode-Museum nichts weiter gegen sie in der Hand.«

Die Techniker der Forensik hatten die Qualität des Videos vom Einschlagen der Vitrine nicht entscheidend verbessern können. Durch das Video waren die Täter ebenfalls nicht zu identifizieren.

Steinkamp legte die Fotos in eine Klarsichthülle und heftete diese in einem Aktenordner ab. »Es gibt noch einen Grund, warum sie es nicht gewesen sein können. Hast du am Wochenende Nachrichten geschaut?«

»Habe ich etwas verpasst?«

»Auf dem Flughafen von Brüssel wurde eine Frachtmaschine überfallen und eine wertvolle Ladung Diamanten gestohlen. Der Coup trägt die gleiche Handschrift wie der im Grünen Gewölbe. Wieder gab es Insider-Infos, es wurde ein Hydraulikspreizer eingesetzt, und die Beute waren Diamanten. Auch dieses Schnell-Zuschlagen-und-wieder-Abhauen passt ins Bild. Schließlich haben die Räuber ihre Fluchtwagen stehen lassen und in Brand gesetzt. Ganz genauso wie die Täter vom Grünen Gewölbe.«

»Die Übereinstimmungen sind frappierend«, sagte Vogt.

»Und die Rashids können es nicht gewesen sein, denn sie wurden zum Zeitpunkt des Flughafenüberfalls engmaschig überwacht. Sie haben sich die ganze Zeit in Berlin aufgehalten.« Steinkamp hatte dies telefonisch bei der Berliner Kripo abgefragt.

»Wer bleibt noch übrig?« Vogt machte einen halbherzigen Versuch, mit den Schultern zu zucken.

»Nur noch die beiden.« Steinkamp zeigte auf die Fotos von Falke und Graf.

PARIS

MITTWOCH, 11. DEZEMBER 2019, 09:27 UHR

Fournier war ein alternder Kommissar mit einer kräftigen Nase im zerknitterten Gesicht. Er trug ein abgewetztes braunes Sakko über seinem weißen Hemd.

»Mein Name ist Stegner, ich komme von der Kripo Dresden«, stellte Julia sich vor.

»Enchanté.« Fournier nahm Julias Hand. Sein Atem bestand aus reinen Gauloises. »Nehmen Sie bitte Platz.«

Julia setzte sich auf einen der beiden Stühle. Sonne fiel durch den Lamellenvorhang auf den überhäuften Schreibtisch. Neben einer halb vollen Kaffeetasse stand ein überquellender Aschenbecher.

»Können Sie sich ausweisen, Mademoiselle?«, fragte Fournier.

Julia griffen in ihre Jackentasche, zog ihre bronzene Kripomarke hervor und reichte sie ihm. Fournier klemmte sich die Zigarette in den Mundwinkel und beäugte die Marke. Das Wort *Kriminalpolizei* und ein Polizeistern waren in die ovale Messingscheibe eingeprägt. Der Hamburger Fälscher hatte gute Arbeit geleistet.

Es war riskant, die französische Polizei aufzusuchen, doch Adrian und Julia sahen keine andere Chance, um allein in die hochgesicherte Villa von Boucher zu kommen, um dort nach den Juwelen zu suchen. Immerhin hatten sie in den französischen Medien keine Fahndungsaufrufe gegen sich gefunden. Sie hofften einfach, dass die französischen Beamten sie nicht erkannten.

Fournier gab Julia die Kripomarke zurück.

»In welcher Angelegenheit kann ich Ihnen behilflich sein?«

»Ich ermittle wegen des Dresdner Juwelendiebstahls.«

»Von dem Einbruch habe ich gehört.«

»Eine Spur führt nach Paris. Von einem Informanten haben wir den Tipp bekommen, der Pariser Diamantenhändler Boucher würde Schmuck wie den gesuchten anbieten.«

Fournier nickte. Der Name Boucher war ihm also geläufig. Dann nahm er ein leeres Blatt Papier und einen Kugelschreiber. »Name des Informanten?«

»Er möchte anonym bleiben.« Tatsächlich war der Tipp von Adrians Informanten Pinkas gekommen. Der ehemalige Juwelendieb legte keinen gesteigerten Wert darauf, in Polizeiakten namentlich erwähnt zu werden.

»Wir haben André Boucher schon eine Weile auf dem Radar. Er wurde schon vieler Taten verdächtig. Boucher soll sowohl mit Blutdiamanten als auch mit gestohlenen Juwelen handeln. Er konnte aber immer Echtheitszertifikate vorlegen. Wahrscheinlich Fälschungen, aber auch das müssen wir ihm erst mal beweisen.«

Wir sind auf der richtigen Spur, freute sich Julia insgeheim.

Mit ruhiger Stimme sprach sie weiter: »Boucher hat in seinem Büro einen großen Tresor. Wir vermuten, dass sich die entwendeten Juwelen darin befinden.«

Julia hoffte, dass Fournier den Köder schluckte.

»Ich würde Boucher zu gerne das Handwerk legen. Wie verlässlich sind die Angaben Ihres Informanten?«

»Bisher hat sich alles, was er sagte, als zutreffend erwiesen.«

Adrian hielt Pinkas für absolut vertrauenswürdig.

»Sie möchten eine Durchsuchung?«

Julia wäre am liebsten laut jubelnd vom Stuhl aufgesprungen. Doch stattdessen sagte sie nur: »Ja.«

PARIS

DONNERSTAG, 12. DEZEMBER 2019, 07:00 UHR

Kommissar Fournier presste seinen Daumen auf den goldenen Klingelknopf, in den ein stilisierter Diamant eingraviert war. Hinter ihm standen sechs uniformierte Polizisten sowie ein Mann vom Schlüsseldienst. Etwas abseits wartete Julia. Ihre Aufgabe würde es sein, die gestohlenen Diamanten im Bestand von Boucher zu identifizieren.

Fournier presste seinen Daumen noch einmal auf den Klingelknopf.

Doch in der Villa blieb es dunkel, es folgte keine Reaktion.

Vielleicht schläft Boucher morgens um 7:00 Uhr noch, dachte Julia.

Fournier hämmerte mit der Faust gegen die Tür und rief: »Aufmachen! Polizei!« Dann drückte er wieder auf die Klingel.

Julia sah hoch zum ersten Stockwerk, wo sich die Wohnung von Boucher befand. Er müsste durch das Klingeln und Klopfen inzwischen längst aus dem Bett gefallen sein. Doch die Fenster blieben dunkel.

Fournier winkte den Mann vom Schlüsseldienst heran. Dieser kniete sich vor die Tür, machte seinen Werkzeugkasten auf und öffnete die Tür in zwei Minuten.

Fournier voran betraten alle die Villa. Der Kommissar machte die Lichter an. Julia wunderte sich, dass die Lobby leer geräumt war. Der Empfangstresen, die Glasvitrine und das Ledersofa, alles war weg.

Fournier schickte zwei Polizisten die Treppe hinauf zu Bouchers Wohnung. Dann wandte er sich an Julia: »Haben Sie eine Idee, wo wir den Tresor finden?«

»Nach den Angaben des Informanten den Flur rechts runter und dann im Chefbüro links.« Julia verschwieg, dass sie selbst vor ein paar Tagen hier gewesen war.

Das Chefbüro fanden sie ebenfalls leer vor. Dann gingen sie in den Nebenraum. Gott sei Dank, der Tresor stand noch da. Julia schätzte das Gewicht des schrankgroßen Tresors auf über eine Tonne. Zu schwer, um in einer Nacht-und-Nebel-Aktion abtransportiert zu werden. Die Tür des Tresors stand einen Spalt offen.

Fournier zog die Tür langsam auf.

Julia hielt den Atem an. Würde sie gleich ihre Juwelen wiedersehen?

Doch der Tresor war leer.

Julia spürte einen Stich der Enttäuschung.

»Da hat Ihr Informant offenbar falschgelegen«, sagte Fournier mit einem Anflug von Verärgerung in der Stimme.

»Oder Boucher hat Wind von der Durchsuchung bekommen und sich abgesetzt.« Bouchers Verschwinden machte ihn für Julia nur noch verdächtiger.

Boucher war ihnen einen Schritt voraus.

PARIS

DONNERSTAG, 12. DEZEMBER 2019, 14:47 UHR

Adrian wartete in einem kleinen Bistro auf Julia, die noch einmal bei Kommissar Fournier war. Von der erfolglosen Durchsuchung bei Boucher hatte sie ihm morgens schon berichtet. Vor ihm stand eine leere Espressotasse. Durch das Fenster konnte er die Kathedrale von Notre-Dame sehen, die nach dem verheerenden Brand vor sieben Monaten in ein Gerüst gehüllt war. Immerhin hatte der Kirchenschatz vor dem Feuer gerettet werden können. Er bestand aus über tausend Gegenständen, darunter wertvolle Kelche, historische Kirchengewänder und großformatige Gemälde. Es wäre nicht auszudenken, wenn sie den Flammen zum Opfer gefallen wären.

Die Tür ging auf, und Julia kam suchend herein. Adrian machte mit einem Winken auf sich aufmerksam. Sie setzte sich zu ihm an den Tisch und bestellte einen Café au Lait.

»Hat die Polizei Boucher gefunden?«, fragte Adrian neugierig.

»Nein, laut Fournier verlief die Fahndung bisher ergebnislos. Boucher ist wie vom Erdboden verschwunden.« Julia nahm einen großen Schluck Kaffee.

»Mit unserem Besuch haben wir ihn nervös gemacht, und er ist mitsamt den Juwelen untergetaucht.« Adrian fühlte sich mitschuldig. Vielleicht war ihr Vorgehen doch nicht so geschickt gewesen.

»Diese Reaktion konnten wir nicht voraussehen«, sagte Julia schulterzuckend.

»Was will Fournier jetzt unternehmen?«

»Nichts. Er hat Familie und Freunde von Boucher abgeklopft und ihn zur Fahndung ausgeschrieben. Im Prinzip glaubt er aber, dass sich der Diamantenhändler längst ins Ausland abgesetzt hat.«

»Gut möglich. Ich erinnere mich an die Weltkarte mit seinen Firmenstandorten.«

»Wollen wir selbst nach Boucher suchen?« Julia nahm einen letzten Schluck von ihrem Café au Lait. An ihrer Oberlippe blieb Milchschaum hängen, den sie mit einer Papierserviette abtupfte.

»Das macht keinen großen Sinn. Wir sind nur zwei Privatpersonen und können keine internationale Suche nach Boucher durchziehen.«

»Dann geben wir Boucher auf?« Julia schob den Kaffeebecher zur Seite.

Adrian sah zu dem langen Tresen, auf dem verchromte Espresso- und Aufschäummaschinen standen, er hörte, wie Kaffeebohnen gemahlen wurden, und roch frisch gebrühten Kaffee. Doch der zündende Gedanke blieb aus.

»Da bleibt uns wohl nichts anderes übrig«, sagte Adrian mit resigniertem Tonfall.

»Was machen wir dann?«

»Ich weiß es nicht. Wir haben keine weitere heiße Spur.«

»Und nach Deutschland können wir nicht zurück, weil wir dort gesucht werden.«

In dem Moment klingelte Adrians Handy. Das Display zeigte die Nummer seines Informanten Stefan Pinkas, den er vor einigen Tagen im stillgelegten U-Bahn-Schacht von Antwerpen getroffen hatte. Adrians Herzschlag beschleunigte sich. Er nahm das Gespräch an.

»Die Pink Panther planen wieder einen großen Diamanten-Coup. Sie suchen dafür nach einem Speedboot«, sagte Stefan ohne große Umschweife.

Julia beugte sich über den Tisch, um mitzuhören. Adrian stieg ein Hauch ihres betörenden Vanille-Parfums in die Nase.

»Wo soll das Ding steigen?«, fragte Adrian.

»Genau das hat mir mein Vogel nicht gezwitschert. Sie brauchen das Speedboot für ihre Flucht.«

Julia schüttelte den Kopf und drückte damit aus, was Adrian dachte. Die Pink-Panther-Bande agierte wie Boucher international, ohne konkreten Ort würden sie sie kaum fassen können.

»Wann?«

»Sehr bald. Ich bleibe dran.« Stefan beendete das Telefonat.

Irgendwo und *bald* war nicht wirklich zielführend.

»Das erinnert mich an den versuchten Raubüberfall auf die Diamantenausstellung des Millennium Dome in London im November 2000. Auch hier wollten die Täter mit einem Speedboot fliehen. Doch die Polizei hat Wind von dem Coup bekommen und sie noch im Ausstellungsraum verhaftet«, sagte Adrian.

»Waren das auch die Pink Panther?«

»Nein, es war eine lokale Gang. Aber die Pink Panther könnten den Millennium-Dome-Überfall als Blaupause für ihren nächsten Coup nehmen. Wenn sie auch mit einem Speedboot fliehen wollen, muss der Tatort irgendwo am Wasser liegen.«

»Das hilft uns nicht weiter, du Superhirn. Zwei Drittel der Erdoberfläche sind mit Wasser bedeckt.«

DRESDEN

DONNERSTAG, 12. DEZEMBER 2019, 16:51 UHR

»Das ist ein starkes Stück«, sagte Steinkamp, nachdem er den Telefonhörer aufgelegt hatte.

Vogt gegenüber sah ihn fragend an. Die Tränensäcke hingen schwer unter seinen Augen.

»Der Bericht der Pariser Polizei war für mich zunächst ein Rätsel gewesen. Bei uns gibt es keine Kommissarin Stegner. Ich habe gerade im Gespräch mit dem französischen Kollegen Fournier herausgefunden, dass sich eine Frau dort als Kommissarin ausgegeben hat. Der Beschreibung nach dürfte es die Graf gewesen sein.«

»Klarer Fall von Amtsanmaßung. War Falke auch mit dabei?«, fragte Vogt.

»Graf hat Fournier um Amtshilfe gebeten. Die Polizei hat auf ihren Wunsch hin die Villa eines zwielichtigen Diamantenhändlers durchsucht. Nur war der Vogel schon ausgeflogen. Falke tauchte bei alldem nicht auf.«

»Wo die Graf ist, wird Falke nicht weit sein. Sollen wir nach Paris reisen?« Vogt sah ihn fragend und etwas verwirrt an.

»Nein, sie sind wahrscheinlich längst über alle Berge. Aber immerhin habe ich von Fournier eine aktuelle Handynummer der Graf bekommen.«

Steinkamp sah zu den Fahndungsfotos von Falke und Graf an der Wand. *Irgendwann kriege ich euch.*

»Nur warum ist Graf hinter einem Diamantenhändler her?« Vogts Augenbrauen wanderten in Richtung seines schütteren Haars.

»Dieser Händler soll auch mit gestohlenen Diamanten handeln. Vielleicht wollte Graf ihm die Dresdner Juwelen anbieten?«, merkte Steinkamp lakonisch an.

»Dann würde sie aber kaum die Pariser Polizei einschalten.« Vogt sah ihn zweifelnd an.

»Vielleicht hat der Diamantenhändler die Graf betrogen, und sie hat deshalb die Polizei hinzugezogen.«

»Chef, bei allem Respekt. Aber das passt alles nicht zusammen.«

PARIS

DONNERSTAG, 12. DEZEMBER 2019, 16:07 UHR

»Ich weiß, wo die Pink Panther als Nächstes zuschlagen werden.« Adrian saß am Schreibtisch vor seinem Laptop im Zimmer des Hotels de la Porte Doree.

Julia lag auf dem Bett und sah interessiert zu ihm hinüber. Sie hatten zwar zwei nebeneinanderliegende Zimmer gebucht, verbrachten den Tag aber in Adrians Suite.

»In Dubai gibt es eine Diamantenausstellung mit dem Galactic-Star. Sie liegt direkt am Wasser.«

Sie wurden von einem energischen Klopfen an der Tür unterbrochen.

Waren sie aufgeflogen? Hatte Fournier herausgefunden, dass Julia gar keine Kommissarin war und sie beide gesucht wurden?

Adrian ging zur Tür und schaute durch den Spion. Aber es war nur das Zimmermädchen. Er öffnete die Tür und schickte es weg.

»Was ist der Galactic-Star?«, fragte Julia.

»Das ist der derzeit drittgrößte Diamant der Welt, etwa eigroß.« Adrian zeigte seine geschätzte Größe mit Daumen und Zeigefinger. »Durch seinen besonderen Schliff funkelt er wie eine Galaxis. Aus dem Rohdiamanten wurden noch ein Dutzend weiterer Diamanten geschliffen.«

»Warum Dubai?« Julia hatte die Ellbogen aufgestützt, und ihr Kopf ruhte auf ihren Händen.

»Dubai ist nach Antwerpen die Nummer zwei im internationalen Diamantenhandel und zudem schnell wachsend. Dubai möchte mit einer hochkarätigen Ausstellung gut betuchte Klientel in die Stadt locken.«

Julia erhob sich und setzte sich auf den Rand des Bettes. Ihr Knie streifte aus Versehen das von Adrian, so klein war das Zimmer.

»Und du vermutest wieder die Pink Panther?«

»Ja, der Coup wäre typisch für sie. Sie gelten als die erfolgreichsten Juwelendiebe der Welt. Außerdem haben sie in Dubai schon einmal einen Raubüberfall durchgezogen. Mit zwei Audi S8 sind sie im April 2007 durch die Glastüren der Wafi-Shopping-Mall gerast. Sie sind mit Pistolen bewaffnet in ein Juwelier-Geschäft gerannt, haben die Vitrinen zertrümmert und anschließend leer geräumt. Die Beute hatte einen Wert von über drei Millionen Euro.«

Julia verzog das Gesicht und sagte: »Dieses Einschlagen und Ausräumen von Vitrinen erinnert mich schmerzhaft an das Grüne Gewölbe.«

»Auch der Einbruch ins Grüne Gewölbe trägt die Handschrift der Pink Panther. Wir müssen nach Dubai.«

»Da ist es zumindest wärmer als hier.« Julia schaute zum Fenster, an das kalter Regen prasselte. »Aber warum sollen wir den Pink Panthern hinterherjagen?«

»Wenn wir sie in flagranti erwischen, lässt sich vielleicht herausfinden, wo sie die Juwelen aus dem Grünem Gewölbe versteckt haben.«

»Oder sie erschießen uns einfach.«

DUBAI

SAMSTAG, 14. DEZEMBER 2019, 14:46 UHR

Das Luxushotel Atlantis erinnerte an den Palast eines Sultans. Es verfügte über 1500 Zimmer, Dutzende Restaurants, ein gigantisches Aquarium und einen Wasserpark, in dem die Gäste in durchsichtigen Röhren durch Haibecken rutschen oder mit Delfinen schwimmen konnten. Die Inneneinrichtung war im Stil der versunkenen Stadt Atlantis gehalten.

Nachdem Adrian und Julia unter falschen Namen eingecheckt hatten, machten sie sich auf den Weg zur Diamantenausstellung. Sie lag im Konferenz Center rechts des Haupteingangs. Wer durch die Ausstellung auf den Geschmack gekommen war, konnte sein Geld im Anschluss gleich im Hotel bei einem der zahlreichen Juweliere in Diamanten anlegen.

Eine riesige runde Tresortür bildete den Eingang zu der Ausstellung. Adrian vermutete eine geschickte Attrappe, um den Wert der Diamanten künstlich zu überhöhen. Links und rechts neben der Tür standen zwei Security-Männer in kurzärmligen weißen Hemden, schwarzen Hosen und passenden Krawatten. Die kleinen schmächtigen Männer waren wahrscheinlich Inder. Sie trugen zwar Schlagstöcke und Handschellen am Gürtel, aber keine Waffen. Echte Kämpfer sahen anders aus.

Adrian ging langsam in die Ausstellung, um sich die Tresortür genauer anzusehen. Sie hatte einen Durchmesser von etwa 2,5 Metern und eine Dicke von mindestens 50 Zentimetern. Sie war aus massivem Stahl und ganz offensichtlich keine Attrappe. Die Panzertür musste Tonnen wiegen, und es würde selbst mit dem stärksten Kernbohrer

Stunden dauern, sie zu öffnen. An ihrer Vorderseite befand sich ein Zahlenkombinationsschloss und ein Handrad. An der Wand daneben war ein roter Notschließhebel angebracht. Die Mauer war 80 Zentimeter dick und mit Sicherheit stahlverstärkt.

Der fensterlose Ausstellungsraum selbst war komplett schwarz gehalten. Seine Decke war schwarz gestrichen, die Wände mit schwarzem Samt bespannt und der Boden mit schwarzem Teppich ausgelegt. Nichts sollte von den glitzernden Diamanten ablenken. In seiner Mitte standen zwei Vitrinen. In der ersten war der Galactic-Star ausgestellt. Er war auf einem sich drehenden Stahlstab positioniert und wurde von unten und oben angestrahlt. Er schien von innen zu glühen und warf Lichtstrahlen in alle Richtungen.

»Der funkelt wie ein Feuerwerk«, sagte Julia mit Bewunderung in der Stimme.

»Das ist die wohl teuerste Discokugel der Welt«, kommentierte Adrian schmunzelnd.

Dann inspizierte er das röhrenförmigen Vitrinenglas. Er schätzte seine Dicke auf etwa zwei Zentimeter. Mit dem richtigen Werkzeug würde es keine unüberwindbare Hürde darstellen. Oben und unten in der Vitrine konnte er kleine Kameras und Sensoren entdecken. Jedenfalls würde Alarm ausgelöst werden, sobald sich jemand an der Vitrine zu schaffen machte.

Adrian schlenderte mit Julia zur zweiten Vitrine. Das Dutzend angestrahlter Diamanten in der Dunkelheit sah aus wie ein Sternenhimmel. Die Ausstellung passte perfekt in das Luxushotel mit all seinem Prunk und Protz wie ein Märchen aus Tausendundeiner Nacht. Eine Übernachtung in der teuersten Suite kostete 30 000 Euro. Wer hier Urlaub machte, würde auch das nötige Kleingeld haben, um sich – angeregt durch die Ausstellung – bei einem der Hoteljuweliere einen Diamantring im Wert eines Neuwagens zu kaufen.

»So einen Diamanten hätte ich gern auf meinem Verlobungsring.« Julia drückte sich an der Glasscheibe fast die Nase platt.

»Dann musst du dir einen Scheich angeln. Hier laufen ziemlich viele von denen herum.«

Julia knuffte ihn in die Seite.

Beim Verlassen des Ausstellungsraums warf Adrian noch mal einen Blick auf die massive Tresortür. Die Pink Panther waren keine Panzerknacker, die sich stundenlang mit der Öffnung eines Tresors herumschlugen. Sie würden während der offiziellen Besuchszeiten kommen, wenn die Tresortür offen stand.

DRESDEN

SONNTAG, 15. DEZEMBER 2019, 08:32 UHR

»Das Handy der Graf konnte mit einer stillen SMS geortet werden. Du wirst nicht erraten, wo sie ist.« Vogt hob seine dampfende Kaffeetasse an den Mund.

Steinkamp hatte tatsächlich nicht die geringste Idee, wo Graf und Falke sein könnten. Zuletzt hatte sich ihre Spur in Paris verloren. In Dresden oder Berlin waren sie auch nicht wieder aufgetaucht. Er ließ regelmäßig die Wohnung der Graf und das Haus des Professors überprüfen. Beide hatten sich auch nicht an ihren Arbeitsplätzen blicken lassen. Die Öffentlichkeitsfahndung hatte ebenfalls keine brauchbaren Hinweise erbracht. Nach dem Intermezzo in Paris waren Falke und Graf wie vom Erdboden verschluckt.

»Wo denn?«

»Im Atlantis.«

»Ich dachte, die Insel ist nur ein Mythos und längst untergegangen.« Steinkamp wollte seinen Partner offensichtlich auf den Arm nehmen.

»Ich meine das gleichnamige Luxushotel in Dubai.«

Steinkamp erinnerte sich an eine Dokumentation über die Stadt in den Vereinigten Arabischen Emiraten. Wie ein Palast ragten die zwei mit einer Brücke verbundenen Türme des Hotels an der Spitze der künstlichen Palmeninsel in den Himmel. Ein Luxushotel an der Poleposition.

»Was zum Teufel will die Graf in Dubai? Ist Falke auch bei ihr?«

Steinkamp durchwühlte sein Gedächtnis. In den bisherigen Ermittlungen war Dubai an keiner Stelle aufgetaucht. Keiner der Beteiligten hatte irgendwelche Beziehung dorthin.

»Dubai ist die Nummer zwei im weltweiten Diamantenhandel. Und vermutlich ist Falke auch dort.«

Diese Information war für Steinkamp neu. Beim Diamantenhandel dachte er an Städte wie Antwerpen, London und New York, nicht an die Wolkenkratzer und Shoppingmalls am Persischen Golf.

»Du meinst, sie wollen die gestohlenen Juwelen dort verkaufen, nachdem es in London nicht geklappt hat?«

Das wäre durchaus denkbar. Steinkamp erinnerte sich, dass in der Doku auch die zahlreichen Goldhändler und Juweliere in den dunklen Gassen Dubais gezeigt worden waren. Einen Herkunftsnachweis würden die zwielichtigen Händler dort sicher nicht verlangen.

»Möglich, außerdem findet im Atlantis gerade eine Diamantenausstellung statt.«

Steinkamp erwog die Möglichkeiten. »Also will das Diebespärchen in Dubai entweder die Diamanten aus dem Grünen Gewölbe verkaufen oder neue stehlen.«

»Die dritte Möglichkeit wäre, sie und Falke suchen dort nach den wahren Tätern.«

»Das ist Bullshit. Auf jeden Fall müssen wir sofort nach Dubai.«

»Der Chef ist noch sauer wegen unserem Trip nach London. Du wirst ihn erst überreden müssen.«

»Morgen ist der Einbruch drei Wochen her. Wenn er Ergebnisse sehen will, wird er uns die Reise genehmigen müssen.«

DUBAI

SONNTAG, 15. DEZEMBER 2019, 13:24 UHR

Sandeep hieß ihr Helfer in Dubai. Die Pink-Panther-Bande war international gut vernetzt und hatte überall Handlanger, die sich vor Ort um die Organisation der Coups kümmerten. Der Pakistani hatte ihnen Zimmer in einem Stadthotel besorgt. Von dort aus konnten sie auf die künstliche Palmeninsel schauen, an dessen Spitze sich das Luxushotel Atlantis majestätisch in den Himmel hob. Dort würden sie zuschlagen.

Das Vorbild für den Diamanten-Coup war ein versuchter Raubüberfall auf die Diamantenausstellung des Millennium Dome in London im Jahr 2000. Eine lokale Bande hatte geplant, die dortige Diamantenausstellung von De Beers zu überfallen. Sie zeigte eine Reihe von Juwelen, darunter den Millennium Star, einen makellosen Edelstein von 203 Karat mit einem geschätzten Wert von heute 400 Millionen Euro. Ebenfalls zu sehen waren unbezahlbare blaue Diamanten. Mit einem Bagger durchbrach die Bande den Begrenzungszaun und krachte durch ein geschlossenes Tor des Dome. Als sie die Ausstellung erreichten, warfen sie Rauchbomben. Mit Vorschlaghammer und Nagelpistolen wollten sie das Sicherheitsglas der Vitrinen zerstören und die Diamanten einsammeln. Anschließend sollte ein Schnellboot die Flucht über die Themse ermöglichen.

Doch dazu kam es nicht, denn versteckte Polizisten hatten die Diebe bereits erwartet und nahmen sie fest, bevor sie auch nur einen Diamanten in die Finger bekommen konnten. Die Bande war durch frühere Überfälle in der Gegend bereits ins Visier der Polizei geraten und war seit Wochen bei der Vorbereitung des Coups observiert worden.

Amateure, dachte Radulovic. Das könnte den Pink Panthern nicht passieren. Sie wechselten ständig ihre Namen, Aufenthaltsorte und Tatorte, benutzten Kryptohandys und sahen sich ständig nach Verfolgern um. Für ihn war es undenkbar, wochenlang von den Cops beschattet zu werden, ohne es zu bemerken.

Nach dem Mittagessen waren sie in der Suite zusammengekommen, und Radulovic hatte Aufträge verteilt. Loncar und Arsenijevic würden das Equipment für den Raub besorgen, also Rauchbomben, eine Nagelpistole, zwei Äxte und vier Maschinenpistolen. Die Nagelpistole und die Äxte könnten sie ganz legal in einem Baumarkt kaufen. Wegen der Rauchbomben und Maschinenpistolen würde Sandeep einen Kontakt zu einem Waffenhändler vermitteln. Drobnjak würde eine große Limousine für die Fahrt zum Atlantis beschaffen. Und einen schnellen Audi als Fluchtwagen. Er würde sie nachts von dem Parkplatz eines großen Autoverleihs stehlen. Mit dem Auto würden sie allerdings nach dem Coup nicht wieder von der Insel herunterkommen. Denn auf der einzigen Zufahrtsstraße zur Palmenspitze würde ihnen die Polizei entgegenkommen. Deshalb hatten sie im benachbarten Abu Dhabi ein Speedboot organisiert. Sandeep würde es herüberholen und damit am Strand auf sie warten.

Radulovic erwartete keine Probleme. Der Coup wäre gelaufen, und die Bande im Speedboot auf der Flucht, bevor sich auch nur der erste Streifenwagen auf den Weg zum Atlantis machen würde. Sie würden mit dem Boot zu einem verlassenen Strandabschnitt fahren, an dem Drobnjak den Audi abgestellt hätte. Mit dem würde es zum Flughafen von Abu Dhabi gehen. Von Dubai aus waren es nur 120 Kilometer bis dorthin. Die Polizei würde in Dubai nach ihnen suchen, nicht in der Nachbarstadt. Von dort würden sie am frühen Nachmittag zurück nach Europa fliegen.

Radulovic lächelte, als er aus dem Fenster auf die Zwillingstürme des Atlantis sah. Dort würde in drei Tagen der letzte Coup seines Lebens steigen.

DUBAI

MONTAG, 16. DEZEMBER 2019, 11:09 UHR

Sie würden sicher bald kommen.

Zum Modus Operandi der Pink Panther gehörte das vorherige Auskundschaften des Zielobjekts, hatte Adrian erzählt. Sie inspizierten die Diamanten und ihre Aufbewahrung, die Sicherheitsmaßnahmen und die Fluchtwege genau. Bei ihren bisherigen Überfällen waren sie im Nachhinein immer auf den Videos der Überwachungskameras beim Auskundschaften zu sehen gewesen. Da sie sich als ganz normale Kunden oder Besucher tarnten, waren sie jedoch nie jemandem aufgefallen.

Julia schlenderte nun schon seit zwei Stunden mit Adrian in der Ladenpassage herum, in deren Luxusgeschäften Kleidung, Schuhe und Juwelen angeboten wurden. Das war auf Dauer etwas frustrierend, wenn man nichts kaufen konnte. Sicher, ein Kleid, eine Halskette oder auch eine Handtasche hätten ihr schon gefallen, doch die Preise hier waren astronomisch. Das Lösegeld, es waren noch knapp 900 000 Euro übrig, würde sie natürlich nicht anrühren. Sie standen vor einem Geschäft, in dessen Schaufenster Rolexuhren und andere Edelmarken zu fünfstelligen Preisen angeboten wurden.

»Da sind sie!« Adrian deutete mit dem Kinn auf vier Männer, die aus Richtung des Haupteingangs kamen.

Adrian und Julia taten so, als ob sie sich für die hochpreisigen Uhren im Schaufenster interessieren würden, während sie tatsächlich die vier Männer in der spiegelnden Schaufensterscheibe beobachteten, die hinter ihnen vorbeigingen. Sie trugen Poloshirts und Jeans wie ganz normale Touristen.

»Niemand würde glauben, dass sie die meistgesuchten Juwelendiebe der Welt sind. Die Bande ist absolut skrupellos. Sie wird bei dem Besuch des Atlantis von Dutzenden Überwachungskameras aufgenommen werden. Wie schon so oft bei anderen Coups. Doch das scheint sie nicht im Geringsten zu stören«, sagte Adrian.

»Uns wird man auf den Überwachungsvideos aber auch sehen.«

»Wir sind genauso harmlose Touristen wie die vier Pink Panther.«

»Das wird Steinkamp sicher anders bewerten, falls er unsere Aufnahmen in die Finger bekommt.«

Julia sah den Männern nach. Drei waren in den Zwanzigern, einer in den Vierzigern. Das musste der Anführer sein. Einer von ihnen war groß und muskulös, die anderen von normaler Statur. Alle hatten Durchschnittsgesichter.

»Bist du sicher, dass sie es sind?«, fragte Julia.

»Ganz sicher. Ich habe mir die Überwachungsvideos ihrer früheren Coups genau angeguckt. Sie waren zwar maskiert, aber die Körperproportionen und ihre Gangarten stimmen überein.«

»Und diese Schweine haben meine Diamanten«, sagte Julia traurig.

Unauffällig folgten Adrian und Julia der Bande.

»Wo werden sie hingehen?«, fragte Julia.

»Vielleicht ins Spa für eine rosa Gesichtsmaske«, witzelte Adrian.

Die vier Männer steuerten zielstrebig zu der Diamantenausstellung. Sie warfen lange taxierende Blicke auf die beiden Security-Mitarbeiter und die Tresortür.

»Wir warten draußen. Der Tresorraum ist zu klein, um ihnen unauffällig zu folgen.«

»Wie lange werden sie brauchen?«

»Fünfzehn bis zwanzig Minuten. Sie werden sich die Vitrinen genau anschauen, ihre Verglasung, Sensoren und Kameras.«

»So wie du es im Grünen Gewölbe getan hast?«

»Das war der einfachste Weg, um auf Platz eins der Verdächtigenliste zu kommen«, sagte Adrian mit sarkastischem Unterton.

Sie standen im etwa vierzig Quadratmeter großen Vorraum und versuchten durch die offene Tresortür zu erkennen, was genau die Bande in dem Ausstellungsraum machte. Doch dort war es zu dunkel, um Genaueres zu sehen. Nur die mit Punktstrahlern beleuchteten Diamanten waren gut auszumachen. Die Besucher waren kaum mehr als sich bewegende Silhouetten.

Die beiden Security-Mitarbeiter links und rechts der Tresortür sahen mit stoischem Blick geradeaus. Sie erinnerten Julia an Wachsfiguren bei Madame Tussauds. Ein ständiger Strom an Touristen ging in den Tresorraum und kam wieder heraus. Die Diamantenausstellung war neben dem Aquarium der Besuchermagnet des Hotels. An der Wand hingen ein paar Infotafeln zu der Ausstellung, die sie gelangweilt besahen.

»Und was wird die Bande danach tun?«, fragte Julia.

»Sie werden … Fuck!« Adrian stieß sie in die Seite, als die Pink Panther schon nach fünf Minuten wieder herauskamen und direkt auf sie zusteuerten.

Beide sahen zum Ausgang des Vorraums, doch sie würden es nicht mehr rechtzeitig von hier wegschaffen.

Adrian packte Julia an den Schultern, schob sie an die Wand und küsste sie.

DUBAI

MONTAG, 16. DEZEMBER 2019, 11:29 UHR

Radulovic war zufrieden. Vom Hoteleingang bis zur Ausstellung würden sie dreißig Sekunden brauchen. Die beiden Security-Männer vor dem Tresorraum würden beim ersten Schuss Reißaus nehmen. Das sah man ihnen an. Drinnen hatte er die beiden Vitrinen mit Kennerblick gemustert und war zufrieden. Er schätzte die Glasstärke auf zwei Zentimeter. Die mit der Nagelpistole verschossenen Stahlstifte würden sie mühelos durchdringen. War das Glas durch die Löcher erst mal geschwächt, würde es für Branko ein Leichtes sein, die Scheibe mit der Axt einzuschlagen. Dann müssten sie nur noch die Diamanten einsammeln und verschwinden.

Ein Lächeln stahl sich auf sein Gesicht. Es war alles genau so, wie das Phantom es beschrieben hatte. Ihr Plan würde funktionieren. Das würde für den letzten Coup seines Lebens fast ein wenig zu einfach werden. Die Polizei brauchten sie nicht zu fürchten. Vorhin waren sie die Strecke vom nächsten Revier hierher abgefahren. Sie hatten fünfzehn Minuten gebraucht. Bis die Polizei eintraf, wären sie längst weg.

Gerade als sie aus dem Hotel ins Freie traten, klingelte sein Handy.

»Wie laufen die Vorbereitungen?«, fragte das Phantom.

»Sie sind abgeschlossen. Wir sind gerade im Atlantis und haben die Beute bewundert. Übermorgen werden wir zuschlagen.« Radulovic sah zur beeindruckenden Skyline von Dubai City.

»Exzellent. Ich weiß, Sie wollen aufhören, aber haben Sie schon mal an die Juwelen im Tower von London gedacht?«

»Die britischen Kronjuwelen sind legendär. Welcher Dieb von Ehre hat nicht schon mal an die wertvollste Sammlung von Diamanten und Juwelen der Welt gedacht?«

Radulovic bemerkte, dass die anderen drei aufmerksam zuhörten. Sie waren im Gegensatz zu ihm an weiteren Aufträgen des Phantoms interessiert.

»Wäre ein Einbruch in den Tower von London nicht ein fulminanter Abschluss Ihrer Karriere?«

Radulovic schwieg. Natürlich hatte er schon mal daran gedacht.

»Ich bin speziell an zwei Diamanten interessiert. Der Great Star of Africa ist mit 530 Karat der zweitgrößte geschliffene Diamant der Welt. Und der Koh-i-Noor, das steht für Berg des Lichts, gehört aufgrund seines besonderen Schliffs zu den wertvollsten Diamanten der Welt. Ich biete Ihnen für die beiden Diamanten zehn Millionen Euro.«

Radulovic musste schlucken. Das wären zweieinhalb Millionen für ihn. Die Finca und das Segelboot könnten ein paar Nummern größer ausfallen.

»Das wäre der größte Diamanten-Coup weltweit. Denken Sie an Ruhm, Ehre und das Geld«, versuchte ihn das Phantom zu locken. »Sie würden als größter Juwelenräuber in die Geschichte eingehen.«

»Ich weiß nicht«, sagte Radulovic ausweichend. »Die Kronjuwelen liegen auf Samtkissen gebettet hinter fünf Zentimeter dickem Panzerglas. Da kommt selbst Branko nicht durch. Außerdem gibt es jede Menge Überwachungstechnik und Wächter.« Er fürchtete, nicht nur der Coup, sondern auch die Gefängnisstrafe würde in das *Guinnessbuch der Rekorde* eingehen.

»Wenn es jemand schaffen kann, dann Sie und Ihre Männer.«

»Sie wissen schon, dass der Tower von London früher als Gefängnis und Hinrichtungsstätte genutzt wurde?«

»Sie sind doch sonst nicht so ängstlich.«

»Ich werde darüber nachdenken«, sagte Radulovic.

»Tun Sie das. Und für übermorgen viel Erfolg.« Das Phantom beendete das Gespräch.

»Das Phantom ist größenwahnsinnig geworden«, kommentierte Radulovic.

DUBAI

MONTAG, 16. DEZEMBER 2019, 11:29 UHR

Julia riss überrascht die Augen auf. Sie versuchte Adrian von sich wegzudrücken, doch ihre Arme waren in seiner ungestümen Umarmung gefangen. Schließlich schloss sie die Augen und öffnete vorsichtig die Lippen. Sie spürte, wie seine Zunge in ihren Mund glitt. Ein angenehmes Gefühl.

Nach einer halben Minute löste sich Adrian von ihr. Ihr Herz schlug bis zum Hals. So stürmisch war sie noch nie geküsst worden.

»Tut mir leid, ich sah keine andere Möglichkeit, unsere Enttarnung zu verhindern«, brachte Adrian als Entschuldigung hervor. »Ich bin als Experte in einem Dokumentarfilm über die Pink Panther aufgetreten. Den werden sie sicher auch gesehen haben.«

Julia war von dem Kuss noch atemlos und versuchte, sich zu beruhigen. Ihre Gedanken schossen wirr durch ihren Kopf. Sie wollte protestieren und zugleich nach mehr verlangen.

Doch Adrian hatte sich bereits abgewandt und folgte den Pink Panthern. Julia blieb stehen. Sie musste sich erst einen Moment sammeln.

Adrian hielt am Ausgang des Vorraums an, drehte sich um und rief: »Kommst du?«

Julia und Adrian hefteten sich wieder an die Fersen der Pink Panther. Vom Kongress Center gingen die vier Männer zielstrebig durch die Poolanlage zum Strand. Der Anführer telefonierte mit seinem Handy, dann warteten sie. Ein Speedboot raste nach fünf Minuten auf den Strand zu. Kurz vor der Wasserlinie verlangsamte es und drehte einen Vollkreis. Der Bootsführer winkte zu ihnen rüber, der Anführer der Bande machte ein Daumenhoch-Zeichen. Dann gab der Speedboot-Führer wieder Vollgas und verschwand auf dem Meer.

»Mit dem Boot werden sie flüchten«, sagte Adrian.

Hatte die Bande beim Grünen Gewölbe einen Audi S6 als Fluchtfahrzeug genutzt, war es diesmal ein schnelles Motorboot. Ziemlich gerissen, fand Julia.

Die Pink Panther gingen vom Strand zielstrebig zum Hauptausgang, stiegen dort in einen großen Mercedes und verschwanden.

»Jetzt, wo sie die Ausstellung und die Fluchtmöglichkeiten ausgekundschaftet haben, bleibt nur noch die Frage, wann sie zuschlagen?«, sagte Julia.

»Bald, sehr bald.«

DUBAI

MONTAG, 16. DEZEMBER 2019, 17:13 UHR

Julia und Adrian gingen am Strand spazieren. Im Westen färbte sich der Himmel golden. Am Horizont war die glitzernde Skyline von Dubai mit dem Burj Khalifa zu sehen.

Julia war aufgeregt. Zum einen wegen des bevorstehenden Diamanten-Coups, zum anderen wegen Adrian.

»Wie sieht unser Plan aus?«, fragte sie.

»Wir werden die Pink Panther in flagranti überraschen und sie dazu bewegen, uns zu verraten, wer hinter den Diamanten-Coups steckt und wo sie die Beute versteckt haben.«

Adrian trug blaue Badeshorts und wirkte zuversichtlich. Julia hatte sich im Hotel einen knappen roten Badeanzug gekauft. Um die Hüfte hatte sie ein farbenfrohes Tuch gewunden. Sie atmete die salzige Meeresluft ein und versuchte, den Kopf klar zu bekommen. Das Geräusch der kraftvollen Brandung beruhigte sie etwas.

»Wir zwei allein gegen vier Männer, die vermutlich bewaffnet sein werden? Hältst du das wirklich für eine gute Idee?« Julia bemühte sich, nicht besorgt zu klingen, obwohl ihr Adrians Plan wahnwitzig vorkam.

»Es reicht, wenn wir uns einen von ihnen greifen. Einer wird vor dem Tresor Schmiere stehen, während die anderen drei drinnen die Vitrinen aufbrechen.«

»Und dann verrät der uns einfach so das Versteck?«

»Ich werde ihn überzeugen, dass es für seine Gesundheit besser ist, wenn er auspackt.« Adrian ballte beide Fäuste.

»Wie oft trainierst du eigentlich?« Für einen Professor im Alter von 47 Jahren hatte er eine ziemlich gute Figur. Und er konnte kämpfen, wie sie im Park erlebt hatte.

»Drei Mal in der Woche.«

Julia blieb stehen und schaute ihn an. Die Abendsonne schimmerte in seinen blonden Haaren. Er senkte seine Augen tief in ihre. Diese Augen, die blauer als eine Lagune auf den Bahamas waren, passten perfekt hierher. Und er konnte küssen, dass einem glatt die Luft wegblieb. Sie legte den Kopf ein wenig in den Nacken und öffnete ihre Lippen.

»Und was machen wir jetzt?«, hauchte Julia.

»Abendessen.«

»Und dann?«

»An der Bar einen Whisky trinken.«

Nun ja, an seinem Romantikfaktor müsste er noch arbeiten.

DUBAI

MITTWOCH, 18. DEZEMBER 2019, 10:29 UHR

Der Mercedes der S-Klasse hielt mit quietschenden Reifen vor dem Hoteleingang. Vier schwarz vermummte Männer sprangen heraus und stürmten in das Atlantis.

Radulovic bemerkte die erschreckten Gesichter der Empfangsmitarbeiter in der prächtigen Lobby. Man hätte die Männer für ein SWAT-Team halten können. Sie trugen schwarze Kampfanzüge mit Schutzwesten, Gasmasken und Maschinenpistolen. Der Empfangschef griff hektisch zum Telefon. Aber es würde ihm nichts nützen. Die Polizei würde vom Festland kommen und mindestens fünfzehn Minuten bis zur Spitze der Palminsel brauchen. Dann wären sie längst über alle Berge. Sandeep wartete keine hundert Meter entfernt in einem Speedboot mit laufendem Motor am Strand des Atlantis.

Radulovic und sein Team bogen nach rechts in Richtung der Diamantenausstellung ab. Im Hotelgang pressten sich Gäste ängstlich an die Wände, manch Mutige machten Handyvideos. Sie würden später bei YouTube auftauchen.

Als sie den Tresorvorraum erreichten, hörte Radulovic draußen eine Explosion. Arsenijevic hatte den Mercedes mit einem Fernzünder gesprengt. Das war einerseits ein Ablenkungsmanöver, sollte andererseits aber auch das Auffinden ihrer DNA verhindern. Er las die Zeit von seiner Armbanduhr ab. Ab jetzt in spätestens fünf Minuten mussten sie im Speedboot sitzen. Im Vorraum standen zwei Security-Mitarbeiter Wache, im Ausstellungsraum selbst war gut ein Dutzend Besucher.

Radulovic und Arsenijevic feuerten jeweils eine Garbe aus ihren Maschinenpistolen in die Decke. Gleißend helle Mündungsfeuer, ohrenbetäubender Lärm. Putz rieselte herunter. Ein Strom leerer Patronenhülsen klackerte auf den Boden. Der Raum füllte sich mit Pulverdampf. Loncar und Drobnjak warfen Rauchgranaten. Panik brach aus. Die Security-Mitarbeiter rannten noch vor den Besuchern weg. Durch die gewaltige Explosion und die MP-Salven mussten sie glauben, hier sei der dritte Weltkrieg ausgebrochen. In nicht einmal zehn Sekunden waren Vorraum und Tresor leer. Weißer Rauch breitete sich im Vorraum aus.

Während Drobnjak draußen Wache hielt, liefen die anderen drei in den Tresorraum. Arsenijevic schaltete seine Stirnlampe an. In den Händen hielt er eine futuristische orange-schwarze Nagelpistole. Sie hatte ein 40-Schuss-Magazin, wurde mit einer Hochdruckgaskartusche betrieben und wog fünf Kilo. Er setzte ihre stählerne Mündung auf das Glas der ersten Vitrine und presste sie dagegen. Man konnte damit Nägel in Holz, Beton und sogar Stahl schießen. Dann zog er den Abzug. Das komprimierte Gas katapultierte einen Nagel heraus. Es klang wie ein leiser Schuss. Arsenijevic spürte den Rückstoß. Der Nagel durchschlug das Glas und bohrte ein kleines Loch hinein. Erfreut drehte er sich zu den anderen um. Dann feuerte er wieder und machte ein weiteres kleines Loch. Er setzte ein drittes kleines Loch daneben. Die drei Löcher bildeten ein Dreieck.

Dann schob ihn Loncar zur Seite und holte mit seiner Axt über dem Kopf aus. Seine Muskelberge beschleunigten den zweieinhalb Kilogramm schweren Axtkopf auf hundert Stundenkilometer. Dessen Spitze schlug genau in der Mitte zwischen den drei Löchern ein. Die kinetische Energie ließ ein Stück Glas herausfliegen. Mit aller Kraft schlug er erneut zu. Und dann noch einmal. Nach nur fünf Schlägen prangte ein faustgroßes Loch in dem Glas.

Radulovic sah auf seine Armbanduhr. Seit Betreten des Hotels waren neunzig Sekunden vergangen. Sie lagen also absolut im Zeitplan. Die Vitrine hatte wie erwartet nicht lange standgehalten.

In der Mitte thronte der eigroße Galactic-Star-Diamant. *Komm und hol mich heraus!*, schien er zu rufen. Loncar schob vorsichtig seine Hand durch das gezackte Loch, wobei er aufpasste, nicht gegen die spitzen Glasränder zu kommen. Vom Loch bis zum Diamanten waren es fünfzig Zentimeter. Während seine Hand und das Handgelenk gut durch die Öffnung passten, wurde es immer schwieriger, je stärker sein Unterarm wurde. Sein Bodybuilding erwies sich hier als Nachteil. Zentimeter um Zentimeter schob er seinen Arm weiter hinein. Er öffnete die Hand. Der Diamant schien zum Greifen nahe. Doch dann schnitt das scharfe Glas in seine Haut ein. Er musste einsehen, dass das Loch nicht groß genug für seinen muskelbepackten Arm war.

Er war nur noch Zentimeter von dem Diamanten entfernt.

DUBAI

MITTWOCH, 18. DEZEMBER 2019, 10:30 UHR

»Es geht los!«, raunte Adrian, als die ersten MP-Salven losratterten.

Adrian und Julia hatten mit Basecaps und Sonnenbrillen verkleidet in der Lobby auf die Pink-Panther-Bande gewartet. Vor einer Minute hatten sie die vier Männer in schwarzen Kampfanzügen ins Atlantis stürmen sehen.

Sie liefen in Richtung des Tresorraums. Panische und hustende Menschen kamen ihnen entgegengerannt.

Adrian und Julia pressten sich Tücher vor Mund und Nase. Die Sicht war wegen der Rauchentwicklung schlecht. Schemenhaft konnte Adrian eine Person vor der offenen Tresortür stehen sehen. Er hatte eine normale Figur. Seine Ohren standen seitlich von der Gasmaske ab. Das wird der Fahrer sein, vermutete Adrian. Er hatte ihn auf dem Foto einer Überwachungskamera bei einem früheren Überfall am Steuer des Fluchtwagens gesehen. Der Segelohrträger schien kein großer Kämpfer zu sein, hielt aber eine Maschinenpistole in den Händen.

Adrian bedeutete Julia, stehen zu bleiben, denn sie konnte ihm jetzt nicht mehr helfen. Er schlich sich an der linken Wand entlang und behielt dabei den Fahrer im Blick. Die Maske mochte ihn vor dem Gas schützen, doch sie begrenzte sein Sichtfeld erheblich. Er brachte die Panzertür zwischen sich und den Fahrer. In deren Deckung schlich er sich von der Seite heran.

Jetzt war nur noch die Tresortür zwischen Adrian und dem Fahrer. Er konnte dessen Füße unter der Tür sehen.

Die Abluftanlage hatte inzwischen das Rauchgas weitestgehend beseitigt.

Adrian schoss wie ein Blitz um die Panzertür herum. Er sah die weit aufgerissenen Augen des Fahrers unter der Gasmaske. Er schlug ihm seine rechte Faust ins Gesicht. Das linke Glas der Gasmaske zersplitterte unter seinen Knöcheln.

Dann griff Adrian mit beiden Händen nach der Maschinenpistole. Erst riss er sie nach unten, dann nach oben, doch der Kerl wollte sie nicht loslassen.

Der Fahrer riss sein Bein hoch und traf Adrian in die Seite. Schockwellen von Schmerz breiteten sich von seiner Niere aus. Doch Adrian biss die Zähne zusammen und rammte dem Fahrer den Ellbogen gegen die Schläfe. Ein wuchtiger Ellbogenstoß gegen die Kehle wäre effektiver gewesen, aber der Typ sollte ihnen noch verraten, wo die Diamanten aus dem Grünen Gewölbe waren. Mit einem zerschmetterten Kehlkopf könnte er das nicht mehr.

Der Fahrer schwankte, aber blieb stehen. Dann ließ er die Maschinenpistole los, die mit einem lauten Scheppern auf den Marmorboden fiel. Adrian trat sie rasch mit dem Fuß weg.

Adrian wollte ihn gerade mit der Faust endgültig zu Boden schicken, da sah er den Schläger der Truppe mit gesenktem Kopf wie eine Dampframme auf ihn zurennen. Er schätzte den Muskelberg auf über hundert Kilogramm Lebendgewicht. Offensichtlich war er derjenige, der in kürzester Zeit Glasvitrinen mit einer Axt zertrümmerte.

Als der Hüne auf ihn zustürmte, drehte sich Adrian zur Seite, holte mit dem rechten Bein aus und rammte ihm seinen Schuh in den Solarplexus. Der Tritt stoppte den Mann auf der Stelle. Er krümmte sich vor Schmerzen vornüber, hustete, richtete sich aber gleich wieder auf.

Der Riese holte mit dem rechten Arm zu einem gewaltigen Rundschlag aus. Adrian duckte sich zur Seite. Er spürte den Luftzug seiner Faust knapp über seinem Kopf.

Adrian drehte sich aus der Hüfte heraus, katapultierte sich in die Luft und rammte dem Schläger den rechten Ellbogen mit aller Wucht auf den Nasensattel. Augenblicklich schoss Blut aus den Nasenlöchern.

Der Schläger stolperte benommen rückwärts und bemühte sich verzweifelt, sein Gleichgewicht zu halten. Adrian verpasste ihm noch einen Faustschlag auf die Nase. Er spürte, wie Knochen und Knorpel knirschend nachgaben. Sein Kopf flog nach hinten, und er wankte benommen rückwärts in den Tresorraum zurück.

Der Fahrer hatte sich inzwischen erholt und wollte gerade seine Maschinenpistole wieder aufheben. Doch Adrian rannte zu ihm und sprang ihn aus dem Lauf heraus an. Beide gingen zu Boden.

Der Fahrer bekam die Maschinenpistole zu fassen und zog sie an sich. Adrian packte sie ebenfalls mit beiden Händen. Die beiden Männer rangen auf dem Boden um die Waffe. Der Typ drehte den Lauf in Adrians Richtung und drückte ab. Ein Feuerstoß versengte ihm die Haare und machte ihn für einen Augenblick taub. Das Geschoss traf nicht ihn, sondern ging in die Decke.

Adrian sah, wie Julia zu dem Notschließhebel lief und ihn nach unten drückte.

»NEIN!«

DUBAI

MITTWOCH, 18. DEZEMBER 2019, 10:31 UHR

Die Situation eskalierte.

Radulovic warf einen schnellen Blick auf seine Armbanduhr. Sie mussten zum Ende kommen, die Diamanten einsacken und abhauen. In spätestens zweieinhalb Minuten mussten sie mit der Beute in das am Strand wartende Speedboot steigen und fliehen.

Im Vorraum hatte sich ein wilder Kampf entwickelt. Ein unbewaffneter Tourist hatte Drobnjak angegriffen. Das sollte eigentlich kein Problem sein. Er war zwar nicht der größte Kämpfer, aber er war mit einer Maschinenpistole bewaffnet. Loncar hatte den Versuch, den Galactic-Star-Diamant aus der Vitrine zu holen, aufgegeben und sich eingemischt. Doch anstatt die Sache zu klären, hatte er einen Faustschlag ins Gesicht bekommen und war mit einer gebrochenen Nase benommen zurück in den Tresorraum getaumelt. Draußen rangen Drobnjak und der Tourist weiter miteinander.

Radulovic ermahnte sich zur Ruhe, er musste einen kühlen Kopf bewahren. Wichtig war der Galactic Star, auf seine kleineren Ableger in der zweiten Vitrine würden sie womöglich verzichten müssen.

»Stanislav, vergrößere das Loch und hol den Diamanten heraus.«

Das Wiesel setzte die Nagelpistole wieder an der Vitrine an.

Radulovic schätzte, Arsenijevic würde den Diamanten in 30 Sekunden herausgeholt haben.

Radulovic entsicherte seine MP und marschierte los.

Die Situation im Vorraum würde er jetzt selbst klären. Notfalls würde er ihnen den Fluchtweg frei schießen.

DUBAI

MITTWOCH, 18. DEZEMBER 2019, 10:32 UHR

Adrians Ruf kam zu spät. Augenblicklich ging ein rotes Blinklicht über der Tresortür an, und sie begann sich zu schließen.

Adrian gelang es, dem Mann die MP zu entreißen. Mit einem Satz waren beide auf den Beinen. Bevor Adrian zielen konnte, trat der Fahrer zu, und die MP flog ihm aus der Hand. Sie schlitterte über den Marmorboden.

Mit großen Schritten sprang Adrian in Richtung Waffe und streckte die Hand nach ihr aus. Da umklammerte der Mann ihn von hinten. Mit einem kräftigen Ellbogenstoß gegen die Brust befreite Adrian sich.

Gleichzeitig schloss sich die Tresortür mit einem dumpfen Knall, und Adrian hörte, wie die Riegelbolzen einrasteten.

Endlich gelang es Adrian, die MP aufzuheben. Er hatte sie gerade in den Händen, da sprang der Fahrer ihn wieder an. Beide Männer rangen um die MP über ihren Köpfen.

Ein Schuss löste sich und ging in die Decke. Ein Hagel von Gesteinssplittern prasselte auf sie nieder.

Ein Ellbogencheck stieß den Mann weg.

Doch der Typ war schnell. Bevor Adrian sich mit der MP in den Händen umdrehen konnte, trat er ihm in die Kniekehle.

Adrian ging zu Boden. Der Mann sprang auf ihn.

Der Fahrer riss die Maschinenpistole an sich. Beide Männer rangen am Boden liegend um die Waffe. Mit der Hand fegte ihm der Mann die Brille aus dem Gesicht. Adrian konnte nur noch verschwommen sehen. Seine Finger glitten vom Schaft ab und verfingen sich im Abzug.

Die Waffe ging los, ohrenbetäubend laut und gewaltig hallte der Schuss durch den Vorraum.

Die Kugel traf den Fahrer unter dem Kinn. Sie schoss durch seinen Mund und durchschlug das Großhirn. An der Schädeloberseite trat sie wieder aus, flog weiter und schlug in die Wand ein. Der Kopf des Fahrers wurde zurückgeschleudert, Blut schoss ihm aus dem Mund. Das Projektil hatte auf seinem Weg durch den Schädel ein massives Gehirntrauma verursacht. Er verdrehte die Augen, und sein Körper erschlaffte.

Adrian griff nach der am Boden liegenden Brille und setzte sie wieder auf. Dann stand er verdattert auf. Er sah zu der Leiche vor seinen Füßen, dann zu der verschlossenen Tresortür. Ohne Schlüssel und Kombination hatten sie keine Chance, ihn zu öffnen. Und in Kürze würde es hier von Polizisten nur so wimmeln.

Julia kam zu ihm gelaufen.

»Ist dir eigentlich klar, was du getan hast?«, herrschte Adrian Julia an.

»Ich wollte dich nur vor der Rückkehr des Schlägers bewahren.«

»Na toll, jetzt gibt es niemand mehr, den wir nach den Juwelen aus dem Grünen Gewölbe befragen können.«

Entfernt war das Aufheulen von Sirenen zu hören.

»Wir müssen hier weg!«

DUBAI

MITTWOCH, 18. DEZEMBER 2019, 10:51 UHR

Das zwölf Mann starke Sondereinsatzkommando nahm im Vorraum Aufstellung. Um die Ecke warteten weitere zwanzig Streifenpolizisten. Der Einsatzleiter hatte von einem der Security-Männer erfahren, dass sich drei der Täter in dem Tresorraum befanden. Links neben der Tresortür lag die Leiche eines vierten, neben ihm eine Maschinenpistole. Er vermutete, dass die Männer im Tresor ebenfalls bewaffnet waren. Außerdem hatte er vom Hotelmanager den Schlüssel und die Kombination für die Tresortür bekommen.

»Legt an«, sprach der Einsatzleiter in sein Kehlkopfmikro.

Zehn Sturmgewehre Colt M4 wurden auf die Tresortür gerichtet.

»Tür öffnen.«

Einer seiner Männer ging zur Tür. Er las den Zahlencode von einem Zettel ab und gab ihn ein. Die roten Lichter sprangen auf Grün um. Dann steckte er den Schlüssel in das Schloss und drehte ihn herum. Mit einem hörbaren Klacken entriegelte das Schloss.

Der Einsatzleiter sah zu seinen Männern, die mit ihren Gewehren im Anschlag konzentriert auf die Tür zielten. Beim geringsten Anzeichen von Gegenwehr würden sie mit neunhundert Schuss pro Minute auf die Täter im Tresor feuern.

Der SEK-Mann an der Tresortür wandte sich um. Der Einsatzleiter gab ihm mit hochgerecktem Daumen das Okay-Zeichen. Dann drehte er am Handrad und zog die Panzertür auf. Sie wog Tonnen und ließ sich nur langsam öffnen.

Der Einsatzleiter sah zunächst nur Schwärze, dann die beiden beleuchteten Glasvitrinen. Der Plan war, den Diamantendieben die Gelegenheit zu geben, freiwillig herauszukommen. Wenn sie das nicht täten, würden sie Blendgranaten in den Tresorraum werfen und ihn stürmen.

»Hier spricht die Polizei. Kommen Sie mit erhobenen Händen heraus!«, rief der Einsatzleiter.

Er zählte im Geiste einen Countdown von zehn Sekunden runter. Dann würde er den Befehl zum Stürmen geben. Der SEK-Mann, der die Tresortür geöffnet hatte, war daneben stehen geblieben und hielt zwei Blendgranaten in den Händen.

Der Einsatzleiter war bei zwei angekommen, als drei Männer mit erhobenen Händen herauskamen. Sie waren unbewaffnet und ließen sich widerstandslos festnehmen.

DUBAI

MITTWOCH, 18. DEZEMBER 2019, 10:57 UHR

Das rauchende Autowrack war das Erste, was Steinkamp sah, als er mit Vogt aus dem Taxi stieg. Die Feuerwehr war gerade dabei, die letzten Flammen zu löschen. Beißender Rauch hing in der Luft. Die Fenster des Haupteingangs des Hotels waren herausgesprengt worden, die sandgelbe Fassade war rußgeschwärzt. Überall lagen Trümmer herum. Auf einer Bank saß eine Frau, die sich ein blutiges Tuch an den Kopf presste. Ein verletzter Mann wurde von zwei Sanitätern auf eine Trage gehievt. Ein klassisches Ablenkungsmanöver, wie der brennende Stromkasten unter der Augustusbrücke.

»Chef, wir kommen zu spät«, bemerkte Vogt.

»Das sehe ich selbst.«

»Hier müsste man mal Urlaub machen«, sagte Vogt, als sie im Hotel an einem riesigen Aquarium voller Haie und Rochen vorbeikamen.

»Vergiss es, das Atlantis liegt weit über unserer Gehaltsklasse.«

Als Steinkamp und Vogt den langen Gang in Richtung Ausstellung entlangeilten, kam ihnen ein Trupp Polizisten entgegen. Sie führten drei Männer in Handschellen ab. Der Hüne von ihnen hatte eine blutige Nase. Ihnen folgte eine Bahre mit einem Leichensack darauf.

»Kennen wir die?«, fragte Vogt.

»Nie gesehen.« Der Gedanke schmerzte Steinkamp. Denn falls das die gesuchten Diamantenräuber waren, hatten sie die ganze Zeit falschgelegen.

Der Vorraum des Tresors war mit Flatterband abgesperrt. Zwei Polizisten standen Wache. Steinkamp sah die Männer der Spurensicherung in ihren weißen Overalls bei der Arbeit. Auf dem weißen Marmorboden stach eine Blutlache hervor. In der Decke waren zahlreiche Einschusslöcher zu sehen. In dem Tresor konnte Steinkamp eine Vitrine mit einem Loch erkennen, an der weitere Spurensicherer arbeiteten. In ihrer Mitte funkelte ein großer Diamant. Der Raub war nicht geglückt und hatte blutig geendet, schlussfolgerte Steinkamp. Doch wo waren Falke und Graf, die sie eigentlich suchten?

Steinkamp fragte sich zum Einsatzleiter durch, der sich in der Sicherheitszentrale des Hotels befand. Er stand dort vor einer großen Monitorwand und sah sich das Tatvideo an. Auf Steinkamps Wunsch ließ er es noch mal von vorne abspielen. Das Video zeigte auf der linken Hälfte den Vorraum und auf der rechten den Tresorraum.

Die Bande schoss mit MPs in die Luft und warf Rauchgranaten. Die Besucher und auch die Security ergriffen panisch die Flucht. Während ein Mann draußen Wache stand, machten die Männer im Tresor sich daran, die Vitrine gewaltsam zu öffnen. Nach Statur und Körperbau hatten sie eine gewisse Ähnlichkeit mit den Einbrechern im Grünen Gewölbe. Nach der Zeitanzeige des Videos dauert es nur 27 Sekunden, bis sie ein faustgroßes Loch in die erste Vitrine geschlagen hatten. Es war das gleiche brutale Vorgehen wie schon im Grünen Gewölbe. Plötzlich griff ein Mann in Zivil das Bandenmitglied an, das vor dem Tresor Schmiere stand. Was folgte, war ein wilder Kampf.

»Erkennst du ihn?«, fragte Vogt.

»Blöde Frage. Ich sehe selbst, dass das Falke ist.«

Ein Hüne kam aus dem Tresor und mischte sich in den Kampf ein. Mit ein paar Schlägen gelang es Falke, ihn zurück in den Tresor zu treiben. Graf trat ins Bild und zog an einem roten Hebel, worauf sich der Tresor schloss. Dann ging der Kampf zwischen Falke und dem ersten Mann weiter. Auf dem Boden rangen sie um eine MP, als sich ein Schuss löste und das Bandenmitglied mit einem Kopfschuss liegen blieb. Danach liefen Falke und Graf weg.

Der Blick aus Vogts tränensackumrandeten Augen glich einem stummen Vorwurf.

»Ja, ich weiß. Ich habe mich geirrt. Falke und Graf sind unschuldig«, sagte Steinkamp.

DUBAI

MITTWOCH, 18. DEZEMBER 2019, 11:04 UHR

»Wir müssen hier verschwinden«, sagte Adrian, während er im Hotelzimmer seinen Koffer aufs Bett warf.

Julia sah ihn fragend an.

»Als wir geflüchtet sind, habe ich aus den Augenwinkeln Steinkamp und seinen Partner eintreffen sehen. Sie sind uns dicht auf den Fersen.«

»Was ist mit den Pink Panthern und unseren Juwelen?«

»Ich habe gerade einen Mann getötet. Auf der MP sind meine Fingerabdrücke. Wir müssen sofort weg hier.«

»Das war Notwehr.«

»Ich habe wenig Lust, in Dubai ins Gefängnis zu gehen und vor Gericht meine Unschuld beweisen zu müssen.«

Julia sah ängstlich zur Tür, als ob die Kommissare jeden Augenblick hereinstürmen könnten. »Wie sieht dein Plan aus? Wo sollen wir denn jetzt hin?«

»Erst mal nur weg hier. Wir nehmen den nächsten Flug, egal wohin. Dann müssen wir weiter überlegen.« Adrian warf Kleidung aus dem Schrank in seinen Koffer.

Julia holte ebenfalls ihren Koffer und begann zu packen. »Schade, dass wir die Pink Panther nicht mehr nach dem Verbleib der Dresdner Juwelen befragen können.«

Adrian ballte die Fäuste und spürte, wie sein Blutdruck stieg. Er hatte Mühe, sich zu beherrschen, und wollte eigentlich nicht mit Julia streiten.

»Die Bande im Tresor einzusperren war eine Superidee. Herzlichen Glückwunsch!«

»Ich wollte dir doch nur helfen ... Damit der Hüne nicht wiederkommt ...« Julia machte eine entschuldigende Geste.

»Mit dem wäre ich schon fertiggeworden.«

»Niemals, du Angeber! Der hätte dich plattgemacht.« Julia schoss ihm einen wütenden Blick zu.

»Frau Neunmalklug. Was hättest du denn gemacht?«

»Jedenfalls nicht den Mann vor dem Tresor erschossen.«

»Das war ein Unfall. Beim Gerangel mit dem Typ hat sich mein Finger im Abzugsbügel verfangen.«

»Das hätte nicht passieren dürfen.«

»Wir jagen ein Phantom!«, rief Adrian mit lauter Stimme. Er konnte nicht mehr an sich halten. »Ich hatte gehofft, über die Pink-Panther-Bande herauszufinden, wer hinter dem Einbruch ins Grüne Gewölbe steckt. Doch dank dir hat sich die Sache zum Fiasko entwickelt.«

»Ich rette dir den Arsch, und du gibst mir auch noch die Schuld?«, schrie Julia mit zorngerötetem Gesicht.

»Die Pink Panther waren die einzige Spur zu deinen Juwelen, und du hast sie zerstört ...«

Tränen schimmerten in Julias Augen, und sie setzte sich aufs Bett.

Adrian war den Streit leid. Er setzte sich auf einen Sessel und atmete ein paar Mal tief ein und aus.

»Wie sollen wir die Diamanten jetzt noch finden?«, fragte Julia mit belegter Stimme. Sie umschlang ihre Knie mit den Armen und presste sie fest an ihre Brust.

»Ich weiß es nicht.« Adrian ballte in ohnmächtiger Verzweiflung die Fäuste und starrte aus dem Fenster. »Ich weiß nur, dass wir so schnell wie möglich hier wegmüssen.«

Auf der schnurgeraden Straße zwischen Festland und Hotel näherten sich weitere Polizeifahrzeuge.

ANTWERPEN

DONNERSTAG, 19. DEZEMBER, 19:57 UHR

Ein Dutzend verrosteter Stahlskelette alter Hafenkräne reckte sich in den Nachthimmel. Ihre filigrane Konstruktion hob sich vor dem Vollmond ab. Vor den Kränen lag ein leerer Parkplatz, dahinter floss die Schelde träge dahin. Von dem Kopfsteinpflaster des Parkplatzes über die Kräne, den Fluss bis zum Mond war alles grau.

Adrian und Julia stiegen aus dem Mietwagen. Mit hämmernden Herzen waren sie durch die Passkontrolle am Dubaier Flughafen gegangen. Sie hatten ohne Probleme passieren können. Sie waren mit Emirates von Dubai nach Brüssel geflogen. Dort hatten sie sich einen Mietwagen genommen und waren nach Antwerpen gefahren.

Adrian sah zu den in einer Reihe dicht an dicht stehenden Kränen.

»Eine unheimliche Gegend«, flüsterte Julia leise. »So gottverlassen.«

»Genau deshalb hat der Informant sich diesen Treffpunkt ausgesucht.«

Adrian spürte ihre suchenden Finger an seinen. Er nahm ihre Hand. Sein Groll über das Schließen des Tresors war inzwischen verraucht.

»Du hast Angst?«

»Ein bisschen.«

Adrian nahm sie in den Arm. »Brauchst du nicht. Es ist einfach nur ein konspiratives Treffen zwischen uns und einem Kriminellen an einem abgelegenen Ort. Das ist nicht gefährlicher als ein Abendessen bei Hannibal Lecter.«

»Deine Scherze waren auch schon mal besser.«

Julia sah ihn fragend an und er verstand. Er drückte sie an sich und küsste sie sanft auf die Stirn. »Hab keine Angst.«

Adrian löste sich nach einer gefühlten Ewigkeit wieder von ihr.

»Welcher Kran ist es?«, fragte Julia noch etwas verunsichert.

»Nummer 299.«

Beide suchten mit den Augen die Kräne ab. Es war schwierig, in der Dunkelheit etwas zu erkennen.

»Da!«, sagte Julia und zeigte auf einen Kran links von ihnen.

Sie gingen zu ihm hinüber. Eine Stahlleiter führte nach oben. Adrian sah sich noch einmal um. Weit und breit war keine Menschenseele zu sehen.

Adrian kletterte die Leiter hoch, Julia folgte ihm. In luftiger Höhe erreichten sie das Führerhaus. Sie zwängten sich hinein. Stefan Pinkas erwartete sie bereits. Er saß auf einem Stuhl vor dem Führerstand.

»Das ist Stefan, und das ist meine Partnerin Julia«, stellte Adrian die beiden einander vor. Im Führerhaus war es dunkel und kalt. Adrian hoffte, dass das Treffen nicht allzu lange dauern würde. Er sah, dass Julia sich fröstelnd die Hände rieb.

Stefan sah durch das Fenster angestrengt auf den Parkplatz, auf dem nur der Mietwagen stand, und dann auf den Fluss.

»Es ist euch auch niemand gefolgt?«

»Nein, wir sind sauber.« Sein Informant wurde auch langsam paranoid. Kein Wunder, wenn man auf einer Millionenbeute saß und ständig Angst haben musste, dass sie einem wieder weggenommen wurde.

»Ich habe mit einem Mann gesprochen, dem Boucher ein Schmuckstück aus dem Grünen Gewölbe angeboten hat. Er hat es fotografiert.«

Stefan zückte sein Handy und hielt es Adrian und Julia hin.

»Das ist ein Rockknopf von 1753. Ein großer Diamant in einem Kreis aus neunzehn Kleindiamanten, eingefasst in Silber«, sagte Julia.

»Und der Rockknopf stammt aus dem Grünen Gewölbe?«, fragte Adrian.

»Aber ja, er gehört zur Diamantrosengarnitur.« Adrian sah Julia im Schein des Handys versonnen lächeln.

»Stefan, wer ist der Kaufinteressent?« Adrian hoffte, über ihn an Boucher heranzukommen.

»Tut mir leid, das darf ich nicht verraten. Aber vielleicht fragt ihr Boucher selbst. Der ist nämlich noch in der Stadt und sucht nach Käufern für eure Juwelen. Geht morgen zur Diamantenbörse.«

ANTWERPEN

DONNERSTAG, 19. DEZEMBER, 22:30 UHR

Adrian und Julia übernachteten in einem Stadthotel in Antwerpen. Sie hatten in einem Restaurant zu Abend gegessen und sich dann in ihre getrennten Zimmer zurückgezogen. Adrians Blick wanderte durchs Fenster hinüber zur Liebfrauenkathedrale. Über seinem Bett hing eine Replik eines Wandgemäldes von Rubens. Das Hotel hatte Stil.

Da klopfte es plötzlich an seiner Tür. Adrian schlich leise über den Holzfußboden. Er sah auf die Uhr, 22:30 Uhr. Wer mochte so spät noch stören?

Als Adrian die Tür öffnete, stand Julia vor ihm. Einen Augenblick war er überrascht. Er sagte nichts.

»Ich kann nicht schlafen. Darf ich reinkommen?«

»Ja, natürlich.« Adrian öffnete die Tür ganz, und Julia ging an ihm vorbei ins Zimmer. Ein Hauch von zartem Vanille-Duft streifte ihn. Er hatte nicht damit gerechnet, sie vor dem Frühstück wieder zu sehen.

In dem kleinen Zimmer gab es keine Sitzecke. Also nahm Julia kurzerhand auf dem Bett Platz. Adrian machte die Tür zu und blieb stehen.

»Meinst du, wir finden Boucher morgen auf der Diamantenbörse?«, fragte Julia. In ihre Augen war ein aufgeregtes Funkeln getreten.

»Du hoffst, wir bekommen die Juwelen von ihm zurück?« Adrian war aufgefallen, dass Julia seit dem Treffen mit dem Informanten aufgekratzt war.

»So nah waren wir den Juwelen noch nie. Sie sind noch nicht zerlegt worden und befinden sich offensichtlich hier in Antwerpen.«

»Ich denke schon. Er wird auftauchen, um die Diamanten zu verkaufen. Und so riesig ist die Diamantenbörse nicht, dass er uns entgehen könnte.«

Julia nickte, Adrian stand weiter an der Tür, ein unbehagliches Schweigen trat ein.

»Möchtest du sonst noch etwas besprechen?«, fragte Adrian.

Julia blickte zu Boden.

»Nein, aber ich möchte noch einen von deinen legendären Küssen.«

»Okay, aller guten Dinge sind drei.«

»Wir haben uns erst einmal geküsst.«

»Ich habe den Aufwachkuss morgen früh schon mitgezählt.«

Adrian schloss die Tür ab. Als Julia hörte, wie sich der Schlüssel drehte, hob sie den Kopf und sah ihm erwartungsvoll in die Augen.

Adrian spürte, wie sich sein Puls beschleunigte, als er sich dem Bett näherte.

ANTWERPEN

FREITAG, 20. DEZEMBER, 14:31 UHR

Diamantenbörse! Das klang wie Las Vegas für glitzernde Klunker, nach Luxus, Glamour und Marilyn Monroe. Doch als Adrian und Julia zu Fuß in die Houveniersstraat einbogen, sahen sie das genaue Gegenteil. Teils zehnstöckige Geschäftshäuser im verwitterten Waschbeton-Look der Siebzigerjahre begrüßten sie. Sie betraten einen dieser schmucklosen Nachkriegsbauten.

Die Diamantenbörse fand in einem großen Raum mit riesiger Fensterfront statt, durch die Tageslicht hineinfiel. Dutzende Händler saßen an abgewetzten Tischen mit Schreibtischlampen. Kunden begutachteten Diamanten und machten Geschäfte per Handschlag. Adrian sah unter den etwa einhundert Anwesenden ein paar jüdische Händler, die Mehrheit waren Inder. Bei ihrer Kleidung dominierten die Farben Dunkelblau und Schwarz.

»Hast du ihn entdeckt?«, fragte Julia. Sie standen schon ein paar Minuten neben dem Eingang und schauten dem regen Treiben zu.

»Nein.« Adrian hoffte, Boucher in flagranti beim Verkaufen der gestohlenen Diamanten zu ertappen.

»Es war schön, letzte Nacht …« Julia lächelte ihn an.

Der Satz rief warme Erinnerungen wach. Sie hatten sich geliebt und dann stundenlang über Kunst gesprochen. Im Morgengrauen wurden die Gespräche persönlicher. Und vor dem Frühstück hatten sie sich ein zweites Mal geliebt.

»Das könnte er sein.« Julia zeigte auf rotblonde Haare, die wie ein Leuchtturm aus der Menge hervorstachen.

Adrian war sich nicht sicher, denn die Person hatte ihr Gesicht abgewandt. Der Mann trug einen braunen Trenchcoat und sprach einen Händler an. Dann breitete er eine Tasche mit Diamanten aus.

»Ja, das könnte er sein.« Adrians Herzschlag beschleunigte sich.

Der Mann drehte sich ein wenig und hielt einen Diamanten ins Tageslicht. Dabei war sein Profil deutlich zu kennen. Es war das fleischige Gesicht von Boucher.

»Schnappen wir ihn uns«, sagte Adrian und steuerte mit schnellen Schritten auf ihn zu. Julia zog er an der Hand hinter sich her.

Sie waren noch etwa zehn Meter entfernt, als Boucher sie bemerkte. Schnell packte er die Diamanten ein und floh. Er war trotz seines Übergewichts erstaunlich flink. Er nahm das Treppenhaus nach unten, Adrian und Julia folgten ihm.

Im Erdgeschoss sahen sie Boucher aus dem Gebäude sprinten und nach links in die Hoveniersstraat, eine schmale Fußgängerzone, abbiegen. Adrian und Julia nahmen ihre Beine in die Hand.

Die Tasche eng an sich gepresst, schlug Boucher Haken zwischen den zahlreichen Touristen wie ein Hase vor dem Jagdhund.

Adrian und Julia flogen förmlich an den Dutzenden Juwelierläden vorbei. Ihre glitzernden Auslagen, die in einem eigenartigen Kontrast zu den verwitterten Waschbetonfassaden standen, bemerkten sie nicht. Sie rannten rechts um die Kurve in die Rijfstraat, wo sie fast in einen Belgischen Waffelstand prallten.

Die Pistole in Adrians Sakko, die er von Stefan bekommen hatte, schlug schmerzhaft gegen seine Rippen. Adrian warf den Kopf herum. Julia war zwei Meter hinter ihm. Er hoffte, sie würde mithalten können.

Eine Schulklasse vor ihnen versperrte den Weg. Die bunt gekleideten Jugendlichen scharten sich um ihre Lehrerin, die einen Vortrag über die Geschichte des Diamantenviertels hielt.

Adrian und Julia hatten Mühe, sich an der Hauswand an der Schulklasse vorbeizudrängen.

Als sie wieder freie Sicht hatten, war Boucher nicht mehr zu sehen. Sie liefen ans Ende der Fußgängerzone, die auf die quer verlaufende Vestingstraat führte.

Adrian blieb stehen. Er sah nach links. Dort fuhr ein weiß-blauer Werttransporter von Brinks. Boucher war nicht zu sehen. Dann sah er nach rechts, auch dort konnte er Boucher nirgends entdecken.

»Wir haben ihn verloren«, sagte Adrian achselzuckend.

Julia stand vornübergebeugt, die Hände auf die Knie gestützt, und atmete schwer.

Sie mussten unbedingt die Tasche mit den Diamanten bekommen.

Dann sah Adrian wieder nach links. Der Werttransporter bog ab und gab die Sicht auf den rennenden Boucher frei.

»Da ist er!« Adrian sprintete wieder los. In der Vestingstraat waren weniger Touristen unterwegs, sodass sie keinen Zickzackkurs um sie herumlaufen mussten. Adrians Lunge brannte, er rang nach Atem. Direkt hinter sich hörte er Julias Absätze klackern.

Langsam verkürzten Adrian und Julia den Abstand zu Boucher.

Doch plötzlich war er wieder weg.

Wie vom Erdboden verschluckt.

ANTWERPEN

FREITAG, 20. DEZEMBER, 14:48 UHR

»Was ist da unten?«, fragte Julia. Sie standen vor einem offenen Gullydeckel und starrten in das düstere Loch.

»De Ruien, das ist die Unterwelt Antwerpens.«

»Was machen wir jetzt?«

»Hinterher. Was sonst?«

Adrian stieg beherzt durch die Öffnung, Julia folgte ihm. Es ging eine enge Wendeltreppe hinunter. Sie endete an einem breiten Abwasserkanal, dessen Wände gemauert waren. Sie hörten Wasserrauschen, und es stank furchtbar nach Kloake.

»Die unterirdischen Kanäle stammen noch aus dem Mittelalter«, erklärte Adrian knapp. Über ihnen spannte sich ein mächtiges Tunnelgewölbe, an der Seite rauschte ein kleiner Wasserfall in den Kanal. Er war von Ratten verseucht.

»Müssen wir da rein?«, fragte Julia. Beide standen noch auf dem Podest am Ende der Wendeltreppe.

»Ich fürchte, da bleibt uns nichts anderes übrig.« Adrian sprang in das Wasser. Es umspülte seine Beine bis zu den Waden.

»Nie gibt es einen Gummistiefelverleih, wenn man einen braucht«, scherzte Adrian. Er reichte Julia die Hand, die ihm folgte.

»Und wie eklig das hier stinkt.« Julia hielt sich mit zwei Fingern die Nase zu.

Adrian leuchtete mit seiner Handytaschenlampe den Wasserlauf ab. Ihr Lichtstrahl reichte kaum zehn Meter weit.

»Und kalt ist es hier.« Julia rieb sich die Oberarme.

»Boucher ist in diese Richtung gelaufen.« Adrian leuchtete auf den schmutzigen Schaum der Kloake vor ihnen, in dem eine deutliche Spur zu sehen war.

Adrian zog die Pistole aus seinem Sakko. In der linken Hand hielt er sein Handy, mit dem er leuchtete, in der rechten seine Waffe. »Halte dich hinter mir, Julia. Boucher wird auch bewaffnet sein.«

Wasser spritzte auf, als sie durch den dunklen Kanal rannten. Die Augen von Ratten leuchteten rot im Strahl der Taschenlampe auf. Sie flitzten quiekend in Löcher in der Wand.

Plötzlich gab Adrian ein Stoppsignal. Angestrengt starrte er in den dunklen Kanal, konnte aber keine weitere Spur von Boucher entdecken. Er lauschte angestrengt. Da hörte er Schritte voraus im Wasser, die sich nach links entfernten. Sie beschleunigten wieder und folgten dem Echo der Schritte durch das weitverzweigte Kanalsystem. Stellenweise reichte ihnen das Wasser fast bis an die Knie.

Vor einer Abzweigung blieben sie erneut stehen. Adrian richtete seine Leuchte nach vorn. Doch Boucher war in den beiden dunklen Kanälen nicht zu sehen.

Plötzlich krachte ein Schuss, der in den Gewölben lange nachhallte. Er ging in die Kanaldecke und ließ einen Hagel von Gesteinssplittern auf Julia und Adrian herunterprasseln. Er hechtete zur Kanalwand und zog Julia mit sich. Er trat einer Ratte versehentlich auf den Schwanz, die quiekend wegrannte.

»Bist du verletzt?«

»Nein.«

Der Schuss war aus dem rechten Kanal gekommen.

»Boucher! Lassen Sie uns reden«, rief Adrian.

»Was wollen Sie von mir?«, antwortete Boucher aus der Dunkelheit.

»Wir wollen wissen, wo die Juwelen aus dem Grünen Gewölbe geblieben sind.«

»Das geht Sie gar nichts an.«

»Lassen Sie uns darüber reden. Wir wollen die Diamanten zurückkaufen. Ich werde jetzt die Taschenlampe einschalten.«

Adrian ging vom Rand in die Mitte des Kanals. Er stand wadentief im Wasser und schaltete seine Handyleuchte ein. Am Rand des Lichtkegels trat Boucher ins Sichtfeld, hob die Hand und feuerte. Adrian konnte das Pfeifen der Kugel hören, die knapp über seinem Kopf vorbeizischte.

Adrian schaltete schnell die Leuchte wieder aus und suchte Deckung an der Wand neben Julia.

Drei weitere Schüsse ertönten.

Adrian hörte Julia aufschreien.

ANTWERPEN

FREITAG, 20. DEZEMBER, 15:03 UHR

Boucher musste sterben, bevor er etwas verraten konnte. Der Auftrag des Phantoms war unmissverständlich gewesen.

Der Mann sah auf sein Handy, während er die Straße entlanglief. Boucher war zwanzig Meter unter ihm in der Kanalisation. In einem der Schmuckstücke war ein kleiner GPS-Sender versteckt, der ihm den Standort des Diamantenhändlers verriet. Das Phantom hielt Boucher für dumm und geldgierig. Deshalb sollte er ihn auch überwachen. Die Juwelen am helllichten Tag bei der Diamantenbörse verkaufen zu wollen und dabei diesem Kunstprofessor und der Museumsdirektorin in die Arme zu laufen war dann noch dämlicher als befürchtet. Das Phantom hatte ihm am Handy kurz entschlossen den Auftrag erteilt, dieses Sicherheitsrisiko zu beseitigen.

Alle hundert Meter waren unscheinbare Kanalgitter in der Straße eingelassen. Durch ein solches musste er bei Bedarf auch hinabsteigen, was er jedoch vermeiden wollte. Obwohl er für die Schmutzarbeit des Phantoms zuständig war, zog es ihn nicht in die rattenverseuchte Kloake Antwerpens.

Boucher war auf der Flucht vor dem Professor und der Museumsdirektorin. Wenn Falke ihm die Arbeit abnahm, wäre das gut. Wenn Boucher allerdings anfing auszupacken, musste er eingreifen. Dann müsste er seine Glock aus dem Schulterhalfter ziehen.

ANTWERPEN

FREITAG, 20. DEZEMBER, 15:07 UHR

»Bist du getroffen?« Adrian packte Julia an den Oberarmen, um sie zu stützen. Blut lief über seine Hand. Es war in der Dunkelheit nicht auszumachen, wo sie verletzt war.

»Kümmere dich nicht um mich. Folge Boucher und hole die Diamanten.«

Einen Augenblick zögerte Adrian, Julia allein zu lassen. Er war hin- und hergerissen zwischen dem Wunsch, ihr zu helfen und den Diamanten hinterherzujagen. Doch sie wirkte nicht schwer verletzt und sah ihn tapfer an.

Adrian lief los. Er konnte Bouchers Schritte vor sich im Wasser hören. Dann glaubte er, im Wasser eine Bewegung zu sehen. Er hob seine Pistole und feuerte einen Schuss auf den sich schemenhaft bewegenden Schatten. Ein Schmerzensschrei drang hallend zu ihm.

Adrian wagte es nicht, die Taschenlampe einzuschalten. Er wollte sich nicht noch einmal zur Zielscheibe machen.

An der rechten Seite kam ein Podest mit einer Wendeltreppe ins Blickfeld. Von oben drang etwas Licht herein. Adrian sah Boucher zu der Wendeltreppe kriechen. Er zog eine Blutspur aus seinem Bein hinter sich her.

Adrian näherte sich ihm vorsichtig mit vorgehaltener Pistole.

Boucher schleppte sich die Treppe hoch.

Adrian wollte es nicht auf eine Schießerei ankommen lassen, denn er brauchte Boucher lebend. Er würde in der kleinen Tasche sicher nicht alle geraubten Diamanten bei sich haben und musste ihm verraten, wo er den Rest versteckt hatte. Außerdem interessierte es ihn brennend, wer tatsächlich hinter dem Diamanten-Coup steckte.

Mit der Pistole in der Hand hatte Boucher das Ende der Treppe erreicht. Er versuchte, das Kanalgitter hochzudrücken. Doch es bewegte sich nicht.

»Boucher, wo sind die Diamanten?«, rief Adrian nach oben.

Boucher rüttelte noch einmal kräftig an dem Gitter. Es gelang ihm nicht, es wegzuschieben.

Der Diamantenhändler saß in der Falle.

Boucher drehte sich um und richtete seine Pistole auf Adrian. Dieser hatte ebenfalls seine Waffe erhoben.

»Lassen Sie uns das hier friedlich regeln. Ich gebe Ihnen eine Million Euro in bar, und Sie geben mir die Tasche mit den Diamanten und sagen mir, wo wir den Rest finden.«

Aus Bouchers Trenchcoat ragte die Ecke der Diamantentasche heraus. Adrian senkte seine Pistole ein wenig. Er sah Bouchers gerunzelter Stirn an, dass er über das Angebot nachdachte.

»Ich will fünf Millionen.«

Adrian steckte seine Pistole weg und sagte: »Wir können über alles reden. Jetzt kommen Sie da runter.« Das Museum würde sicherlich auch fünf Millionen auftreiben und bezahlen, wenn es seine Juwelen im Wert von über 150 Millionen zurückbekam. Außerdem waren sie erst am Anfang der Preisverhandlungen. Wahrscheinlich würden sie sich auf drei Millionen einigen.

Boucher richtete sich auf und begann langsam die Treppe Stufe für Stufe hinunterzusteigen. Er hielt sich am Treppenlauf fest und zog das verletzte Bein nach.

Aus den Augenwinkeln sah Adrian plötzlich, wie sich der Lauf einer Waffe durch das Kanalgitter schob. Zwei Mündungsblitze zuckten kurz hintereinander auf. Die Schüsse hallten ohrenbetäubend laut in dem engen Treppenhaus. Boucher wurde zweimal in den Rücken getroffen, fiel vornüber und stürzte die gesamte Treppe herunter.

Adrian riss seine Pistole hoch und schoss dreimal auf das Kanalgitter. Die Kugeln prallten surrend vom Eisen ab. Der Lauf war verschwunden.

Er beugte sich zu Boucher hinunter. Dieser lag auf dem Rücken am Fuß der Treppe und stöhnte vor Schmerzen.

Adrian zog die Tasche mit den Diamanten aus dem Trenchcoat. »Wo sind die restlichen Diamanten?«

Er hatte kein Mitleid mit dem Mann, der kurz zuvor auf Julia und ihn geschossen hatte.

Boucher flüsterte etwas Unverständliches.

Adrian beugte sich mit seinem Ohr zu Bouchers Mund.

»Schauen Sie in den Tresor«, sagte Boucher mit gurgelnder Stimme. Blut rann aus seinen Mundwinkeln. »Und ich will drei Millionen.«

Adrian wollte gerade fragen, von welchem Tresor er sprach, da brach der Blick von Boucher, und sein Kopf fiel zu Seite. Ein Bein zuckte kurz, und dann erschlaffte sein Körper. Adrian legte zwei Finger an seine Halsschlagader. Doch Boucher war tot.

ANTWERPEN

FREITAG, 20. DEZEMBER, 15:11 UHR

Adrian erschrak, denn Julias Verletzung war schwerer, als er zunächst angenommen hatte. Sie saß an die Kanalwand gelehnt und presste die linke Hand fest gegen die Wunde an ihrer Schulter. Blut lief über ihren Oberarm, tropfte von dort auf die Kanalumrandung und wurde vom Wasser davongespült. Zwei Meter weiter saß eine Ratte und schnüffelte nach dem Lebenssaft.

Mit geschlossenen Augen, blasser Haut und Zittern am ganzen Körper zeigte sie alle Symptome eines Schocks.

»Julia, ich bin wieder da.«

Sie öffnete träge ihre Augen.

»Hast du Schmerzen?«

»Es fühlt sich alles so taub an«, sagte Julia mit kraftloser Stimme.

Das war gar nicht gut.

»Adrian, ich will noch nicht sterben.«

»Du wirst nicht sterben. Ich bringe dich hier raus.«

Vorsichtig zog Adrian ihr die Jacke aus und knöpfte ihre Bluse auf. Auf der Vorderseite der Schulter war eine centgroße Eintrittswunde zu sehen. Er kippte Julia ein wenig vornüber, worauf sie vor Schmerzen aufstöhnte. Die Austrittswunde auf der Rückseite war eine Eineuromünze groß. Ihr Rücken war nass vom Blut. Die Schussverletzung schien ihm nicht unmittelbar lebensbedrohlich. Doch der Blutverlust machte Adrian Sorgen. Ein gesunder Mensch hat je nach Gewicht eine Blutmenge von vier bis sechs Litern im Körper. Einen Liter Blutverlust konnte man meistens noch verkraften, aber ab ungefähr zwei Litern bestand Lebensgefahr. Wie viel Blut sie schon verloren hatte, war nicht auszumachen, da es vom Wasser davongespült wurde.

»Sieht nach einem glatten Durchschuss aus.« Adrian hoffte, er klang zuversichtlich. Er zog Julia wieder an.

Ohne Arzt würde sie nicht überleben. Sie würde verbluten. Doch er konnte sie nicht in ein Krankenhaus bringen. Bei Schusswunden waren die Ärzte verpflichtet, die Polizei zu rufen. Und sie wurden beide gesucht. Außerdem war Adrian jetzt auch noch in den Tod von Boucher verwickelt.

Schnell zog er sein Handy aus dem Sakko. Es gab nur eine Person, die Julia jetzt noch helfen konnte.

NÖRDLICH VON ANTWERPEN

FREITAG, 20. DEZEMBER, 17:14 UHR

Der stillgelegte Militärflughafen nördlich von Antwerpen lag dunkel und verwaist da. Das Tor des Metallzauns war mit Kette und Vorhängeschloss gesichert. Adrian raste mit dem Auto einfach durch das verschlossene Tor. Die Kette riss, und die Torhälften wurden zur Seite geschleudert.

Adrian stellte sich mit dem Mietwagen wie verabredet an das Ende der Landebahn und schaltete das Fernlicht ein. Julia lag bewusstlos auf dem zurückgeklappten Beifahrersitz. Mit einem Druckverband aus dem Erste-Hilfe-Kasten hatte er ihre Blutung notdürftig gestoppt.

»Halte durch.« Adrian tätschelte Julia die Wange. Sie fühlte sich kalt an.

Er beobachtete den Himmel und wartete. Seit den Schüssen im Kanal waren gut zwei Stunden vergangen. Er hatte sich in dieser Zeit, so gut er konnte, um Julia gekümmert. Er war in tiefer Sorge, ob sie noch lange genug durchhalten würde.

Kurze Zeit später durchbrachen zwei Lichter die niedrige Wolkendecke. Sie wurden größer und schwankten leicht auf und ab. Sie wurden zu Landescheinwerfern eines Learjets. Die Maschine fuhr die Landeklappen und das Fahrwerk aus und hielt Kurs auf Adrian. Er hoffte inständig, dem Piloten würde das Fernlicht des Autos und die eigenen Scheinwerfer für die Landung ausreichen. Unsicher schwankte das Flugzeug in der Luft hin und her, um die Landebahn zu treffen. Den Bug hochgereckt, setzte es schließlich auf und rollte aus.

Die zweistrahlige Businessmaschine stoppte direkt vor dem Wagen. Die Flugzeugtür wurde geöffnet und eine Treppe aufgeklappt. Der Pilot erschien in der Türöffnung. Er sah sich prüfend um. Nachdem er nichts Verdächtiges entdeckt hatte, kam er heraus. Ihm folgte ein Arzt. Das erkannte Adrian an dem weißen Kittel. Beide rannten zum Auto.

Der Arzt sah sich Julia kurz an und prüfte ihre Vitalparameter. Der Pilot half Adrian dabei, Julia ins Flugzeug zu tragen. Sie legten sie auf einen umgeklappten Ledersessel.

Der Arzt begann Julia genauer zu untersuchen, als die Turbinen schon wieder aufheulten. Adrian setzte sich schnell hin und schnallte sich an. Er wurde in den weichen Ledersitz gedrückt, als das Flugzeug beschleunigte. Fünf Minuten nach seiner Landung hob der Learjet schon wieder ab.

Der Arzt legte Julia eine Infusion, um ihren Kreislauf zu stabilisieren.

»Es ist ein glatter Durchschuss«, sagte der Arzt zu Adrian, nachdem er seine Untersuchung abgeschlossen hatte. »Ich werde den Schusskanal reinigen und die Wunden vernähen.«

»Wird sie durchkommen?«, fragte Adrian besorgt.

»Die Chancen stehen fünfzig zu fünfzig. Das Problem Ihrer Freundin ist aktuell nicht die Schusswunde, sondern der Blutverlust. Eigentlich bräuchte sie eine Bluttransfusion, aber die haben wir nicht.«

NÖRDLICH VON LONDON

FREITAG, 20. DEZEMBER, 19:17 UHR

Der Bentley hielt direkt vor dem Schloss. Adrian und der Fahrer trugen Julia hinein. Der Arzt folgte ihnen.

Butler George stand in der offenen Tür.

Carl erwartete sie auf der Treppe in der Empfangshalle. »Ich hoffe, sie kommt durch?«

»Dafür bete ich auch«, erwiderte Adrian.

Sie trugen Julia in ein Gästezimmer und legten sie aufs Bett. Sie war weiterhin bewusstlos.

»Im Moment ist sie stabil. Ich werde die Nacht über bei ihr bleiben«, sagte der Arzt. Er hängte die Infusion an einen Ständer.

Adrian sah Julia liebevoll an. Sie war bleich im Gesicht und schlief. Er strich über ihre Wange. Dann ging er.

Adrian fand Carl in der Bibliothek. Im Kamin prasselte ein behagliches Feuer. »Du siehst aus, als könntest du einen Whisky vertragen«, begrüßte ihn Carl.

Adrian nickte nur schwach und ließ sich auf einen Sessel fallen.

»George, zwei Whisky bitte.«

»Carl, ich kann dir gar nicht genug danken. Ohne das Flugzeug und den Arzt wäre Julia gestorben.«

»Es war mir ein Vergnügen«, sagte Carl mit einem leichten Lächeln. »Ich habe mit meinen siebzig Jahren schon so viele Wehwehchen, dass ich einen Leibarzt brauche. Aber die meiste Zeit sitzt Dr. Herriot dennoch nutzlos hier rum. Der kann für sein üppiges Gehalt ruhig mal was tun.«

George servierte zwei Gläser Whisky.

»Auf den edlen Retter«, stieß Adrian mit Carl an.

Adrian nahm einen großen Schluck. Der Whisky brannte in seiner Kehle. Kurz darauf breitete sich eine wohlige Wärme in seinem Magen aus, und seine flatternden Nerven beruhigten sich etwas.

Carls Miene wurde plötzlich ernst, und er beugte sich vor. »Adrian, ich bin decouragiert von dir. Als ich dir Bouchers Namen nannte, habe ich nicht gedacht, dass du ihn gleich exekutierst.«

Adrian verzog das Gesicht und hob entschuldigend die Hände. »Ich habe ihn nur angeschossen. Ein Schuss ins Bein, den er sicher überlebt hätte. Die zwei tödlichen Schüsse hat jemand anderes abgegeben.«

»Ich bin mit schuld am Tod von Boucher, weil ich dir seinen Namen genannt habe. Ich bin unwissentlich zum Anstifter eines Mordes geworden und werde die wenige Zeit, die mir noch bleibt, im Kerker verbringen.« Carl sah zu Boden und schüttelte den Kopf.

»Noch mal, Carl, die beiden tödlichen Schüsse habe nicht ich abgegeben.«

»Mit Verlaub, Adrian, wer soll es denn sonst gewesen sein?«

»Der Schütze hat sich mir nicht vorgestellt.«

Tatsächlich wusste Adrian nicht einmal, ob es ein Mann oder eine Frau gewesen war. Alles, was er von dem Schützen gesehen hatte, war der Lauf einer Pistole gewesen.

»Ihr verfolgt Boucher in das weitverzweigte Kanalsystem von Antwerpen, und plötzlich taucht da ein dritter Mann auf, der Boucher erschießt?« Carl sah ihn mit hochgezogenen Augenbrauen an. »Wer soll das gewesen sein? Und woher wusste er, dass ihr da unten Räuber und Gendarm spielt?«

Adrian sagte nichts.

»Die Geschichte kauft dir kein Richter der Welt ab, und ich auch nicht.«

»So ist es aber gewesen.«

Steinkamp würde ihm zusätzlich zu dem Juwelendiebstahl auch noch den Mord an Boucher anhängen, das war Adrian bewusst. Dazu kam noch der tote Pink Panther. Seine Lage wurde immer auswegloser.

»Hat Boucher dir noch etwas über den Verbleib der Diamanten verraten können?« Carl beugte sich auf seinem roten Ledersessel vor.

»Leider nicht.« Die Sache mit dem Tresor wollte Adrian vorerst für sich behalten, bis er herausgefunden hatte, um welchen es ging.

»Habt ihr wenigstens die Diamanten wiederbekommen?«

»Bis auf die Epaulette mit dem Sächsischen Weißen und dem diamantbesetzten Degen, ja«, sagte Adrian erleichtert.

»Was für ein Ungemach, dass ausgerechnet der größte Diamant fehlt.«

DRESDEN

SAMSTAG, 21. DEZEMBER, 08:43 UHR

Steinkamp stand vor dem Residenzschloss. Das zerstörte Fenstergitter war inzwischen repariert worden. Schlosser hatten neue Eisenstreben an das Gitter geschweißt. Das Dreieck, welches die Einbrecher herausgeschnitten hatten, war an den Unterschieden zwischen alten und neuen Streben noch gut zu erkennen. Das Museum wollte im neuen Jahr wieder öffnen. Auch die zerschmetterte Vitrine war instand gesetzt worden. Sie sollte jedoch vorerst bewusst leer gezeigt werden, als eine Art Mahnmal für den ungeklärten Kunstraub. Es schmerzte Steinkamp, dass es ihm bisher nicht gelungen war, die Diamanten zurückzubringen. Seit dem Coup waren inzwischen knapp vier Wochen vergangen. Mit jedem weiteren ergebnislos verlaufenden Tag wurde es unwahrscheinlicher, die Täter und die Diamanten noch zu finden.

Steinkamp ging zu Fuß quer durch die Altstadt zum Präsidium zurück. Er fragte sich, wo Falke und Graf waren. Er hielt sie nicht mehr für verdächtig, aber sie schwebten in Lebensgefahr. Wer immer hinter dem gescheiterten Diamanten-Coup in Dubai steckte, würde sich an ihnen rächen wollen. Weitere Versuche der Handyortung waren ergebnislos verlaufen, weil Graf ihr Handy nicht noch einmal eingeschaltet hatte. Auf dem Flughafen von Dubai hatten er und Vogt herausgefunden, dass Falke und Graf unmittelbar nach dem Coup nach Brüssel geflogen waren. Dort hatte sich ihre Spur verloren. Es lag nahe, dass sie in die Diamantenhauptstadt Antwerpen weitergereist waren. Daher hatte er auch bei der Polizei von Antwerpen nach besonderen Vorkommnissen gefragt. Gestern war der Diamantenhändler Boucher erschossen im unterirdischen Kanalsystem aufgefunden worden. Passanten hatten zuvor mehrere Schüsse gemeldet. Ob Falke und Graf etwas damit zu tun hatten? Hatten sie Boucher in Antwerpen aufgestöbert, nachdem er ihnen in Paris entwischt war? War Boucher der Drahtzieher hinter den Diamanten-Coups? Waren Falke und Graf noch in Antwerpen oder waren sie von dort geflohen? Fragen über Fragen. Der Fall wurde für Steinkamp immer mysteriöser, und er tappte weiterhin im Dunkeln.

Steinkamp gab Vogt mit seinem Handy den Auftrag, die Polizei Antwerpen um Amtshilfe zu bitten. Sie sollte alle Hotels, Bahnhöfe, Flughäfen und Mietwagenfirmen nach Falke und Graf abfragen. Er ließ sich Zeit mit seiner Rückkehr ins Büro. Ständig klingelte das Telefon auf seinem Schreibtisch, und jemand fragte nach Ermittlungsfortschritten. Doch es gab keine.

Als Steinkamp im Präsidium eintraf, schrieb Vogt gerade einen Zwischenbericht, in dem im Wesentlichen stehen würde, dass der Juwelendiebstahl bisher nicht aufgeklärt werden konnte und es aktuell auch keine heiße Spur gab. Der Polizeipräsident hatte den Bericht zum Ablauf eines Monats seit dem Juwelendiebstahl verlangt. Ihnen blieben nur noch vier Tage. Er würde nicht begeistert sein.

Zwei Stunden später kam der Rückruf der Antwerpener Polizei. Der belgische Kollege berichtete, Falke und Graf seien nirgendwo aufgetaucht. Allerdings habe es gestern Abend einen verdächtigen Flug gegeben. Der Tower des Flughafens Antwerpen hatte ein Flugzeug auf seinem Radarschirm bemerkt und gemeldet. Es war auf einem stillgelegten Militärflugplatz im Norden der Stadt gelandet und nach fünf Minuten wieder gestartet. Der Flugplatz war außer Betrieb und durfte überhaupt nicht genutzt werden. Der Pilot hatte keinen Flugplan eingereicht und auch seine Transponderkennung nicht eingeschaltet. Trotzdem konnte der Flug auf dem Radar weiterverfolgt werden. Ziel des Fluges war ein Regionalflugplatz nördlich von London.

»Die Spur führt also nach London, das hatten wir doch schon mal«, kommentierte Vogt.

Steinkamps Instinkt sagte ihm, dass Falke und Graf an Bord dieses Fluges gewesen sein mussten. Und in London waren sie schon einmal abgetaucht. Es musste einen Zusammenhang zu dem Juwelendiebstahl geben, auch wenn er noch nicht wusste, welchen.

»Wir müssen sofort nach London. Ich hoffe, wir kommen nicht wieder zu spät.«

NÖRDLICH VON LONDON

SAMSTAG, 21. DEZEMBER, 09:03 UHR

Der brennende Schmerz in ihrer Schulter riss Julia aus dem Schlaf. Über sich sah sie eine hohe, reich verzierte Stuckdecke.

Das ist nicht mein Zuhause. Die Decke in ihrem Schlafzimmer war Raufaser weiß mit einem Rauchmelder.

»Willkommen zurück unter den Lebenden.«

Julia drehte den Kopf zu der Baritonstimme. Rechts neben dem Bett saß Adrian. Er schenkte ihr ein warmes Lächeln.

Sie lag in einem sehr alten Bett, das Zimmer hatte grüne Tapeten mit weißen Pflanzenmustern, und auf dem Boden lag ein dunkelroter Perserteppich.

»Wir sind im Schloss von Kröning«, erklärte Adrian.

Langsam kehrte ihre Erinnerung zurück. Sie erinnerte sich an die Verfolgung von Boucher in dem Kanalsystem, dann die Schüsse und der scharfe Schmerz in ihrer Schulter. Dann war Filmriss.

»Ich bin sehr erleichtert, dass es dir besser geht.« Adrian grinste breit und drückte ihre Hand.

Julia ließ vorsichtig ihre Finger über die schmerzende Schulter gleiten und spürte einen dicken Verband.

»Du bist bewusstlos geworden, nachdem Boucher dich angeschossen hat. Carl hat ein Flugzeug geschickt. Und einen Arzt, der dich gerettet hat.«

Langsam setzten sich die Puzzleteile in Julias Kopf zusammen.

»Was ist mit Boucher und den Diamanten?«, fragte Julia mit schwacher Stimme.

»Er ist tot. Wir haben alle Diamanten außer der Epaulette mit dem Sächsischen Weißen und dem Degen wieder.«

Immerhin ein Teilerfolg, wenn auch zu einem hohen Preis. Boucher tot, sie selbst angeschossen.

Julia lächelte matt.

Adrian überlegte, wie er Julia das Auftauchen des Schützen schonend beibringen konnte, als er hörte, wie die Tür geöffnet wurde.

»Guten Morgen. Mein Name ist Doktor Herriot«, sagte der Arzt, als er gut gelaunt ins Zimmer kam. »Ich sehe, es geht Ihnen besser.«

Er trug keinen weißen Kittel mehr, sondern einen blauen Dreireiher mit Pullover und einen schwarzen Koffer.

»Wie fühlen Sie sich?«

»Noch etwas schwach.«

»Sie haben viel Blut verloren, aber das wird schon wieder. Wir haben Ihnen die ganze Nacht Infusionen mit Kochsalzlösung gegeben, um den Blutverlust zu bekämpfen. Ruhen Sie sich ein wenig aus.«

Der Arzt besah sich den Verband. »Wollen Sie etwas gegen die Schmerzen haben?«

»Ja, bitte.«

Doktor Herriot holte eine Schachtel Tabletten aus seinem Koffer. »Nehmen Sie davon alle vier Stunden eine.«

Julia nahm die Schachtel dankbar entgegen.

»Sie haben einen glatten Durchschuss. Ich habe die Wunde desinfiziert und zugenäht. Fürs Erste sind Sie über den Berg. Sie sollten trotzdem so bald wie möglich in ein Krankenhaus gehen. Das Geschoss hat auf seinem Weg durch Ihre Schulter Knochen, Sehnen und Muskeln verletzt. Das müsste sich ein Unfallchirurg genauer ansehen, sonst kann Ihre Schulter steif bleiben.«

Julia war einfach nur dankbar, am Leben zu sein. Um ihre Schulter würde sie sich später kümmern.

NÖRDLICH VON LONDON

SONNTAG, 22. DEZEMBER, 10:09 UHR

Nach einem ausgiebigen Frühstück war Adrian auf der Suche nach dem Fitnessraum, denn er wollte seine Muskeln in Schuss halten. Er erinnerte sich an ein komplett ausgestattetes kleines Fitnessstudio, in dem früher Carl und später sein Sohn trainiert hatten. Man konnte sich leicht in dem Schloss verlaufen, mit seinen über achtzig Zimmern auf drei Stockwerken. Er konnte auch kein Personal sehen, das er fragen könnte. Er erinnerte sich verschwommen an Aufenthalte im Schloss in seiner Kindheit. Da war der Fitnessraum im Keller gewesen.

Adrian ging die steile, spärlich beleuchtete Steintreppe hinunter. An dem unverputzten Mauerwerk war ein eiserner Handlauf angebracht, an dem er sich festhielt, da die Stufen recht unregelmäßig waren. Unten lag ein Netz aus Gängen vor ihm. Die Gewölbedecken und der Boden bestanden aus groben Natursteinblöcken. Die Gänge wurden nur spärlich von nackten Glühbirnen an der Decke erhellt. Es war feucht und roch modrig. Aber er war sicher, hier den Fitnessraum zu finden.

Adrian öffnete eine eisenbeschlagene Holztür zu seiner Rechten. In dem kühlen, dunklen Raum lagerten Hunderte Weinflaschen in Regalen. Im Raum dahinter fand er Dutzende Ritterrüstungen. Das Schloss war 1611 errichtet worden, zur Zeit des Rittertums. Im nächsten Raum lagerten Sättel und Reitzubehör. Überbleibsel aus Carls Zeiten als Rennstallbesitzer.

Adrian ging tiefer in die kalten Kellergewölbe hinein. Er merkte sich den Weg, damit er hier nicht als Skelett endete. Ab und zu musste aber jemand hier unten sein, denn es gab keine Spinnweben unter der Decke und keinen Dreck auf dem Boden. Alles war sauber.

Auf der linken Seite fand er die Gruft, von der Carl ihm schon erzählt hatte. Als Schlossherr hatte er das Recht, in seinem eigenen Gruftgewölbe beerdigt zu werden. Dort stand ein Sarg. Adrian vermutete, seine Frau lag darin.

Adrian sah eine weitere Holztür am Ende des Ganges. Das musste der Fitnessraum sein. Als er sie knarrend öffnete, stockte ihm der Atem.

Er stand vor der runden Panzertür eines Tresorraums. Sie hatte einen Durchmesser von über zwei Metern und musste Tonnen wiegen. Links war ein riesiges Scharnier und in der Mitte ein Handrad. Ihre Vorderseite war blank poliert und mit Dutzenden großer Nieten besetzt. Rechts war das Tastenfeld eines Zahlenschlosses angebracht. An ihm leuchteten rote Lichter. Ein Schlüsselloch konnte er nicht entdecken.

Adrian ging nah an die Panzertür heran und musterte sie genau. Er klopfte mit dem Fingerknöchel dagegen. Die Tür war massiv, keine Frage. Versuchsweise zog er an dem Handrad. Die Tür bewegte sich keinen Millimeter. Ihre Stahloberfläche glänzte wie der Lack eines Neuwagens. Sie war eindeutig neueren Datums, und es waren weder Staub noch Fingerabdrücke zu erkennen. Sie wirkte wie frisch poliert.

Welche Schätze sich wohl darin verbargen? Bewahrte Carl hier seine Diamanten auf? Adrian hatte immer gedacht, er würde sie in seiner Londoner Firma lagern. Das war ein cleverer Schachzug, um Juwelendiebe in die Irre zu führen. Wenn sie in der Londoner Firmenzentrale einbrachen, würden sie nichts finden, weil Carls Juwelen hier, in den Gewölben des Schlosses, gut versteckt waren.

Da fiel ihm der sterbende Boucher ein. Er hatte gesagt, er solle in einen Tresor schauen. Konnte er diesen gemeint haben? Wie viel Tresorräume mit Diamanten mochte es wohl auf der Welt geben? Bestimmt nicht so viele. Zwei Dutzend? Diesen hier konnte er wohl kaum gemeint haben. Aber es konnte ja auch nicht schaden, schon einen Tresorraum ausgeschlossen zu haben.

Einen Versuch war es wert. Doch wie lautete die Kombination? Den sterbenden Boucher hatte er nicht mehr fragen können, falls er sie überhaupt kannte. Die benötigte Zahlenkombination war achtstellig, also bot sich ein Datum an. Vielleicht der Todestag von Carls Frau vor drei Jahren? Adrian gab ihn über die Tastatur ein. Doch er war falsch. Adrian vermutete, dass er insgesamt drei Versuche hatte, bis das Schloss weitere Eingaben verweigerte. Das hundertjährige Firmenjubiläum 2002? Auch das war nicht richtig. Er hatte nur noch einen Versuch. Er dachte an Carls Lieblingshengst Pegasus. Er hatte 2014 den Dubai World Cup, das mit 10 Millionen Dollar höchstdotierte Pferderennen der Welt, gewonnen. Er gab das Datum ein. Die Leuchtdioden des Schlosses wechselten von Rot zu Grün. Das konnte nicht sein! Adrian drehte aufgeregt an dem Rad in der Mitte. Er spürte, wie die schweren Bolzen einfuhren. Dann zog er die schwere Tür zu sich heran.

Die Stahltür schwang auf.

NÖRDLICH VON LONDON

SONNTAG, 22. DEZEMBER, 09:31 UHR

Julia war es gestern schlecht gegangen, und sie hatte den ganzen Tag im Bett verbracht. Die zweite Nacht im Schloss war dann besser. Das Frühstück, das Butler George ihr ans Bett gebracht hatte, weckte neue Kräfte in ihr. Es war üppig gewesen und hatte aus Orangensaft, Porridge, Rührei mit gebratenem Speck und Würstchen bestanden. Dazu gab es Tee mit Milch.

Sie schaltete ihr Handy ein, um Generaldirektorin Dr. Preußler anzurufen. Sie würde sich freuen, von der Wiedererlangung des Großteils der Diamanten zu hören. Außerdem wollte sie von ihr den Stand der Ermittlungen erfahren.

»Dr. Preußler«, meldete sich ihre Chefin.

Plötzlich knackte es zweimal in der Leitung und Preußler war weg. Julia wartete einen Moment, aber bis auf das atmosphärische Rauschen blieb es still in der Leitung. Sie sah auf das Display. Die Verbindung stand weiterhin. Sie überlegte, aufzulegen und es noch mal zu versuchen, da klickte es in der Leitung.

»Frau Graf, wo stecken Sie?«, fragte ein Mann in barschem Tonfall.

Julia wusste sofort, wer den Anruf zu sich umgeleitet hatte.

»Wo genau sind Sie jetzt?«, herrschte Kommissar Steinkamp sie an.

Julias Herz klopfte. Sie antwortete nicht. Steinkamp hatte offenbar eine Anrufweiterleitung installieren lassen. Ihr Anruf im Grünen Gewölbe war ein großer Fehler gewesen. Sie war versucht, die Verbindung zu trennen.

»Hören Sie zu. Es ist wichtig«, sagte Steinkamp beschwörend. »Seit dem geplatzten Coup in Dubai wissen wir, dass Professor Falke und Sie nichts mit dem Juwelendiebstahl zu tun haben. Aber Sie beide sind in großer Gefahr. Sie müssen sich unverzüglich in die Obhut der Polizei begeben.«

Julias Herzschlag setzte für einen Moment aus. Das war eine Falle. Sie spürte es ganz genau.

»Für Ihre eigene Sicherheit ist es unabdingbar, dass Sie und Professor Falke sich sofort zur nächsten Londoner Polizeiwache begeben. Dort hole ich Sie ab. Ich bin auch schon in London.«

Der Kommissar wusste, dass sie in der Nähe von London waren?

»Lassen Sie mein Handy überwachen? Woher haben Sie meine aktuelle Nummer?«

Ein Handy ließ sich orten, wenn es lange genug eingeschaltet war, wusste Julia.

»Das tut jetzt nichts zur Sache. Aber Sie müssen die Diamanten, die Sie Boucher abgenommen haben, der Polizei übergeben.«

Jetzt hatte Steinkamp sich verraten. Und sobald sie die Diamanten übergeben hätten, würden die Handschellen klicken.

Julia drückte mit rasendem Puls auf den Ausknopf.

NÖRDLICH VON LONDON

SONNTAG, 22. DEZEMBER, 10:19 UHR

Adrian merkte, dass ihm der Kiefer nach unten klappte.

Das Licht im Tresorraum war automatisch angegangen. Er war etwa vier Meter breit und sieben Meter lang. Er war mit schwarzen Wänden, goldenen Vitrinen auf beiden Seiten und weißem Marmorfußboden ausgestattet. In der Mitte des Raums stand ein Sessel mit einem kleinen Tisch.

Adrian trat in den Tresorraum. Das war kein Lager für Rohdiamanten und frisch geschliffene Edelsteine. In den Vitrinen lagen Hunderte Diamanten auf rotem Samt gebettet. Und es waren nicht diese staubkerngroßen, die man aus Juweliergeschäften kannte, sondern ausschließlich große und berühmte Diamanten. Er war kein Experte, erkannte aber trotzdem ein paar Edelsteine wieder.

Der Florentiner war ein historischer Diamant von 137 Karat, er hatte etwa die Größe einer Walnuss und war goldgelb. Zuletzt befand sich der seinerzeit viertgrößte Diamant der Welt im Besitz der österreichischen Kaiserfamilie, war aber seit den 1920er-Jahren verschollen. Hier lag nun der seit hundert Jahren gesuchte funkelnde Diamant.

In der nächsten Vitrine sah er einen tennisballgroßen Rohdiamanten. Sein Name war Lesotho Legend, und er war 910 Karat schwer. Der Stein war der fünftgrößte je gefundene Diamant. Er war auf einer Auktion in Antwerpen im März 2018 an einen unbekannt gebliebenen Bieter für 40 Millionen Dollar verkauft worden. Der anonyme Käufer war offenbar niemand Geringerer als Carl Kröning.

Brilliant White Legacy hieß der weiße Diamant daneben. Er war mit 60 Karat nicht der größte, aber aufgrund seiner makellosen Reinheit und seiner weißen Farbe der am höchsten bewertete Diamant überhaupt. Es existierte kein qualitativ hochwertigerer Diamant. Er hatte einen Schätzwert von 70 Millionen US-Dollar. Er war vor einem Jahr aus dem Palast eines Scheichs in Abu Dhabi gestohlen worden.

Adrian erkannte den Stern vom Kongo sofort. In der Mitte der Vitrine platziert, wurde er von fünfzig weiteren kleinen Diamanten umrahmt. Diese Kollektion war erst vor zwei Wochen auf dem Brüsseler Flughafen geraubt worden. Wie kam die Beute der Pink Panther in den Tresor von Carl? Konnte es sein, dass er ein fanatischer Sammler großer und berühmter Diamanten war? Kaufte er, was angeboten wurde, und ließ unverkäufliche Diamanten von den Pink Panthern stehlen? Ein absurder Gedanke. Carl war ein Ehrenmann. Der Verdacht konnte nicht stimmen. Aber wie kamen die kürzlich gestohlenen Diamanten in Carls Tresor?

Adrian stockte der Atem. Die nächsten Exponate hatte er vor einem Monat im Grünen Gewölbe gesehen. Ein mit über 770 Diamanten besetzter Degen lag auf schwarzem Samt. Auf einem Ständer war die Epaulette mit dem Sächsischen Weißen aus dem Jahr 1761 drapiert. Er schob die Glasscheibe der Vitrine zur Seite. Da lag der legendäre weiße Diamant mit 49 Karat, eingearbeitet in ein silbernes Schulterstück mit neunzehn großen und zweihundertsechzehn kleineren Diamanten. Allein sein historischer Wert machte das Schmuckstück unbezahlbar. Voller Ehrfurcht nahm Adrian die Epaulette vom Ständer und betrachtete sie genau.

»Wie ich sehe, hast du mein kleines Geheimnis schon entdeckt«, sagte plötzlich eine Stimme hinter ihm.

NÖRDLICH VON LONDON

SONNTAG, 22. DEZEMBER, 10:22 UHR

Adrian riss seinen Kopf herum. In der Tresortür stand Carl und hielt einen Revolver auf ihn gerichtet. Daneben stand sein Leibwächter Jason, der Julia den Lauf einer Pistole gegen die Schläfe drückte. Er trug einen Dreitagebart, einen hellgrauen Anzug und hatte eine athletische Figur.

Sein väterlicher Freund war das Phantom. Die Erkenntnis traf ihn mit der Wucht eines Bolzenschusses direkt ins Stammhirn. Fast hätte es ihm die Beine unter dem Körper weggerissen.

»Deine Neugier wird dich eines Tages noch umbringen, mein lieber Freund.« In der Stimme von Kröning klang ehrliches Bedauern mit.

Adrian war wie betäubt, er stand da wie in einem Eisblock eingefroren.

»Ich kenne dich, seit du ein kleiner Junge warst. Es war nie meine Intention, dich in diese Sache hineinzuziehen. Aber dann bist du mit deiner kleinen Freundin auf der Jagd nach den Diamanten bei der Auktion von Sotheby's aufgetaucht. Und dann verhindert ihr auch noch den Dubai-Coup und nehmt Boucher einen Teil der Diamanten ab.«

Adrian schüttelte fassungslos den Kopf. Er hielt die Epaulette in den Händen. Sein Blick glitt zu dem Revolver in Krönings Hand, mit dem er ihn ins Visier nahm.

»Du bist der Auftraggeber der Diamanten-Coups?«, fragte Adrian.

»Du stehst hier in der kapitalsten Privatsammlung von Diamanten. Ich bin stolz darauf, die meisten der großen und berühmten Diamanten zu besitzen. Meine Sammlung kann es mit den größten Museen aufnehmen.«

»Ich kann es nicht fassen. Die Pink Panther haben die Coups in Dresden, Brüssel und Dubai in deinem Auftrag begangen.«

»Sie sind die Experten für Juwelendiebstähle. Es gibt keine besseren.«

»Aber warum, Carl? Du schwimmst in Geld und kannst dir jeden Diamanten kaufen.«

»Sofern er offeriert wird. Die wirklich interessanten Steine sind leider meist indisponibel.«

Kröning trat zwei Schritte in den Tresorraum hinein. »Ich bin die dritte Generation der Diamantendynastie. Schon mit der Geburt wird ein Kröning dazu erzogen, nur an Diamanten zu denken, bei jedem Atemzug, sogar im Schlaf. Alle bedeutenden Diamanten sollen sich in meinem Besitz befinden. Ich kann von ihnen nicht genug bekommen. Ich komme jeden Tag hier runter und berausche mich an den funkelnden Steinen.«

Kröning gönnte sich ein Lächeln und sah kurz zu dem kleinen Tisch mit dem Sessel.

»Juwelen sind mehr als meine Liebe und mein Leben. Sie sind eine unersättliche Besessenheit. In einem Rohdiamanten liegt nicht nur der Reiz verborgener Schönheit. Nehmen wir einen hässlichen Rohdiamanten wie diesen hier.«

Carl nahm den tennisballgroßen Lesotho Legend aus der Vitrine.

»Er sieht aus wie ein schmutziger Schneeball. Milchig eingetrübt und voller schwarzer Flecken. Aber nach Wochen des Schleifens wird daraus ein exquisiter Edelstein, perfekt geschnitten, und er wird funkeln wie kein anderer. Dann werde ich den Stolz eines verehrenden Vaters fühlen.«

Carl Kröning drückte den Edelstein wie ein Baby an seine Brust und legte ihn dann behutsam zurück auf das Samtkissen. Anschließend ließ er versonnen seinen Blick über Hunderte glitzernde Diamanten streifen.

Carl war eindeutig reif für den Westflügel der geschlossenen Anstalt. Er hat Diamantenfieber im Endstadium.

»Die Sicherheitsvorkehrungen im Grünen Gewölbe hat uns ein Wachmann gegen Bezahlung verraten. Leider musste ich den lästigen Mitwisser eliminieren lassen. Die Epaulette mit dem Sächsischen Weißen, die du gerade in den Händen hältst, musste ich unbedingt haben. Sie gehört in jede ernst zu nehmende Sammlung. Ich habe neben ihr den kompletten Schmuck stehlen lassen, damit nicht sofort klar ist, dass es nur um den Sächsischen Weißen ging. Den übrigen Schmuck habe ich diskret Boucher zukommen lassen, damit dieser in Verdacht gerät.«

»Warum Boucher?«

»Er will der größte Diamantenhändler der Welt werden und ist damit ein Konkurrent. Ich habe absichtlich Bouchers Namen ins Spiel gebracht, damit du ihn in die Falle lockst. Mit deinen neugierigen Nachforschungen nach ihm hast du mir einen großen Gefallen getan. Er war so gierig, dass er die Falle gar nicht bemerkt hat. Doch dieser Trottel war zu redselig. Deshalb musste er sterben.«

»Und wie hast du den Verdacht auf die Rashids gelenkt?«

»Das war einfach. Mir war klar, dass alle Welt sofort mit dem Finger auf die Rashids zeigen würde. Nach dem Diebstahl der Goldmünze aus dem Bode-Museum hatten sie sich für Platz eins auf jeder Verdächtigenliste bei künftigen Kunstdiebstählen qualifiziert. Die Haare, die den Verdacht auf den Rashid-Clan lenkten, hat Jason von dem Stammbarbier der Rashids gekauft und von den Pink Panthern am Tatort platzieren lassen.«

»Jason hat auch Boucher erschossen?«

»Einer meiner besten Mitarbeiter.« Kröning sah zu Jason, der Julia weiterhin mit der Pistole in Schach hielt.

»Zu meinem größten Bedauern werdet ihr mein Anwesen nicht lebend verlassen können.«

NÖRDLICH VON LONDON

SONNTAG, 22. DEZEMBER, 10:27 UHR

Adrian starrte in die Mündung von Krönings Revolver, der drohend auf ihn gerichtet war. Er fühlte das Adrenalin pulsierend durch seine Adern jagen. Der Leibwächter hielt Julia weiter eine Pistole an die Schläfe. Er musste sie lebend hier herausbekommen. Er hatte sie Kröning ausgeliefert, indem er ihn um Hilfe gebeten hatte.

Carl war fast wie ein Vater zu ihm gewesen. Würde er sie jetzt wirklich beide umbringen lassen? Doch hinter der Fassade des netten Gentlemans verbarg sich ein fanatischer Diamantensammler, der über Leichen ging. Das hatte er mit der Ermordung Bouchers und des Wachmanns schon unter Beweis gestellt. Außerdem hatte er gerade ein Geständnis abgelegt. Er konnte sie nicht gehen lassen.

»Leg die Epaulette wieder in die Vitrine.« Kröning zuckte mit dem Revolver in Adrians Richtung.

Adrian sah die Entschlossenheit in seinem Gesicht. Er würde ihn und Julia töten, sowie die Epaulette wieder in der Vitrine lag.

Carl zielte mit dem Smith & Wesson Revolver auf Adrians Brust. Egal wo er treffen würde – Herz, Lunge, Rückgrat –, das Magnum-Geschoss würde glatt durch ihn durchgehen. Der Treffer wäre tödlich. Auf drei Meter Entfernung würde Carl ihn auch kaum verfehlen.

Adrian blickte zu Julia, die leichenblass geworden war.

»Lass Julia gehen«, forderte er Kröning auf. »Verschone ihr Leben.«

»Ich fürchte, mein Freund, auch sie weiß zu viel.«

Carls Finger am Abzug begann sich zu krümmen.

Adrian holte mit der Epaulette in der Hand aus. »Lass Julia gehen, oder deine Epaulette fliegt gegen die Wand. Dein kostbarer Diamant wird in tausend Stücke zersplittern.«

Der Tresorraum hatte eine Höhe von geschätzt vier Metern. Er würde die Epaulette gegen die Decke schleudern. Von dort würde sie mit einer Beschleunigung von 9,81 Meter pro Sekunde nach unten fallen. Nach vier Metern würde sie mit einer Endgeschwindigkeit von 32 Kilometern pro Stunde auf den harten Marmorboden prallen und zersplittern.

»Nein, Adrian!«, rief Julia mit sich überschlagender Stimme.

Er warf ihr einen Blick zu, prägte sich ihr Gesicht ein letztes Mal ein.

»Das wirst du nicht tun. Dafür liebst du Kunstwerke viel zu sehr«, sagte Kröning mit einem hämischen Lachen.

Da hatte er nicht unrecht.

Adrian drehte sich langsam nach rechts und beugte sich zur Vitrine, um die Epaulette wieder auf den Ständer zu legen.

»Braver Junge«, sagte Kröning.

Doch dann wirbelte Adrian herum und schleuderte die Epaulette mit aller Kraft nach oben in Richtung Decke.

Von diesem Augenblick an schien alles in Zeitlupe abzulaufen.

Adrian sah das Mündungsfeuer an Krönings Revolver. Licht war schneller als jedes Geschoss. Das .357-Magnum-Geschoss flog mit Überschallgeschwindigkeit auf ihn zu. Das Projektil würde seinen Körper treffen, noch bevor er den Schussknall hörte.

Adrian hechtete instinktiv zur Seite. Dazu riss er beide Arme in die Horizontale, sprang mit einem Bein ab, zog das andere explosiv nach oben und überstreckte Rücken und Becken.

Adrian spürte den Luftzug der Kugel, die dicht an seinem Kopf vorbeizischte. Sie flog weiter und zerschmetterte das Glas der Vitrine an der hinteren Wand des Tresorraums. Er hörte die Glassplitter klirrend auf den Boden fallen. Der Geruch von Kordit stach ihm in die Nase.

Adrian wollte sich über Rücken und Schultern abrollen. Doch da war der Tisch im Weg. Er knallte seitlich gegen ihn und riss ihn im Fallen um. Mit der Hüfte voran prallte er schmerzhaft auf den Marmorboden.

Die Epaulette flog im Uhrzeigersinn rotierend in einem weiten Bogen nach oben. Je höher sie stieg, desto langsamer wurde sie. Sie prallte gegen die Decke, wo sie einen Sekundenbruchteil stillzustehen schien. Aber sie nahm keinen Schaden, denn die Gipskartondecke federte den Aufprall ab.

Adrian, Julia und Carl starrten gleichzeitig zu der Epaulette, die in der Luft zu schweben schien.

Doch dann gewann die Schwerkraft.

NÖRDLICH VON LONDON

SONNTAG, 22. DEZEMBER, 10:29 UHR

Die Epaulette fiel von der Decke senkrecht herunter, dem Marmorboden entgegen. Dort würde sie nach neun Zehntelsekunden aufschlagen und zersplittern.

Kröning ließ seinen Revolver los und hechtete in Richtung der fallenden Epaulette. Sein hochgewachsener Körperbau kam ihm dabei zugute. Ungünstig dagegen war sein Alter. Siebzig Lebensjahre hatten seine Muskelmasse schwinden sowie Gelenke und Sehnen verschleißen lassen. Er streckte Arme und Hände nach der Epaulette aus. Doch er verfehlte sie um fast einen Meter.

Jason hatte seinen Kopf in Richtung des Schmuckstücks herumgerissen und die Pistole von Julias Schläfe weggenommen. Julia nutzte Jasons Unaufmerksamkeit und warf sich auch in Richtung der Epaulette.

In dem Augenblick, als sich Julia nach vorn warf, drückte Jason ab.

Die Kugel pfiff so dicht an Julias Ohr vorbei, dass das schrille Geräusch ihr Gehirn zu durchbohren schien.

In ihrer Jugend hatte Julia begeistert Beachvolleyball gespielt. Ihr Körper erinnerte sich an die tausendfach trainierten Sprünge. Mit den Händen voran brachte sie ihren Körper in eine horizontale Fluglage und fing die Epaulette einen halben Meter über dem Boden auf.

Mit ihr in der linken Hand schlug sie hart auf den Marmor. Krönings Revolver lag neben ihr. Sie gab ihm einen Stoß mit der Hand, und er schlitterte in Adrians Richtung. Dann drehte sie sich auf den Rücken und presste das Schmuckstück fest an ihre Brust.

Kröning schlug mit vorgestreckten Armen schwer auf dem Boden auf. Mit einem Stöhnen entwich alle Luft aus seinen Lungen.

Jason richtete seine Pistole erneut auf Julia und drückte ab. Die Kugel schlug dicht neben ihrem Kopf in den Marmorboden ein. Das Projektil sprengte Steinsplitter ab. Einer von ihnen streifte Julia an der Stirn. Blut lief ihr auf den Nasensattel.

Kröning war als Erster wieder auf den Beinen. Mit erhobenen Fäusten ging er auf Adrian los.

Was soll das, alter Mann?, dachte Adrian. Er packte Carl an den Schultern und schleuderte ihn zur Seite. Dieser krachte mit dem Rücken voran in eine Glasvitrine, die splitternd unter ihm zusammenbrach.

Der Leibwächter wechselte das Ziel und visierte mit seiner Glock Adrian an.

Blitzschnell hob Adrian die Smith & Wesson vom Boden auf.

Beide Waffen kamen zusammen nach oben. Für Adrian verlangsamte sich der Zeitablauf. Zentimeter um Zentimeter wurden sie hochgerissen, um in Schussposition zu kommen. Die Smith & Wesson wog mit Munition fast ein Kilo. Die Glock 17 von Jason bestand zu 40 Prozent aus Kunststoff und war deutlich leichter. Sein Arm mit dem Revolver und Jasons Glock wanderten langsam zusammen nach oben. Adrian mobilisierte seine letzten Kraftreserven, um den Revolver schneller zu heben.

Adrians Waffe war zuerst oben. Er feuerte und traf die Glock. Sie wurde aus Jasons Hand gerissen und flog nach hinten.

Inzwischen hatte Carl sich aufgerappelt und griff den diamantbesetzten Degen aus der zerstörten Auslage. Damit stürzte er auf Adrian zu.

Adrian drehte sich zur Seite und holte mit dem linken Ellbogen aus, bevor Carl seinen Degen heben konnte. Adrians Schlag traf genau auf die Nasenwurzel. Er spürte, wie Carls Nasenbein brach. Blut schoss aus seinen Nasenlöchern. Der Mann taumelte einen Schritt nach hinten, und seine Knie gaben nach. Er fiel erneut in eine der Vitrinen.

Jason zückte ein Messer aus seinem Beinholster und stürmte auf Adrian zu. Er war rund drei Meter entfernt und würde Adrian nach vier Schritten erreichen.

Es war ein Kampfmesser mit wuchtiger, gezackter Klinge.

Adrian überlegte seine Optionen. Er könnte versuchen, Jason mit einem gezielten Schuss ins Bein zu stoppen. Doch er könnte bei einem sich schnell bewegenden kleinen Zielobjekt wie den Beinen auch danebenschießen.

Noch zwei Meter.

Ein Beintreffer stoppte auch nicht stets den Angriff. Manchmal bemerkte der Angreifer den Treffer gar nicht und lief trotzdem weiter.

Ein Meter.

Die Klinge kam bedrohlich nahe.

Adrian zielte auf die größtmögliche Fläche des Körpers, den Rumpf. Jetzt würde er ihn nicht mehr verfehlen. Er zog den Abzug durch. Eine grelle Mündungsflamme zuckte aus dem Lauf. Hart spürte er den Rückschlag der großkalibrigen Waffe im Handgelenk. Der Knall stach schmerzhaft in seinen Ohren.

Das .357er-Geschoss riss ein zwei Zentimeter großes Loch in Jasons Brust. Auf dem Weg durch seinen Körper zerstörte es Knochen, Arterien und die Lunge. Am Rücken trat es aus und hinterließ eine faustgroße Wunde. Der Treffer stoppte Jason und holte ihn von den Füßen. Er war tot, bevor er auf dem Boden aufschlug.

Adrian sah zu Julia, die unverletzt war und die Epaulette fest an sich drückte.

Carl lag mit gebrochener Nase in der zertrümmerten Vitrine. Er versuchte, mit einem Taschentuch den Blutstrom aus seinen Nasenlöchern zu stoppen.

NÖRDLICH VON LONDON

SONNTAG, 22. DEZEMBER, 10:33 UHR

Carls Nase fühlte sich an wie ein blutspeiender Vulkan. Ein stechender Schmerz raubte ihm fast die Besinnung. Der Blutstrom aus seinen Nasenlöchern wollte nicht aufhören. Während er mit einer Hand ein Stofftaschentuch gegen seine Nasenlöcher drückte, betastete er mit der anderen seine Nase. Der Nasenrücken war eingedrückt und stand schief.

Carl hörte schwere Schritte die Stufen hinabpoltern. Mehrere Personen näherten sich rasch.

Julia verpackte die Epaulette in einem Stück Samt aus einer Vitrine.

»Nein, Sie dürfen sie mir nicht wegnehmen!« Carl versuchte vergeblich, sich aufzurappeln. Doch er war zu schwach. Blut war aus seiner Nase über das Kinn auf sein hellblaues Hemd getropft.

Kommissar Steinkamp stürmte mit der Pistole im Anschlag in den Tresorraum, gefolgt von Vogt und vier englischen Polizisten.

Jetzt nur nicht die Contenance verlieren, nahm sich Carl vor. Er kannte die beiden Kommissare aus der Berichterstattung über den Dresdner Juwelenraub.

Kommissar Steinkamp verschaffte sich schnell einen Überblick. Nachdem er die Leiche des Leibwächters und den am Boden liegenden Carl registriert hatte, steckte er die Waffe in sein Holster zurück.

»Ich bin froh, Sie beide wohlbehalten zu sehen«, sagte Steinkamp in Richtung Adrian und Julia. »Ich habe mir Sorgen um Sie gemacht. Sie hätten meiner Anweisung folgen und das nächste Polizeirevier aufsuchen sollen.«

Carl kannte die teuersten Anwälte Londons. Er überlegte, ob sie ihn vor dem Kerker bewahren könnten. Wahrscheinlich nicht, denn er hatte vor Adrian und seiner Gespielin ein Geständnis abgelegt, und in seinem Tresor lagen Dutzende geraubter Diamanten. Zudem würde die Polizei in seinem Arbeitszimmer detaillierte Pläne zu den Diamanten-Coups in Dresden, Brüssel und Dubai finden.

»Kröning ist der Drahtzieher hinter dem Juwelendiebstahl im Grünen Gewölbe und noch ein paar anderen«, sagte Julia und zeigte auf ihn.

Carl wusste, dass er verloren hatte. Er erlebte gerade sein persönliches Waterloo. Er war unbewaffnet, verletzt und von sechs Polizisten umringt. Verstohlen sah er zu der Pistole von Jason nahe der Tresortür. Aber sie lag viel zu weit weg, außerdem standen die Polizisten zwischen ihm und der Waffe. Sonst hätte er seiner Diamantendynastie die Schande eines öffentlichen Prozesses erspart und sich selbst eine Kugel in den Kopf gejagt.

»Legt ihm Handschellen an«, sagte Steinkamp.

Zwei britische Polizisten halfen Carl auf die Beine. Dann klickten die Handschellen.

»Carl, ich hoffe, du siehst uns nach, dass sie nicht diamantenbesetzt sind«, sagte Adrian augenzwinkernd.

»Die Diamanten?«, fragte Steinkamp.

»Alle wieder da.« Julia lächelte und zeigte auf das Samtbündel sowie den Degen auf dem Marmorboden.

DRESDEN

SAMSTAG, 4. JANUAR 2020, 14:00 UHR

Das Juwelenzimmer war mit einem roten Stoffband abgesperrt.

Prof. Dr. Christine Preußler stand mit einer vergoldeten Schere davor. »Ich bin überglücklich, dass es gelungen ist, alle Juwelen unversehrt wieder zurückzubringen.« Sie zeigte mit einer weit ausholenden Armbewegung hinter sich. In der goldenen Vitrine funkelten Hunderte Diamanten. Sie war wieder instand gesetzt worden, und alle Juwelen waren sorgsam hineindrapiert. Mit den Diamanten von Boucher, der Epaulette und dem Degen war die Sammlung wieder vollständig.

»Wir glaubten unseren einzigartigen Kulturschatz schon für immer verloren. Doch unsere Retter, Professor Adrian Falke und Museumsdirektorin Julia Graf, haben die geraubten Diamanten unter Einsatz ihres Lebens gesucht, gefunden und hierher zurückgebracht.«

Julia lächelte. Sie stand neben Adrian an der Seite. Ihr Arm hing in einer Schlinge. Ihre Schulter war in einer Operation gerichtet worden und würde wieder vollständig ausheilen.

Applaus brandete auf, und Blitzlichtgewitter setzte ein. Julia war die Aufmerksamkeit um ihre Person ein wenig unangenehm.

»Unser Dank gilt auch den Kommissaren Björn Steinkamp und Christian Vogt, die Tag und Nacht ermittelt haben und jeder noch so kleinen Spur nachgegangen sind.«

Die beiden Kommissare standen neben Julia und Adrian.

Wieder brandete Applaus auf, wenn auch etwas leiser.

»Herr Ministerpräsident, wenn ich bitten dürfte.« Preußler reichte ihm die Schere.

Der Landesvater setzte die Schere am Stoffband an.

»Hiermit eröffne ich die Ausstellung feierlich wieder.« Er schnitt das Band durch.

Angeführt vom Ministerpräsidenten schritt zunächst die Politprominenz zur Vitrine. Darunter der Innenminister, die Kulturministerin und der Oberbürgermeister. Danach strömte ein Pulk Reporter ins Juwelenzimmer, die eifrig Videos und Fotos machten.

Danach folgten die Bürger. Draußen hatte sich eine Schlange von über tausend Besuchern gebildet, die sich um das Residenzschloss wand.

»Und? Was hast du zu deiner Rechtfertigung zu sagen?«, fragte Julia, als die Menschen an ihr und Adrian vorbeiströmten.

»Bitte? Was habe ich denn verbrochen?« Adrian schaute sie irritiert an.

»Du Dieb!«, sagte Julia mit gespielter Strenge.

Adrian verstand noch immer nicht.

»Die Juwelen hast du zwar nicht genommen, aber mein Herz, das hast du gestohlen!«

Beide lachten auf und küssten sich innig.

NACHWORT

Am 25. November 2019 fand ein Blitzeinbruch im legendären Grünen Gewölbe in Dresden statt. Der Coup dauerte nur fünf Minuten. Die Täter schnitten ein Dreieck aus dem schmiedeeisernen Fenstergitter und stiegen in das Museum ein. Ein paar Dutzend Axthiebe genügten, und das Sicherheitsglas der Vitrine im Juwelenzimmer zersplitterte. Die Einbrecher sackten einundzwanzig Schmuckstücke mit mehr als viertausenddreihundert Diamanten ein. Der Gesamtwert der Beute beträgt schätzungsweise 150 bis 200 Millionen Euro. Der Einbruch gehört damit zu den spektakulärsten Raubzügen der deutschen Geschichte.

In Verdacht geriet schnell ein in Berlin ansässiger arabischer Clan. Denn seine Mitglieder hatten 2017 eine 100 Kilogramm schwere Goldmünze (Big Maple Leaf) im Wert von 3,75 Millionen Euro aus dem Bode-Museum gestohlen. DNA-Spuren an der Außenfassade des Grünen Gewölbes konnten ihnen zugeordnet werden. Doch eine Großrazzia bei dem Clan mit über 1600 Polizisten führte nicht zum Auffinden der Juwelen. Sie sind bis heute verschwunden. Am 28. Januar 2022 begann vor dem Landgericht Dresden der Prozess gegen sechs Clanmitglieder. Bei Drucklegung dieses Buches war der Ausgang des Prozesses noch völlig offen.

Der Dresdner Juwelendiebstahl hat mich zum *Diamanten-Coup* inspiriert. Als Richter hat mich dieses kühne und scheinbar perfekte Verbrechen fasziniert. Den unermesslich wertvollen Staatsschatz der Sachsen in nur fünf Minuten in unmittelbarer Nähe eines Polizeireviers zu rauben zeugt von Mut, Einfallsreichtum und Entschlossenheit. Als Autor hat mich das Thema Kunstdiebstähle begeistert, weil es mal etwas anderes ist als die sonst übliche Aufklärung von Mordfällen. Außerdem fand ich die Details des internationalen Diamantenhandels interessant. Manches darüber wusste ich vor meinen Recherchen zu diesem Buch nicht. Zum Beispiel, dass Antwerpen das weltweite Zentrum des Diamantenhandels ist, dass Dubai aktuell versucht, Antwerpen den Rang abzulaufen. Oder dass es nach Südafrika ausgewanderte Deutsche waren, die 1888 das weltgrößte Diamantenunternehmen De Beers gründeten.

Mein Buch *Der Diamanten-Coup* beginnt mit den wahren Geschehnissen des Dresdner Juwelendiebstahls. Doch schon bald entfernt sich der Thriller von dem echten Fall und entwickelt seine ganz eigene, frei erfundene Handlung. Dies habe ich aus zwei Gründen so gemacht: erstens wegen der Unschuldsvermutung. Danach gilt jeder Angeklagte bis zur rechtskräftigen Verurteilung als unschuldig. Und der Ausgang des Prozesses vor dem Landgericht Dresden stand bei Drucklegung noch in den Sternen. Zweitens wäre ein Thriller mit dem arabischen Clan als wahrem Täter langweilig. Alle Welt zeigte sofort nach dem Einbruch mit den Fingern auf den Clan. Ein Krimi, in dem nach zehn Seiten die Täter feststehen, wäre jedoch wenig spannend gewesen.

Für meinen Helden Adrian Falke stand ein niederländischer Kunstdetektiv Pate, der als »Indiana Jones der Kunstwelt« gilt und schon so manchen verschwundenen Schatz wieder aufgespürt hat. Er ist dank bester Beziehungen zur Unterwelt sehr erfolgreich bei der Wiederbeschaffung geraubter Kunst. Mit der Suche nach den Dresdner Juwelen war er hingegen nicht beauftragt – und auch die Geschichte seines fiktionalen Alter Egos »Adrian Falke« ist frei erfunden.

Auch die im *Diamanten-Coup* höchst aktive Pink-Panther-Bande gibt es wirklich. Die weltweit agierende Gruppe hat sich auf den Diebstahl von Juwelen spezialisiert und ist sehr erfolgreich darin. Auf ihr Konto gehen mindestens 150 Überfälle, bei denen Schmuck im Wert von mehr als 200 Millionen US-Dollar erbeutet wurde. Die Pink Panther haben mich mit ihren spektakulären Coups für vieles im *Diamanten-Coup* inspiriert. Ihre Beteiligung am Dresdner Juwelenraub entspringt jedoch meiner Fantasie.

Mir haben die Recherche und das Schreiben dieses Buches sehr viel Spaß gemacht. Vor allem der Mix aus True Crime und Fiktion hat mich begeistert. Die Realität, bestehend aus der Kunstszene, der schillernden Welt des Diamantenhandels, auf Schmuck spezialisierte Verbrecherbanden und spektakulärsten Raubüberfällen, war wie eine Zündschnur, die ich nur in Brand zu setzen brauchte.

Ich hoffe, der Funke ist auf Sie übergesprungen, und ich konnte Ihnen ein paar Stunden spannendes Lesevergnügen bescheren.

Patrick Burow,
im Juni 2022

© Claudia Meitert/carolineseidler.com

ÜBER DEN AUTOR

PATRICK BUROW ist Schriftsteller und promovierter Jurist. Als Strafrichter weiß er aus eigener Erfahrung, wovon er in seinen Thrillern erzählt. Unter dem Pseudonym Falk van Helsing veröffentlichte er zudem zahlreiche Juristenhumorbücher. Sein Buch *Jurafakten* wurde ein Spiegel-Besteller. Er lebt und arbeitet in Dessau.

www.patrickburow.de